KB060016

마카로니 프로젝트

마카로니 프로젝트

MACARONI

PROJECT

김솔
장편소설

문학동네

차례

1장 이방인

1. D-4 감정 수업

만치니가 교육시간보다 한 시간이나 늦게 회의실 안으로 들어갔을 때 여섯 사람이 몇 장의 사진이 놓여 있는 회의 탁자 주위에 둘러앉아 있었다. 프로젝터로 투사된 화면 앞에서 뭔가를 열심히 설명하고 있던 남자의 얼굴은 낯설었다. 그의 나이는 예순이 넘어 보였고 젊어서는 금색이었을 머리카락은 광택을 잃은 채 엔트로피가 증가하는 방향으로 흐트러져 있었다. 금테 안경에 자주색 티셔츠와 베이지색 면바지 차림에선 아무런 긴장감도 느낄 수 없었으나, 태엽처럼 팽팽하게 감겨 있는 낡은 밤색의 허리띠는 그에게 아직도 삶에 대한 열정과 목적이 남아 있음을 알려주었다. 그러나

평일 오후의 마트나 공원 같은 곳에서 다시 마주치더라도 결코 기억해낼 수 없을 만큼 평범한 인상이었다.

그는 갑작스러운 등장인물 때문에 잠시 말을 멈추지 않을 수 없었다.

"피렌체 공장의 품질팀장인 만치니입니다."

공장장은 무례한 침입자를 맨체스터 억양으로 그 남자에게 소개했다.

만치니는 그와 악수를 하면서 그가 생각보다 훨씬 늙어 있다는 사실을 알아차렸다. 손은 따뜻했으나 탄력이 없고 악력도 약했다. 그는 자신을 필립이라고 소개했다. 그의 영어 억양으로 판단하건대 영국이 아니라 미국이나 호주 출신인 것 같았다. 저음의 목소리는 느리고 부드러웠으며 높낮이가 없었다. 그래서 한때 그가 대학에서 윤리학 따위를 가르치던 교수였을지도 모른다고 추측했다.

그의 설명에 따르면, 공장이 폐쇄될 예정이라는 통보를 갑작스레 듣게 된 직원들의 반응은 일곱 단계의 과정을 거치게 될 것이란다. 충격에서 부정으로, 부정에서 분노로, 분노에서 기대로, 기대에서 좌절로, 좌절에서 슬픔으로, 그리고 마침내 슬픔에서 침울로.

물론 감정의 변화과정에서 직원들은 약물중독에 빠지거나 자해와 자살을 시도할 위험성이 높다. 극단적인 상황에 대비하여 심리상담사를 자택으로 보내주거나 가까운 병원 응급실까지 헬리콥터로 환자를 이송하는 서비스까지 근로자 지원 프로그램에 포함되어 있다고 그는 설명했다. 하지만 심리상담사와의 약속을 잡으려면 반년 정도는 기다려야 할지도 모른다고 덧붙였는데, 그것은 결코 자신의 탓이 아니라 오랜 경기 침체와 고령화 시대에 대비하지 못한 유럽 사회 전체의 잘못이며 유럽의 시민들은 거의 모두 이 사실을 잘 알고 있기 때문에 그 정도의 인내심은 발휘할 수 있을 것이라고 확신하는 듯했다.

그 프로그램은 원래 제2차 세계대전 당시 군수물자를 생산하던 기업들이 알코올중독에 빠진 직원들에게 제공했던 재활 프로그램에서 시작되었다—그 순간 공장장은 아일랜드 출신의 구매팀장인 토머스의 얼굴을 쳐다보았다. 그 의미를 알아차린 두 명의 참석자들이 웃음을 터뜨리는 바람에 윤리학 노교수 같은 카운슬러의 설명은 잠시 중단되었다—그러다가 베트남전쟁이 끝난 뒤로 그 프로그램의 기능은 더욱 확대되어서 수많은 기업들이 생산성을 높이기 위한 목적으로 직원들에게 다양한 서비스를 제공하기 시작했는데, 결혼과 이혼, 육아와 교육, 범죄, 유언장 작성, 세금 납부 방법까지 조언하고 있다고 그는 설명했다.

그리고 흥미로운 예를 들었다.

한 가장이 회사로부터 갑작스런 해고 통지를 받았다. 참담한 심정으로 귀가한 그는 침착한 태도를 유지하면서 아내에게 그 사실을 알렸다. 하지만 자신의 여섯 살 난 아들이 그 늦은 시간까지 잠들지 않고 아버지의 이야기를 엿들을 수도 있다는 사실은 예상하지 못했다. 아들은 다음날 아침 유치원에 가야 할 시간이 되었는데도 자신의 방에서 나오지 않았다. 수상한 낌새를 알아차린 아버지가 이유를 물었다. 그러자 아들이 눈물을 흘리면서 이렇게 말했단다.

"그러면 이제 더이상 크리스마스에 선물을 받을 수 없나요?"

잠시 정적이 흘렀다. 다행히 그 회의실에는 크리스마스와 무관한 무슬림이나 유태인은 없었고, 항상 자신의 기대보다 초라했던 부모의 크리스마스 선물 때문에 상처를 입었고 자신의 아이들에게 건네줄 크리스마스 선물을 준비하다가 갑자기 제 부모의 오래된 무력감을 이해하게 되면서 서글퍼졌던 기억을 지닌 평범한 가장들만 있었다.

하지만 그들은 적어도 올 크리스마스 선물을 준비할 수 있는 여유만큼은 회사로부터 보장받았다. 비밀을 무덤까지 지니고 가겠다는 보안서약서에 서명한 뒤 이 프로젝트에 참여한 그들에겐 정상적으로 연말 보너스가 지급될 것이기 때문이었다. 공장을 폐쇄하고 직원들을 해고한 이후에도 회사는 그들이 경력을 유지할 수 있도록 적절한 업무와 지위를 제공하기 위해 최선을 다할 것이며 부득이 기대를 만족시키지 못할 경우 여느 직원과 같은 수준의 퇴직금 이외에도 육 개월 치의 급여를 별도로 지급하겠다는 문구가 대인지뢰처럼 서약서 안에 매장되어 있었고, 육 개월이란 기간은 회사에겐 너무 길고 그들에겐 여전히 짧았으나, 해고당하는 쪽이 아닌 해고하는 편에 섰다는 사실이 훗날 구직에 큰 도움이 될 수 있었으므로 어느 누구도 서명을 거부하지 않았다.

만치니 역시 그러했다.

적어도 올 9월 15일, 나폴리의 초등학교에 들어간 그의 아들은 육 개월이 지난 뒤에도 여전히 부모가 양육해야 할 어린아이에 불과할 것이기 때문에, 빵이나 집세나 연금으로 결코 환산되지 않을 죄책감이나 영웅심에 호도되어 차선의 호구지책을 포기할 순 없었다.

그제야 비로소 회의 탁자에 놓여 있는 사진들이 만치니의 눈에 들어왔다. 옆에 앉아 있던 동료에게 그것들의 쓸모를 물었다. 그는 생산팀장인 드니이고 프랑스인이었다.

"미국인들의 사고방식을 자네 같은 이탈리아 사람이 동의할지는 모르겠네만, 저 사진처럼 인간에겐 여섯 가지의 감정이 있다고 하는군. 만약 자네가 내 의견을 궁금해한다면 이렇게 말할 수 있지. 미국인은 결코 프랑스인보다 감정적인 면에서 더 진화할 수 없다고. 반면 프랑스인과 이탈리아인은 하나의 뿌리에서 나왔으니까 우열을 가리는 건 부질없는 짓이겠지."

하지만 여섯 장의 사진 속 인물들의 표정만으로는 각각 설명하려는 감정을 정확히 알아차릴 수 없었다. 누가 화를 내고 있고 누가 기뻐하고 있는지 정도만 겨우 구분할 수 있었다. 그러자 자재팀장이자 스페인 출신인 마르코스가 슬그머니 자신 앞에 놓여 있던 사진을 만치니에게 건네주었다. 그는 뒷면을 살피다가 비로소 여섯 가지의 감정을 구분할 수 있게 되었다.

놀람, 혐오, 분노, 두려움, 슬픔, 기쁨.

하지만 만치니와 같은 나폴리 사람들에게 순수하게 나타나는 감정이란 분노와 기쁨뿐이다. 분노는 외부에서 숨어들고 기쁨은 내부에서 자란다. 두려움과 슬픔은 최근에 경제적 위기를 겪게 된 밀라노 사람들의 발명품에 불과하다. 놀람과 혐오는 무솔리니와 그의 애인의 주검을 밀라노의 기차역 앞에 거꾸로 매단 이후로 이탈리아 사람들에게는 전혀 적용되지 않는다. 더군다나 이탈리아인에게 한 가지 감정만 순수하게 드러나는 순간이란 거의 존재하지 않는다. 나폴리 사람들을 위해서라도 인간의 기본 감정에 동정과 수치심이 추가돼야 한다. 영국이나 프랑스, 스페인, 아일랜드, 네덜란드, 우크라이나 사람들에게는 어떤 감정이 더 추가되어야 하는지 옆에 앉아 있는 동료들에게 묻고 싶었다. 자신이 도착하기 전에 그런 이야기를 이미 나누었다면 나중에 들어도 되겠지만.

그때 인사팀장인 니코가 남자의 말을 끊고 질문을 던졌다. 니코의 성姓이 판데르바르트라는 사실을 듣게 되면 그의 국적을 누구나 알아차릴 수 있다. 하지만 전형적인 네덜란드 사람과는 달리 그의 피부는 검고, 짧은 고수머리를 하고 있다. 그래서 그의 선조와 가족들에 대해 이야기하려면 아프리카의 슬픈 역사와 함께 노예무역을 최초로 발명한 나라가 네덜란드라는 사실을 기억해야 한다. 어쩌면 그 회의실에서 두려움과 혐오의 감정에 대해 가장 잘 이해할 수 있는 사람이 그일지도 모르겠다.

"심리상담 한 번 받는 데 반년이 걸린다면, 여기 모인 팀장들이 알코올중독에 빠지거나 자해, 자살할 가능성이 있는 직원들의 명단을 미리 작성해서 당신의 회사에 제공하는 게 낫지 않을까요? 서비스 만족도를 조사한다는 핑계로 한 달에 한두 번씩 그들에게 직접 전화를 걸어 안부를 확인할 수도 있을 것 같은데요. 물론 그런 서비스를 받으려면 추가 비용을 지불해야 하는 게 당연하겠지만. 그런데 전문가도 아닌 우리들이 어떻게 직원들의 심리 상태를 알아차릴 수 있죠? 해고 소식을 들은 직원들의 반응은 하나같을 텐데."

팀장들은 서로의 얼굴을 쳐다보며 자신과 상대의 미래를 점쳐 보았다. 하지만 어느 누구도 육 개월 뒤에 자신이 어떤 상황에 처하게 될지 전혀 예측할 수 없었다. 수천 년 동안 인류에게 일어났던 모든 사건들이 그들에게 일어날 수 있었으나 그 사건들에 가장 현명하게 대처할 방법을 그들은 거의 모르고 있는 것 같았다. 가령 현재 회사에서 가장 유명한 술고래인 아일랜드 출신의 구매 팀장 토머스가 육 개월 뒤에 성공회 목사로 안수를 받거나, 성전환 수술을 하여 아이들의 두번째 엄마가 되거나, 세계 최대 크기의 호박을 재배한 농부로 기네스북에 기록될지 지금 어느 누가 예측할 수 있겠는가. 만치니가 너무 오랫동안 자신을 들여다보고 있다는 사실을 감지한 토머스의 얼굴이 붉게 변했다. 그건 분명히 분노의 감정에 가까운 표정이었다.

카운슬러는 그저 세심한 관찰과 기탄없는 대화를 통해서 위험군의 직원들을 쉽게 발견할 수 있다는, 들으나마나 한 이야기를 늘어놓았다. 동료들을 일부러 피하거나, 말과 행동이 일치하지 않거나, 유머를 잃었거나, 엉뚱한 실수를 반복하거나, 한 가지 감정에 오랫동안 침잠해 있거나, 특별한 외상이 없는데도 신체적 고통을 자주 호소하는 직원들은 위험에 빠져 있을 확률이 매우 높고, 부부가 모두 직업을 잃게 되었거나, 큰 빚을 지고 있거나, 이미 오래전에 한두 번 실직을 경험했거나, 신체적, 정신적인 병력이 있거나, 자존감이 낮거나 사교성이 부족한 직원들이라면 더욱 특별한 관심을 쏟아야 한다고 덧붙였다. 그들의 명단을 미리 만들어두는 것도 나쁘지 않겠지만 인권 보호를 강조하는 유럽의 법률에 저촉되지 않는 범위에서 조치해야 한다고 강조했다—공장장은 이런 문서가 직원들에게 누출되었을 경우 프로젝트가 발각될 위험이 있다는 의견을 들어 반대했다—추가 비용을 줄이려면 자신의 회사 대신 지방정부가 운영하는 의료 서비스를 활용하는 방법도 있다는 조언도 잊지 않았다.

만치니와 동료들은 카운슬러의 진부한 이야기에도 진지한 표정을 유지한 채 연신 고개를 끄덕였지만, 나중엔 카운슬러의 이야기를 빨리 끝낼 목적으로 마치 말에게 채찍을 휘두르듯 고개를 더욱 자주 끄덕이고 동작도 더욱 크게 과장했는데, 인간이 그렇게 쉽게 정의되고 관리될 수 있다는 사실에 전적으로 수긍하지는 않았다. 만약 그럴 수 있었다면 공장을 닫게 되는 사건은 애당초 일어나지도 않았을 테니까. 게다가 공장 폐쇄 소식이 알려지는 즉시 공동의 적으로 간주되어 직원들에게서 철저하게 배척될 팀장들이 무슨 재주로 그들을 세심하게 관찰하고 기탄없이 대화를 할 수 있단 말인가.

만치니는 아들과의 오래된 약속을 취소하면서까지 그 교육에 참석한 걸 뒤늦게 후회했다. 공황 상태에 빠져든 직원들을 위로하는 데 조금이라도 도움이 되리라고 기대했건만, 팀장의 모든 노력에도 불구하고 직원들이 현실을 수긍하지 않을 경우엔 경찰과 병원에 연락하거나, 반년을 기다려 심리상담을 받게 하라는 충고 앞에서 허탈해졌다—허탈함도 나폴리 사람들의 주된 감정으로 추가될 수 있을까—새로운 제품을 개발하기 위해 이 년 동안 최소한의 휴가만을 허락한 채 직원들을 끊임없이 괴롭혀온 연구개발팀장 안드레이에게도 전혀 도움이 되지 않긴 마찬가지였는지 그의 표정은 감정을 담을 수 없을 정도로 일그러져 있었다. 그는 다가올 파국의 시공간에서 도망쳐 우크라이나와 연관된 기억 속으로 숨어들고 싶었으리라.

"마지막 지푸라기가 낙타의 등뼈를 부러뜨릴 때까지 기다리지 말라는 속담이 있지요. 습관적으로 참다보면 자신도 모르게 한계

점에 이르기 마련입니다. 여기 계시는 팀장들도 직원들과 상담하면서 여러 가지 어려움을 겪게 될 것이기 때문에 자신의 감정과 생활 리듬을 잘 관리하는 게 무엇보다도 중요합니다."

이를 위해서 하루에 여덟 시간 이상 숙면을 취하고, 한 시간 이상 산책이나 요가와 같은 운동을 하고, 단백질과 비타민이 많은 음식으로 식단을 짜고, 여덟 잔 정도의 물을 마시며, 규칙적인 섹스를 하는 게 필요하다고 카운슬러는 강조했다. 이번 기회에 새로운 취미를 만들어보는 것도 나쁘지 않다는 말에, 최근 승마의 재미에 빠져들어 있는 마르코스가 동료들 앞에서 우쭐댔다.

교육은 그렇게 끝났고 카운슬러는 회의 탁자에 널려 있는 사진들을 집어들어 자신의 낡은 가죽 가방 속에 챙겨넣었다. 프로젝트의 비밀을 엄수하기 위해서 카운슬러와 명함을 교환하거나 교육 자료를 보관하는 건 금지되었다. 악수를 건네는 카운슬러의 표정은 마치 전쟁터로 떠나는 군인들 앞에서 일장 훈시를 끝낸 뒤 아무도 약속할 수 없는 신의 가호 따위를 빌어주는 장군의 그것과 닮아 있었다. 하지만 인간 스스로 지옥을 만든 이상 신은 그런 인간을 보호할 리 없다는 사실과, 악수만으로 이해하거나 해결할 수 있는 고통은 결코 존재하지 않는다는 사실을 적어도 그는 잘 알고 있는 게 분명했다.

그러는 사이에도 공장장과 팀장들은 직원들과 통화하기 위해 회의실을 수시로 드나들었는데, 카운슬러의 교육이 큰 도움이 되지 않았던지 하나같이 난처한 표정을 지으며 돌아왔다. 그들의 목구멍과 귓속, 그리고 눈물샘을 채우고 있는 비밀들로 인해 세상은 이미 두 조각 이상으로 나뉘어 있었다.

2. D-4 신변 보호

윤리학 교수와도 같던 카운슬러가 회의실을 떠나자 인사팀장은 예정에도 없는 회의를 제안했다. 공장 폐쇄 발표 이후 팀장들과 그 가족들의 신변 보호를 위해 경비업체와 계약을 맺을 예정이란다. 한정된 예산 때문에 개인별로 보디가드를 붙여줄 수는 없지만 하루에 두 번씩 모두의 집 앞을 순찰하면서 혹시라도 일어날지 모르는 불상사에 대비할 것이라고 설명했다. 그러면서 집주소와 자동차 번호, 배우자의 휴대전화 번호, 그리고 아이들이 다니는 학교 정보까지 요구했다.

"그리고 수혈이 필요할 경우에 대비하여 혈액형도 함께 적어주게. 물론 그 정보를 누군가 확인해야 하는 순간이 없길 진심으로 바라지만."

그러자 이탈리아인이 아닌 자들 사이에서 일순간 정적이 흘렀다. 곧이어 이탈리아인들의 기괴한 성향에 대한 성토가 이어졌다. 그들의 기억력과 상상력에 따르면 이탈리아인은 하나같이 다혈질이고 비이성적이며 폭력을 행사하고도 다양한 변명을 댈 만큼 뻔 뻔했다. 피렌체 공장에는 단 한 명의 정상적인 인간도 근무하지 않았고, 다만 인간의 언어와 행동을 흉내낼 수 있는 짐승이나 벌레들만 우글거렸다. 공장을 폐쇄하고 직원들을 해고하는 일련의 작업을 '마카로니 프로젝트'라고 명명하거나 이에 동의한 자들에겐 결코 이탈리아인의 헌신에 감사하고 희생에 애도를 표하려는 의도 따윈 없었던 게 분명하다. 비록 마카로니가 밀라노 사람들의 발명품이라고 하더라도 나폴리 사람인 만치니 역시 그 이름에 분노를 느끼지 않을 수 없었는데, 마카로니는 올리브와 함께 이탈리아의 육체이자 영혼이며, 서사이자 노래이기 때문이었다.

만치니는 그 회의실의 누군가가 자신의 뒷목에 깊이 박혀 있는 뇌관을 건드려주길 참을성 있게 기다렸다. 자신이 이탈리아인 전체를 대표하여 프로젝트에 참가하고 있는 게 아닌 이상, 밀라노 출신의 직원들이 모욕을 당하는 것까지 굳이 나서서 교정해주고 싶진 않았다. 하지만 나폴리 출신의 직원들까지 그들의 입에 오르내린다면 그는 회의 탁자를 주먹으로 내리치며 자리에서 일어나 아무 말도 남기지 않고 회의실을 나갈 작정이었다. 하지만 팀장들은 통일 이탈리아가 아직까지도 몇 개의 독립된 국가들로 구성되어 있으며 그 국가들은 영원히 섞일 수 없다는 사실을 잘 알고 있었기 때문에, 또한 만치니가 나폴리를 대표하여 그곳에 참석하고 있다고 생각했기 때문에 나폴리와 그곳 출신 사람들에 대해서만큼은 말하지 않았다. 일전에 그것에 대해 부정적으로 이야기했다가 만치니에게 굴욕적인 면박을 당하지 않은 자들이 거기에 없었기 때문인지도 모르겠다.

"전 그런 서비스는 필요 없어요. 이번 주말에 숙소를 옮길 예정이니까."

스페인 출신의 자재팀장 마르코스가 웃으며 말했다. 자신은 이런 상황을 이 년 전부터 예상하고 있었기 때문에 아내와 이혼을 했고, 두 명의 아이들은 기숙사가 제공되는 마드리드의 사립고등학교에 등록시켰으며, 자신의 가재도구를 모두 프랑스에 있는 여자친구의 집으로 옮겨놓고 이 주에 한 번씩 주말마다 찾아가고 있다는 설명은 물론 생략했다. 그가 지금 살고 있는 아파트에는 술병과 슈트 케이스 하나가 전부라고, 한 달 전 저녁식사에 초대받아 그곳을 방문했던 자재팀 직원으로부터 만치니는 전해 들었다. 윤리학 교수 같았던 카운슬러의 의견에 따르자면, 이곳의 팀장들 중에서 유일하게 혼자 살고 있는 그야말로 우울한 상황이므로 자신의 감정과 생활 리듬을 관리하는 데 가장 불리한 조건을 지니고 있었으나, 팀장들 중 어느 누구도 그보다 더 나은 조건을 지닌 자들은 없었다.

"저도 신변 보호는 필요 없어요."

소리나는 쪽으로 돌아보니 구매팀장 토머스가 앉아 있었다. 그도 이혼했던가? 자신의 대답에 의아해하는 자는 비단 만치니뿐만

이 아니어서 그는 간단하게나마 이유를 말하지 않을 수 없었다.

"딸이 이번에 더블린의 대학에 진학하게 되어서 아내가 한동안 그곳에 함께 머물 거예요. 그래서 저도 당분간 호텔에서 지낼 겁니다."

사람들은 일 분 전까지의 엄숙함과 침통함을 깡그리 잊은 채 그에게 늦은 축하의 인사를 건넸다. 미열로 상기된 토머스는 나중에 자신의 집에서 저녁을 대접하겠노라고 약속했다.

만치니는 주위에 앉아 있는 동료들을 하나씩 살펴보며 공장 폐쇄 발표 이후 그들 중 몇 명이나 위태로워질지 따져보았다. 다혈질이고 비이성적이며 폭력을 행사하고도 다양한 변명을 댈 만큼 뻔뻔한 직원들에게 그는 공장장과 인사팀장 다음으로 사냥감이 될 게 분명했다. 미국의 본사에서 일방적으로 결정한 사항을 다음주 월요일 오전 열한시에 열릴 노사협의회에서 노조 대표들에게 공식적으로 발표할 사람은 공장장과 인사팀장이지만, 유감스럽게도 그들 모두 이탈리아어를 사용하는 데 능숙하지 못하기 때문에 팀장들 중 유일하게 이탈리아인인 품질팀장 만치니가 통역을 맡기로 되어 있었다. 맨체스터 출신의 공장장이 이탈리아어를 전혀 구사하지 못하는 것은 아니었으나, 메시지의 파급력이 엄청나게 큰 만큼 정확한 이탈리아어로 전달하지 않으면 법적인 책임에서 벗어날 수 없다는 게 이유였다. 하지만 그가 처음부터 아무런 저항 없이 공장장의 제안을 받아들인 것은 아니었다. 보안서약서에 서명을 할 때까지도 자신이 동족들 앞에서 부역자의 역할을 하게 되리라고는 상상하지 못했다. 하지만 공장장은 공장 폐쇄의 결정을 미국 본사 사장이 직접 내렸기 때문에 팀장들은 사전에 이 사실을 전혀 알지 못했으며, 전문 통역사를 활용할 수도 있지만 발표 자료 속의 용어나 내용을 정확하게 이해하지 못한다면 회의에 부정적인 영향을 끼칠 수 있기 때문에 부득이 회의 시작 삼십 분 전에 만치니에게 귀띔해준 것으로 노조에게 설명하겠다고 그를 설득했다. 생산팀장이 아닌 품질팀장이 통역을 맡는다면 공장 폐쇄 발표가 팀장들의 업무나 실적과는 아무런 연관이 없다는 사실을 방증할 수 있을 것이라는 궤변도 늘어놓았다. 그래도 만치니가 수긍하지 않자 공장장은 방어적인 설득에서 공격적인 위협으로 전술을 바꾸었다. 공장장은 보안서약서에 기재되어 있다는 처벌 규정까지 슬그머니 들먹였는데 팀장들이 개별적으로 서명하자마자 인사팀장이 그것을 즉시 회수해갔기 때문에 만치니는 그 협박의 근거를 끝내 확인할 수 없었다. 결국 그는 공장장의 제안을 수용했으나, 그렇다고 두려움까지 완전히 제압한 것은 아니었다. 그는 공장 폐쇄의 타당성을 노조 대표들과 직원들에게 이탈리아어로 정확히 통역할 수는 있지만, 그들의 분노와 허탈감을 공장장이나 인사팀장에게 영어로 통역할 순 없을 것이다. 공장이 폐쇄되고 직원들이 모두 해고된 뒤에도 만치니의 가족과 친구와 추억은 여전히 이곳에 남을 것이고, 피렌체 사람들은 거리낌없이 적의를 드러내면서 복수할 기회를 엿볼지도 모른다. 갑자기 자신만 포로수용소에 남겨진 것 같아 쓸쓸하고 서글퍼졌다. 동료들은 그에겐 그저 나무이거나 모래이거나 바위로 여겨질 따름이었다. 하지만 나무나 모래나 바위마저 없다면 어떻게 어둠과 습기와 외로움을 피할 수 있을까 걱정되어 그는 가능한 한 오랫동안 그들 사이에서 숨어 있고 싶었다.

"니코, 오늘 오후에 경비업체 담당자를 만나거든 발표 당일의 현장 준비 상황도 함께 확인해주게나. 충격적인 소식을 전해 들은 노조 대표들이 직원들을 격렬하게 선동하기 시작하면 나와 자네, 만치니의 안전은 장담할 수 없게 될 거야. 그렇다고 보디가드를 데리고 출근할 수도 없으니까 당일 동선을 잘 짜야 하네. 노사협의회가 진행되는 사이에 후문 앞에다 두 대의 승용차를 대고 시동을 켠 채 기다리라고 그들에게 단단히 일러두게나. 상황이 나빠지면 공장 안까지 들어와서 우릴 데리고 나가야 한다는 사실도 결코 잊어서는 안 될 거야."

공장장은 이천여 명의 직원들이 근무하던 헝가리 소재의 타이어 공장을 성공적으로 폐쇄한 경력의 소유자답게 다음주 발표 이후 일어날 수 있는 다양한 상황들을 예측하고 대응 방안을 이미 마련해놓았다. 그가 삼 년 전에 피렌체 공장장으로 입사했을 때 직원들 사이에선 조만간 대규모의 구조조정이 일어날 것이라는 소문이 한동안 떠돌았다가 잠잠해졌는데, 그들이 틀린 것은 아니었다.

"저는 가족들의 신변 보호가 필요해요."

인사팀장이 맞받아쳤다. 그러자 팀장들은 일제히 만치니를 쳐다보았다. 마치 자네야말로 도움이 필요하지 않느냐고 묻는 것처럼. 그리고 '만치니, 너무 심각하게 생각할 필요는 없어. 사람은 누구나 상황의 논리를 따르는 법이니까. 나폴리 사람들이라고 이와 다를 이유는 없지 않겠어? 빼앗은 자들과 빼앗긴 자들 사이의 긴장과 갈등, 그리고 변증법적 합의와 주기적 갱신, 그런 과정으로 자본주의가 발전하고 있다는 사실은 초등학생에게도 상식이지'라고 말하는 것처럼. 그러니까 그들은 모두 알고 있었다. 공장 폐쇄 발표가 자신들 중에서 누구를 가장 위협할지, 누가 가장 많은 걸 잃게 되고, 잃은 것들을 만회하기 위해 누가 가장 고통스럽게 버둥거려야 할지를.

만치니는 아무 대답도 하지 않았다. 만약 충동을 참지 못하고 무슨 말이든 꺼냈더라면 그 이후 수치심 때문에 자해나 자살을 시도했을지도 모른다. 대답 대신 물 한 잔 마신 걸 너무나 잘했다고 생각했다. 그렇다고 사막의 그리스도처럼 홀로 고난에 맞설 만큼 자신의 육체와 영혼이 강인하지 않다는 사실을 만치니는 자인했다. 여느 동료들과 같이 자신도 자신과 가족의 신변을 보호할 수 있는 모든 방법을 강구하지 않으면 안 된다. 하지만 구걸하는 것처럼 동료들에게 비치는 게 싫었기 때문에 만치니는 인사팀장과 따로 시간을 내어 이야기하기로 하고 화제를 돌리려고 했다.

"불안한 상황이 얼마나 지속될까요?"

공장을 폐쇄하고 수천 명의 직원들을 해고해본 경험이 있는 공장장이라면 대략적으로라도 대답할 수 있는 질문이라고 생각했을 뿐, 그를 불편하게 만들 의도는 전혀 없었다. 그리고 맨체스터 사람들을 조롱하려는 것도 아니었다. 하지만 공장장은 다소 공격적으로 대답했다.

"나도 이탈리아에서 공장 문을 닫는 건 이번이 처음이라 어떻게 진행될지 모르겠네. 전적으로 직원들이 어떻게 반응하느냐에 달려 있겠지. 그래서 나는 더욱 자네의 전폭적인 도움이 필요한 것이고."

만치니는 자신을 대신하여 전문 통역사를 활용하는 게 어떻겠냐고 다시 제안했다. 필요하다면 자신이 기꺼이 주말에라도 통역사를 만나 발표 자료 속의 용어나 내용을 미리 교육시켜줄 수도 있다고 말했다.

토머스가 불쑥 나섰다. 그는 기회가 있을 때마다 자신이 피렌체 공장의 이인자임을 드러내려는 언행을 서슴지 않았기 때문에, 공장 폐쇄 소식을 전해 들은 직원들이 복수해야 할 대상자 목록에서 공장장 다음의 위치에 자신을 올려놓는다면 아주 명예롭게 생각할 인간이었다.

"이봐, 만치니. 이것 하나만 기억하라고. 직원들은 모두 보스의 지시를 따라야 할 의무가 있어. 만약 문제가 생기더라도 이렇게 대답하면 그만이야. 보스가 비밀을 지키라고 지시했기 때문에 우린 그저 비밀을 지킨 것일 뿐이라고. 거기엔 어떤 의심이나 반박도 끼어들 수 없으니 더이상 쓸데없는 고민으로 고통받지 말고 공통의 행동 지침을 충실하게 따르게. 이미 결정된 사항을 두고 이제 와서 다시 번복하려는 건 여기 있는 우리 모두의 노력을 파괴하려는 짓에 불과해. 그리고 진지한 우릴 조롱해서도 안 되네."

마르코스가 덧붙였다.

"스페인 속담에 '전령을 죽여라Matar al mensajero'라는 말이 있지. 그라나다를 통치하고 있던 무어 왕국의 마지막 왕은 알아마 지역이 기독교도들에게 함락되었다는 편지를 받았지. 그건 곧 왕국의 종말을 의미한다는 걸 왕은 잘 알고 있었어. 하지만 신하나 백성들 앞에서 그 사실을 인정할 순 없었어. 그래서 편지를 불 속에 던져버리고 그걸 가지고 온 기독교도 전령을 살해했다네. 그 행동덕분에 한동안 무어인들은 기독교도들의 공격을 성공적으로 막아낼 수 있었지. 노조나 직원들도 마찬가지야. 전령인 자네를 괴롭혀야 회사가 두려움을 느낄 것이고 동조자들을 단속할 수 있을 것이라고 생각하겠지. 하지만 자네가 물러난다고 해서 달라지는 건 없을 걸세. 누가 어떻게든지 이 프로젝트를 마무리할 것인데, 그땐 어느 누구도 원하지 않은 결과를 낳게 될 거야. 그건 직원들에게도 결코 좋은 소식이 아니지. 우린 팀장이니까 공장 폐쇄 이후에 직원들이 최소한의 피해만 입도록 최선을 다해야 한다네."

만치니는 자리에서 벌떡 일어났다. 단순히 이탈리아어를 사용할 줄 안다는 이유로 받아야 하는 고난치고는 너무 혹독하고 굴욕적인 것이었다. 공장장과 인사팀장이 그를 자리에 앉히기 위해 자리에서 일어났다.

"만치니하곤 따로 이야기를 해야겠군. 하지만 우린 자네와 자네 가족이 이번 결정으로 고통받는 걸 결코 원치 않는다네. 그래서 특별한 보호 방법을 마련하고 있어. 원한다면 자네가 다른 지역으로 이사할 수 있도록 비용과 편의까지 제공해줄 생각이야. 그밖에도 주재원 처우 수준의 보상 방법도 검토하고 있다네. 그렇지 않나, 니코?"

"만치니, 진정하게. 우린 이미 정해진 과거에서 빠져나와 미래를 생각할 단계에 와 있다고. 그러니 모두의 실리를 챙기는 게 좋지 않겠나?"

그때 금발에 검은 양복을 차려입은 청년 하나가 옆구리에 파일을 낀 채 쭈뼛거리며 회의실 안으로 들어왔다. 언뜻 봐도 군인 출신이라는 사실을 짐작할 수 있을 만큼 그의 모든 행동에는 리듬이 전혀 녹아 있지 않아서 어색하기 그지없었다. 다만 눈초리만큼은 상대를 단숨에 몇 도막으로 잘라낼 듯 날카롭게 벼려져 있었다. 그의 등장 이후 채 오 분이 지나기도 전에 회의실의 공기는 발표 당일에나 경험할 수 있을 긴장감으로 뜨겁게 달아올랐다.

3. D-3 예행연습

자동차는 십 미터가 훨씬 넘어 보이는 자작나무들 사이를 한
참 동안 달렸다. 모퉁이를 돌 때마다 만치니의 몸속 어딘가에서
달그락거리는 소리가 흘러나왔다. 아무 곳에나 차를 세우고 넥타
이를 풀어 헤친 채 산책을 하고 싶을 만큼 고즈넉한 풍경들이 구
름 한 점 없는 하늘과 어울려 펼쳐졌다. 하지만 갑자기 길이 끊기
고 호텔 주차장이 드러나자 달그락거리는 소리는 더이상 흘러나
오지 않았다. 오전 여덟시도 되지 않은 이른 아침이었건만 주차장
은 자동차들로 이미 가득차 있어서 그는 제 자동차를 끼워넣을 틈
을 찾아 주차장 주위를 두 바퀴나 돌아야 했다. 그 틈은 마치 그의
계급을 규정하는 것 같아 여간 마음이 쓰이는 게 아니었다. 그 호
텔은 세미나에 최적화된 장소로 근동에서 유명했다. 원래는 다국
적 컴퓨터 프로그램 회사의 연수원으로 만들어졌지만 오랫동안
이어진 유럽의 불경기를 견뎌내지 못하고 그 회사가 파산하자 호
텔로 용도 변경되었다. 내향적인 프로그래머들을 위한 연수원이
었던 곳답게 주위는 숲으로 두텁게 둘러싸여 있어서 일단 그곳에
들어오면 세상과는 저절로 단절되는 느낌이 들었다. 그러니 이런
곳에 모여서 현재를 분석하고 미래를 계획한다는 게 다소 아이로
니컬하게 여겨지기도 했다. 갑작스레 회사에서 해고되어 과거 속
에 유폐된 직원들과 그 가족들을 불러모아 상담하고 치유하는 장

소로서 손색이 없을 것 같았다. 오늘 점심식사로 뷔페가 준비된다고 하니 스트레스 해소에 도움이 된다는 채소로 가볍게 식사를 끝마치는 대로 그는 산책을 할 작정이었다. 공장 폐쇄 발표로 충격을 받게 될 가족을 안심시킬 언행과, 직장을 잃게 될 동료들과 앙금을 남기지 않은 채 헤어질 수 있는 방법과, 회사가 자신을 위해 적당한 업무를 발견하지 못하고 퇴직금과 육 개월 치 급여를 지급할 경우에 대비할 탈출구를 고민하지 않으면 안 된다. 하지만 이런 고민들을 모두 꺼내놓기에 점심시간은 너무 짧은 반면 산책길은 너무 길고 복잡하기 때문에, 자칫 걸음의 속도와 생각의 부피를 적절히 조절하지 못한다면 제자리로 돌아오지 못할 수도 있다. 점심시간에 산책을 나갔다가 길을 잃고 퇴근시간까지 되돌아오지 못한 직원들 때문에 다국적 컴퓨터 프로그램 회사는 천문학적 빚을 떠안고 파산한 건 아니었을까. 간신히 자동차를 틈에 끼워넣은 뒤에도 운전석에 한동안 앉아서 이런저런 생각을 하느라 그는 회의시간이 지나는지도 몰랐다. 그리고 회의장에 도착해서도 곧장 문을 열고 들어가지 못한 채 한동안 머뭇거렸다. 그보다 더 늦게 도착한 공장장이 그의 등을 가볍게 두드렸다.

"저 안에서 우릴 기다리는 사람들은 적어도 자네와 자네 가족의 안전을 위협하진 않을 테니까 안심해도 좋아. 설령 잘못된 결정일지라도 적절한 시기에 내리는 게 그러지 않는 것보다 훨씬 나은 결과를 만들어내는 경우가 있는데, 자네에겐 바로 지금이 그런 순간 같아. 그 문을 밀고 먼저 들어가든지, 아니면 나를 위해 잠시 비켜주든지 둘 중 하나만 선택하게나."

공장장이 통곡의 벽을 가르고 회의실 안으로 들어가자 마치 면역 체계가 이물질에 반응하듯, 회의실 안의 묵직한 공기가 서서히 출렁거리더니 그에게 모여들기 시작했다. 회의 탁자 앞에 둘러앉은 채 스크린에 주목하고 있던 사람들 모두 이 미세한 변화를 느끼고는 일제히 문 쪽으로 고개를 돌렸다. 공장장은 노회한 어부처럼 그들의 시선을 조심스럽지만 우아하게 끌어당기면서 빈자리를 찾아 걸어갔다. 그의 뒷모습을 지켜보고 있는 사이에 만치니 역시 회의 탁자 앞까지 밀려와 있었다. 이를 두고 이안류離岸流 현상이라고 말할 수 있을까. 그는 간신히 회의 탁자 끝에 남은 의자를 붙잡았다. 앞에 앉아 있던 생산팀장 드니가 윙크를 던지며 그의 극적인 등장을 환영해주었다.

그곳엔 피렌체 공장의 팀장들 이외에도 유럽 지역 영업본부장과 변호사 출신의 스위스인 법무팀장, 홍보팀장, 재무팀장이 앉아 있었다. 일 년 동안 고작해야 3월의 마케팅 워크숍과 12월의 연말 실적 보고 회의에서나 만날 수 있는 그들의 출현만으로도 오늘 회의의 중요성을 미루어 짐작하기에 부족함이 없었다. 올 12월의 연말 실적 보고 회의나 내년 3월의 마케팅 워크숍에서는 더이상 피렌체 공장과 관련된 사항들은 논의되지 않을 것이다. 형식적으로나마 회사를 떠난 자들의 안부를 묻고 답하는 것도 고작 서너 달 정도 지속되다가 슬그머니 멈출 것이다. 탁월한 망각의 능력이 인간을 원숭이와는 다르게 진화시켰다고 주장했던 인류학자가 있었던가 없었던가.

연단 위에 탁자를 가져다 놓고 참석자를 향해 앉아 있던 여자가 공장장과 만치니가 일으킨 소란을 수습하기 위해 나섰다. 그녀는 금발에 노란 스웨터를 입고 알이 굵은 진주 목걸이를 두르고 있었으며 자신의 인생보다 자신이 낳은 자식들의 인생을 통해 시간을 감지할 수 있을 만큼 늙었으나 신산한 시행착오를 수습하느라 인생의 대부분을 낭비한 것 같진 않았다. 그녀의 목소리 역시 낮고 느리고 부드러웠다.

만치니는 그 여자가 누구인지 생산팀장에게 물었다.

"커뮤니케이션 전문 컨설턴트라고 하던데 나도 그런 직업이 있는지 오늘 처음 알았어. 세상에 얼마나 많은 컨설턴트들이 존재하는지는 몰라도 그들이 교회의 목사들보다도 사회에 더욱 해로운 존재라는 사실만큼은 알 것 같네. 조심해. 저 여자는 세이렌이야. 이름은 캐서린이라고 하더군."

그는 짓궂게 웃으며 귀를 막는 시늉까지 해 보였다. 만치니는 그의 천박함을 비난하고 싶진 않았지만 친절한 설명에 감사할 기회를 놓치고 말았다. 피렌체 외곽에 있는 공장 하나를 없애는 데 유럽 전체가 발 벗고 나선 것 같아 마음이 무거웠다. 컨설턴트와 카운슬러가 어떻게 다른지 궁금해지기도 했지만 그들은 자신의 일에 자부심을 느낄 수 있을 만큼의 부와 명예를 누리는 반면 책임져야 할 사항은 거의 없다는 공통점이 있었다. 세상의 이해관계가 복잡해질수록 그들은 번영을 누릴 것이 분명했다. 세상이 그들을 필요로 하는 게 아니라 그들이 세상을 필요로 하는지도 모르지만.

노란 스웨터의 여자는 공장장과 만치니를 위해 워크숍의 목적을 다시 설명해야 하는 것 같았다. 그런 상황이 반갑지 않은 것만은 분명했다.

"다시금 말씀드립니다만, 여기 계신 매니저들이 공장 폐쇄 발표 이후 일관된 메시지를 전달하지 않는다면 직원들은 더욱 불안해할 것이고, 그런 결과는 회사나 직원들에게도 부정적인 영향을 미칠 것입니다. 이를 사전에 방지하기 위해 오늘 자리에 모인 것이니 동료들의 자료와 발표 방법에 집중해주시면 감사하겠습니다."

그러고는 유럽 지역 영업본부장에게 짧은 기조연설을 부탁했다.

영업본부장은 천천히 일어나 주위를 둘러보면서 참석자들과 일일이 눈을 맞추었다. 마치 그들 중 누가 유다가 될 것인지 이미 알고 있다고 말하는 것처럼. 하지만 그의 표정에는 유다의 배신을 막을 수 없는 자의 체념보다는 유다가 나타난다면 그뿐만 아니라 가족들까지 기어이 응징하겠다는 결연함이 담겨 있었다. 그 결연함은 자칫 죄책감으로 위장될 수 있었다. 위협사격을 마친 그가 입을 열었다.

"오늘 이런 자리에서 여러분을 만나게 되어 매우 유감입니다만,

이번 사태를 계기로 우리 회사가 다시 도약하게 되길 간절히 기대합니다. 조금 이르긴 하지만 더 늦으면 이런 인사조차 못 드릴 것 같아 미리 양해를 구합니다. 메리 크리스마스."

참석자들은 일제히 자신의 머리를 겨누고 있던 권총을 바닥에 떨어뜨린 채 웃음을 터뜨렸다. 그러니까 그들은 모두 마지못해 비밀을 서약한 자들일 뿐, 공장 폐쇄 결정을 내리거나 그 결정에 동조한 자들은 결코 아니었던 것이다. 심지어 영업본부장과 공장장 역시 그러했다. 직업은 신성하고 그 신성은 어느 누구도 부정하거나 폄훼할 수 없으므로 굳이 누가 누구에게 죄책감을 느낄 필요는 없었다. 모든 사람의 책임은 어떤 사람의 책임도 아니므로.

"모두에게 어려운 상황이 당분간 이어지겠지만 그렇다고 너무 심각하게 받아들이진 맙시다. 시간은 어떻게든 지나갈 것이고 인간은 천천히 치유될 것입니다. 그러려면 여유를 잃지 않는 게 가장 중요하지요."

영업본부장이 자리에 앉자 노란 스웨터의 여자는 공장장을 지목했다. 그는 연단으로 나가면서 통역을 위해 만치니를 불러내었다. 지금부터 공장장과 만치니는 영업본부장과 매니저들을 노조 대표들로 간주하고 그들 앞에서 공장 폐쇄의 메시지가 담긴 자료를 읽어 내려갈 것이다. 그러면 참석자들은 노조 대표의 입장에서 발표 자료나 발표 방식에 내포되어 있는 문제점을 지적하거나 부정확한 사항에 대해 질문해야 하고, 공장장과 만치니는 이를 교정해야 한다. 노란 스웨터를 입은 여자는 효과적인 의사 전달에 유리한 단어와 음성, 제스처, 시선, 표정까지 세심하게 조정해줄 것이다.

그녀는 그들이 연단에 오르자마자 스크린 위에다 자료 하나를 띄웠다. 그 속에 포함되어 있는 숫자와 기호와 단어는 하나같이 왜 회사가 갑작스레 공장 폐쇄를 결정하지 않을 수 없는지를 설명하기 위해 구축된 것들이었다. 그렇다고 그녀가 그 숫자와 기호와 단어를 직접 골라 조합한 것은 아니었고 영업팀이나 재무팀이 만들어서 법무팀의 감수를 받은 자료에 그녀가 적절한 서사 구조와 조형미를 추가하여 완성한 것이었다. 경제와 역사, 심리, 철학, 행동학 등에 대한 조예 없이 삼백여 명의 직원들을 수긍시킬 자료를 만들어내는 건 불가능하다.

공장장이 설명한 내용을 이탈리아어로 정리하면 이렇다.

사 년 전까지만 하더라도 유럽의 경기는 회복될 것이라는 전망이 지배적이었다. 그래서 우리 회사도 미래의 수요를 적극 수용하기 위해 과감한 설비투자와 직원 채용을 추진해왔다. 하지만 우리의 예상과는 달리 사 년 동안 유럽의 경기는 나아지기는커녕 오히려 침체되어갔다. 그래도 회사는 피렌체 공장 폐쇄와 대량 해고라는 파국을 막기 위해 이 년 전부터 투자를 줄이고 생산성을 늘리되 품질을 유지하는 여러 방법들을 강구하면서 유럽의 경기가 되살아나길 기다렸다. 일 년 전부터 긍정적인 성과들이 여러 곳에서 분명하게 나타나고 있긴 하지만 이미 오랫동안 누적되어온 적자를 만회하기엔 역부족이다. 특히 고정비가 너무 증가했다. 냉전이 종식된 이후로 국지적 전쟁들은 오히려 더 빈번하게 발발하고 있고 석유와 코란과 유태인과 마약과 미국이 존재하는 한 결코 전쟁은 끝나지 않을 것이지만, 낮은 인건비의 장점을 최대한으로 활용하고 있는 개발도상국들이 경쟁적으로 자국의 군소 무기업체들을 지원하면서부터 우리 회사의 매출은 크게 줄어들고 시장 또한 급격히 잠식당했다. 공장을 운영할 수 있을 만큼의 경쟁력이 남아 있지 않은 이상 결정을 미룰 수가 없었다. 이는 경영진이나 직원들의 잘못은 결코 아니고 차라리 일체의 비인간적이고 근시안적인 전략을 실행할 수 없도록 판도라의 상자를 너무 빨리 봉인해버린 유럽인들의 결벽증 때문에 겪게 된 상황이므로 너무 자책할 필요는 없다. 만약 지금 피렌체 공장의 문을 닫지 않는다면 더 큰 비극을 맞이하게 될 것이다. 제품설계와 부품 공급을 책임지고 있는 미국 본사가 더이상 피렌체 공장을 지원하지 않겠다고 선언한 이상, 설령 우리가 본사의 뜻을 어긴 채 독자적으로 공장을 계속 운영한다고 하더라도 반년을 채 버티지 못하고 파산할 텐데, 그렇게 되면 직원들은 모두 채무자가 되어 자신들의 재산을 채권자들에게 내놓아야 할 것이다. 그러니 지금이라도 공장을 닫아야만 직원들 모두 갱생을 도모할 수 있다. 회사는 최선을 다해 직원들과의 아름다운 이별을 준비할 것이다. 물론 퇴직금이 모두의 기대를 만족시킬 순 없겠지만 사회보장제도가 잘 갖춰져 있는 이 나라에서 재취업하기 전까지 식솔들을 돌보는 데 부족하지는 않을 것이다. 회사의 결정으로 공장 문을 닫는 것이기 때문에 당연히 정부로부터 실업수당을 받을 자격이 보장되며 직업교육 프로그램에도 무상으로 참여할 수 있을 것이다. 이 시간 이후 회사는 이탈리아 법률이 규정한 절차를 충실하게 따를 것이며, 노조 대표들의 질문과 의견을 경청한 뒤 성심껏 대답할 것이다. 사무실 직원들은 팀장을 통해서 자신의 의사를 전달해주기를 바란다.

하지만 공장장이 마지막 페이지를 펼쳐 보일 때까지 발표가 물 흐르듯 진행된 건 결코 아니었다. 무례한 청중들은 자료의 내용에 집중하지 않고 그저 발표자와 통역사의 언행과 표정에만 집중한 채 악의적인 질문을 하거나 궤변을 장황하게 늘어놓았다. 어떤 자들은 공장장의 맨체스터 억양을 바꾸려고 했을 뿐만 아니라 만치니의 이탈리아어 통역이 원문과 정확히 일치하지 않는다는 사실을 들어 통역사의 교체를 주장하기도 했다. 참다못한 노란 스웨터의 여자가 프로젝터의 전원을 끄고 자신의 컴퓨터에 저장되어 있던 비틀스의 노래를 들려주면서 난상 토론을 멈춰 세우지 않았더라면 그들은 모두 그 유명한 스탠퍼드 감옥 실험의 유효성을 다시금 확인하게 되었을 것이다—간수 역할을 맡은 학생들은 죄수 역할을 맡은 동료들의 반란을 진압하기 위해 아우슈비츠에서 사용한 방법을 동원했다—그나마 오늘이 금요일이라는 사실 또한 인내에 도움이 되었던 것도 사실이다.

그리고 만치니는 누구보다도 법무팀의 줄리에게 진심으로 감사했다. 검은 정장에 파란 고무줄로 머리카락을 뒤로 묶은 그녀는 연단 바로 앞에 앉아서 공장장이나 만치니가 질문 공세를 받을 때마다 적절한 단어와 논리를 찾아주었다. 그녀의 짧은 삶life span에 비하여 회의 탁자 위에 쌓아놓은 반 뼘span 두께의 서류 파일들은 차라리 형벌 같았다. 그녀는 프랑스식 이름을 가지고 있으면서도 영어와 이탈리아어를 정확하게 구사할 줄 알았다. 만치니는 그녀의 목소리를 듣고 나서야 비로소 올 3월에 네덜란드에서 열린 마케팅 워크숍에서 서로 만나 이야기한 적이 있다는 사실을 기억해냈다. 그때 그녀는 변호사 출신의 스위스인 법무팀장과 커피를 마시고 있다가 만치니와 통성명을 하게 되었다. 그녀는 이탈리아어로 나폴리의 날씨와 음식에 대해 물었던 것 같다. 하지만 만치니는 자신이 뭐라고 대답했는지는 기억할 수 없었다.

"저분들은 적이 아니에요. 여러분들을 대신해서 저기 서 있는 것이랍니다. 그러니 제발 예의를 갖춰주세요."

"그런 질문은 오늘 회의의 목적에서 벗어난 것 같으니 굳이 대답하지 않아도 될 것 같네요."

"복잡한 소송을 대비하기 위해서라도 발표 자료에 분명하게 명시된 숫자들과 문장들만을 말씀하시는 게 좋아요. 그것들은 이미 법무팀에서 여러 차례 검토했기 때문에 향후 법적 대응이 가능하지만, 공장장님이나 품질팀장님의 사유 체계와 언어는 아직 검토하지 못했으니까 즉흥적인 대답은 가능한 한 삼가셔야 해요."

"질문에 대답할 수 없는 건 분명하게 모른다고 말하세요. 그게 사실이니까."

"자료를 발표하는 도중에 주도권을 빼앗기면 절대 안 됩니다. 그날 회의 참석자들의 반응에 너무 신경쓰실 필요는 없어요. 냉정함을 유지하는 게 가장 중요해요. 만약 노조 대표들이 회의 도중에 자리를 떠나려고 한다면 이렇게 말씀하세요. '난 당신들에게 오늘 반드시 해야 할 이야기가 아직 남았다. 만약 당신들이 이렇게 나간다면 더이상 내가 모두를 위해 할 수 있는 일은 없다'라고."

"모든 참석자들을 이해시키기 위해 자세히 통역하실 필요는 없어요. 숫자 몇 개와 그래프만으로도 내용을 충분히 이해할 수 있을 테니까요. 그 회의에서 가장 중요한 건 회사가 직원들에게 건네려는 단 하나의 메시지이지, 그 메시지의 논리나 세부 사항은 결코 아닙니다."

만치니는 그녀의 과장된 제스처와, 목적어와 술어가 분명한 화술에 완전히 매혹당하고 말았다. 그래서 연단 아래의 누군가가 자신을 향해 독설을 퍼붓고 있는 동안에도 적당한 대답을 찾아낼 노력은 하지 않은 채 그저 그녀가 자신을 대신하여 그들에게 적확한 대답을 해주길 조용히 기다렸다. 대신 그녀의 몸짓이나 언어 속에 배어 있을 사적 정보들을 놓치지 않으려고 극도로 집중했다. 결혼은 하지 않은 것 같았고 프랑스가 아니라 스위스에 거주하는 것은 분명했으며, 이탈리아인 아버지와 프랑스인 어머니 사이에서 태어난 것 같았는데 그녀가 구사하는 이탈리아어에는 북부 지역 특유의 억양과 단어들이 섞여 있었기 때문에, 가령 패션 관련 사업을 하는 그녀의 아버지가 프랑스에 출장을 갔다가 그곳에서 프랑스 여자와 사랑에 빠져 그녀를 낳았을 것이라는 추측이 가능했다. 이탈리아어와 프랑스어는 모두 라틴어에 뿌리를 두고 있고, 고대 로마인들이 프랑스로 넘어가 문명을 발전시킨 사실은 명백했으므로, 씨를 뿌린 아버지가 이탈리아인일 가능성이 더 높지 않을까.

만치니는 점심식사를 일찍 마치고 혼자서 자작나무 숲속을 산책하려는 계획을 포기했다. 그 대신 그녀와 단둘이 이탈리아어로 이야기할 수 있는 기회를 만들 궁리를 했다. 공장을 닫고 직원들을 해고해본 경험이 없기 때문에 이 프로젝트에 참여한 이후로 단 한 순간도 긴장을 늦출 수 없었다고 고백하면서, 적확한 통역을 위해 속성으로나마 개인 교습을 해달라고 요청한다면 그녀도 쉽게 거절하진 못할 것이다. 점심식사를 마치고 호텔 로비의 카페로 가서 커피를 마실 수도 있고 회의실로 돌아가 함께 자료를 살펴볼 수도 있다. 아니면 자작나무 숲속을 나란히 걸을 수도 있다. 어느 상황에서든 그는 자신 안의 여덟 가지 감정—동정과 수치심까지 포함하여—을 줄리에게 장황하게 설명하진 않을 것이다. 그저 이번 주말 계획이나 취미나 여행, 이탈리아 요리, 날씨, 그리고 최근

개봉한 영화에 대해서 이야기할 것이며 역사나 경제, 축구, 자동차에 관련된 이야기는 가능한 한 삼갈 것이다.

샐러드로 가득 채운 접시를 들고 만치니는 그녀를 조심스럽게 뒤따라가 그녀와 마주앉는 데 성공했다. 그리고 그녀는 그의 제안을 흔쾌히 받아들였다. 그래서 그들은 종이컵에 커피를 따라 들고 자작나무 숲길을 나란히 걸었다. 하지만 그들보다 먼저 식사를 마친 동료들이 이미 그 숲길을 채우고 있었기 때문에 길을 양보하느라 제대로 된 이야기를 나눌 수 없었다. 게다가 그녀는 만치니의 예상과는 달리 역사와 경제, 그리고 정치에 대한 이야기에 더 흥미를 보였다. 아프리카와 중동에선 거의 하루도 거르지 않고 전쟁과 테러 사건이 일어나고 있는데도 왜 우리 회사의 매출은 감소하고 있는지 모르겠다며 금발의 머리를 흔들고 보르도 와인빛의 혀를 찼다. 그녀의 당돌한 언행은 만치니가 회의시간 동안엔 결코 상상하지 못한 것들이어서 약간 당혹스러웠으나, 경계심을 걷어낸 결과라고 긍정적으로 이해할 수도 있었다. 줄리는 품질팀장의 입장에서 볼 때 피렌체 공장에서 생산되는 제품이 다른 경쟁사들의 그것과 견주어 어느 정도의 경쟁력을 지녔느냐고 물었다. 그래서 만치니는 우리 회사가 훨씬 인본주의적인 철학에 의거하여 제품을 만들고 있기 때문에 아프리카나 중동의 소비자들로부터 매력을 잃어가고 있는 것 같다고 에둘렀다. 그녀는 또다시 경박스럽게 몸을 흔들면서 마치 고등학교 입학을 앞둔 소녀처럼 웃었다.

"적을 정확히 쓰러뜨리지 못할 바엔 총소리라도 크게 만드는 게 좋겠네요."

그러더니 갑자기 정색을 하며 이렇게 묻는 게 아닌가.

"그런데 만약 공장 폐쇄가 발표되고 노조가 파업을 준비하게 되면 혹시 생산 라인에서 조립중이던 무기로 직원들이 무장을 하게 되진 않을까요? 설마 무장 단체로까지 발전하는 건 아니겠죠? 인본주의에 충실한 무기들이니까 유효사정권 안에서도 겨우 두어 명밖에 쓰러뜨리지 못하겠지만."

만치니는 비시시 웃었지만 그 웃음을 끝으로 더이상 그녀에게서 매력을 느끼지 못하게 되었다. 그래서 이렇게 말하고 난 뒤 그는 공장 폐쇄 발표로 충격을 받게 될 가족을 안심시킬 언행과, 직장을 잃게 될 동료들과 앙금을 남기지 않은 채 헤어질 수 있는 방법과, 회사가 자신을 위해 적당한 업무를 발견하지 못하고 퇴직금과 육 개월 치 급여를 지급할 경우에 대비할 탈출구를 혼자서 고민하기 시작했다.

"노리쇠는 전량 미국에서 수입해 보세창고에 보관하고 있다가 출하 직전에 조립하기 때문에 생산 라인에 있는 무기들은 제구실을 할 수가 없죠. 탄알도 모두 외부의 창고에 보관되어 있죠. 파업에 대비하여 이미 중요 부품들은 비밀 창고로 옮겨놓았고, 오늘 자정부터는 생산 라인으로 들어가는 이중 철문이 회사로부터 특별 허락을 받지 않은 사람들에겐 더이상 열리지 않을 테니까 심각한 사고는 거의 일어날 수 없을 거예요. 설령 파업을 하더라도 저녁식사 때에 맞춰 그들은 스스로 문을 열고 나와 집으로 돌아갈 겁니다. 그들은 무솔리니의 겁박에도 굴복하지 않고 마카로니를 지켜낸 자들이니까."

2장 협조

　예정대로 월요일 오전 열한시에 공장장과 생산팀장, 인사팀장, 품질팀장, 그리고 노조 대표들이 참석하는 노사협의회가 열렸다. 공장장의 집무실 대신 본관에서 오십여 미터 떨어져 있는 별관의 회의실에서 회의가 열렸다는 점과, 주요 의제와 전혀 관련이 없는 품질팀장이 처음으로 참석했다는 점이 그간의 회의와 달랐을 따름이다. 감독관 자격으로 가끔씩 회의를 참관하는 지역 금속노조 대표들 때문에 더 넓은 자리와 유창한 이탈리아어 통역사가 필요했다는 공장장의 설명에 아무런 의심도 품을 수 없었다. 하지만 모든 참석자들이 자리에 앉아서 가벼운 잡담을 나누고 있는 동안, 공장장은 평소와는 달리 사뭇 긴장한 표정으로 모두 발언을 머뭇거렸다. 한참 동안 아무 말 없이 참석자들을 쳐다보던 그는 생수

병의 물을 절반쯤 들이켜더니, 미국 본사의 긴급한 결정에 따라 피렌체 공장을 폐쇄하겠다는 메시지를 발표했다. 당연히 노조 대표들뿐만 아니라 사측 대표로 참석한 생산팀장과 인사팀장까지 크게 동요했다. 이 중요한 메시지는 자신이 유럽 지역 영업본부장으로부터 직접적이고 은밀하게 전달받은 것이기 때문에 팀장들조차 전혀 알지 못한다고 공장장은 주장했다. 다만 이탈리아어 통역을 위해 품질팀장에게만 회의 시작 삼십 분 전에 간략하게 귀띔해주었다고 해명했다. 공장장이 진실을 말하고 있다는 사실을 강조하기 위해 인사팀장과 생산팀장은 연신 어깨를 들썩거리면서 당혹스러운 표정을 과장했다. 반면 품질팀장은 자신은 결코 통역을 자원하지 않았지만 이탈리아어를 자유롭게 말할 수 있는 유일한 팀장이 나서지 않는다면 회사와 직원들 사이의 오해와 갈등이 통제할 수 없을 정도로 불어날 것이므로 부득이 책임감을 느끼지 않을 수 없었다고 대답했다. 공장장은 흐트러진 자세와 표정을 매만지더니 스크린에 투사된 자료들을 영어로 또박또박 설명하기 시작했고, 품질팀장은 단 하나의 영어 단어라도 누락되거나 왜곡되었다고 생각되면 공장장의 이야기를 멈춰 세우고 앞에 말한 문장을 두어 번 반복하면서 수정했다. 그래서 공장장은 두 마디씩 말한 뒤 마치 문장부호를 찾듯 품질팀장의 표정을 읽어야 했다. 피렌체 공장은 유럽 경기의 어두운 전망에도 불구하고 생산성과 품질 향상을 위해 수년간 각고의 노력을 쏟아부었으며 기대 이상의 성과를 올렸다. 이는 모든 직원들의 헌신과 희생 없이는 결코 달성할 수 없는 결과여서 다시금 감사를 표하는 바이다. 하지만 누적 적자가 줄어들지 않고 시장의 회복 속도 또한 너무 더뎌서 미국의 본사는 더이상 중대 결정을 미룰 수가 없었다. 비록 피렌체 공장은 폐쇄되더라도 유럽에서의 판매 활동은 변함없이 진행될 것이며 반드시 위기를 극복하고 명예를 회복하게 될 것임을 확신한다. 회사는 오늘부터 이탈리아의 현행법이 규정한 절차에 따를 것이지만 당장 공장을 폐쇄하는 것은 아니므로 직원들은 절차가 완료될 때까지 정상적으로 출근해야 할 의무가 있다. 비록 그들은 대부분 회사를 떠나게 되겠지만 향후 회사가 제공할 프로그램을 통해 갱생과 재취업의 기회를 얻게 되리라고 확신한다. 노조의 적극적인 협조 없이 차선의 방법을 찾는 건 결코 불가능하며 인사팀이 배포하게 될 지침에 관심을 쏟아주길 바란다. 이렇게 말하고 나서 공장장은 앞으로의 주요 일정에 대해 설명하려고 했다. 하지만 이미 흥분한 노조 대표들이 일제히 자리에서 일어나더니 고함과 욕설로 그의 발언을 막았다. 탁자 위에 놓여 있던 서류들이 허공으로 날렸고 종이컵들은 바닥으로 쏟아졌다. 프로젝터와 노트북의 전원선이 강제로 뽑혔다. 공장장의 멱살을 잡은 채 시간을 되돌리려는 노조 대표가 동료들에 의해 간신히 제지되었다. 공장장은 아무런 저항도 하지 않았지만 자신의 승리를 의심하지는 않았다. 신변의 위협을 느낀 생산팀장과 인사팀장은 공장장 뒤로 숨었다. 품질팀장이 질서를 회복하려고 소리를 지르는 사이 회의실의 출입문이 봉쇄되었다. 노조 대표들은 이런 상황을 전혀 예상하지 못한 채 사무실이나 생산 현장에서 정상적으로 업무를 하고 있을 대의원들에게 급히 전화를 걸어 십여 분 전에 벌어진 상황에 대해 간략하게 설명한 다음, 공장 출입문을 폐쇄하고 전체 직원들을 별관 회의실 앞에 당장 집결시키라고 요청했다. 하지만 노조 대표들의 기대와는 달리 직원들이 회의실 앞으로 몰려온 때는 삼십 분 남짓 지난 뒤였다. 대부분의 직원들은 자신이 전해 들은 소식을 반신반의했기 때문에 걸음을 서두르지 않았다. 하지만 회의실 안의 상황을 직접 목격하자 현실을 받아들이지 않을 수 없었다. 공장장은 노조 대표들이 흥분한 직원들로부터 안전한 공간을 확보해준다면 자신이 직접 그들에게 미국 본사의 메시지를 전달하겠다고 말했다. 전령에 불과한 자신을 위협하는 어떠한 물리적 행동도 회사와의 협상에는 전혀 도움이 되지 않으리라는 점을 여러 번 상기시켰다. 노조 대표들은 더이상 회사를 믿을 수 없었지만 일단 공장장에게 기회를 주는 게 좋겠다는 결론을 급히 내렸다. 회사와의 지난한 협상을 앞둔 직원들 앞에서 누가 적이고 누가 친구인지 알리는 데 그보다 더 효과적인 방법은 없을 것 같았다. 그래서 노조 대표들은 회의실 앞의 직원들을 주차장으로 이동시켰다. 그리고 그들이 지켜야 하는 기본적인 행동 지침을 공장장이 나타나기에 앞서 일러주었다. 먼저 흥분하여 개별적으로 행동하면 훗날 협상을 망칠 수 있으므로 노조 대표들에게 협상의 전권을 일임해야 하며 그들의 지침을 충실하게 따라야 한다고 충고했다. 유럽의 성숙한 시민들 모두가 회사의 결정에 반대하고 우리를 지원할 것이므로 정치적 수완을 총동원해서라도 공장 폐쇄를 막아내겠다고 장담했다. 그때 노조 대의원 한 명이 전화 한 통을 받았는데, 공장장과 생산팀장, 품질팀장이 후문을 통해 공장을 몰래 빠져나가려다가 직원들 대여섯 명에게 붙들려 공장장의 집무실에 감금되었다는 것이었다. 인사팀장은 공장의 후문 대신 정문으로 탈출하는 대담함을 보였다. 그런 소란이 벌어지고 있는 사이 유럽 지역 영업본부장이 '중대 발표'라는 제목으로 피렌체 공장 직원들 전체에게 발송한 이메일이 도착했다.

공장장과 생산팀장, 품질팀장의 탈출을 막은 대여섯 명의 직원들 중에는 품질팀의 안토니오도 포함되어 있었다. 그는 오후에 트럭에 실어 출하하기로 예정되어 있는 제품들을 최종 점검하는 중이었다. 매주 월요일 공장장과 노조 대표들이 참석하는 노사협의회에 대해서 그는 대수롭지 않게 생각하고 있었다. 오히려 그 회의의 무용함에 대해 동료들과 몇 차례 이야기를 나눈 적이 있었다. 노사 간의 정례적인 협의 덕분에 업무 환경이 나아지고 있는 것은 사실이었지만 그와 더불어 직원들의 업무량이 늘어나고 있는데도 권력에 도취된 노조 대표들이 이를 의도적으로 묵인하고 있다는 주장에 안토니오도 대체로 동의했다. 하지만 유럽 경기가 침체의 늪에 빠져 있는 한 노동자들의 권익은 언제든 희생당할 위험이 높았으므로 그는 눈앞의 현실에만 집중하려고 애썼다. 물론 유럽의 경기와 무기 사업 사이의 연관성을 제대로 이해하고 있다고는 자신할 수 없었다. 유럽에서 대규모의 전쟁이 멈춘 지 수십 년이 되었고, 유럽연합 출범 이후 국가와 인종에 대한 구분도 희미해졌으며, 전쟁을 대체할 수 있는 방법, 가령 축구와 마약과 술과 매춘과 여행이 권장되고 있기 때문에 유럽인들이 무기를 구입해야 할 이유는 점점 줄어들고 있을 것이었다. 국가의 시스템은 개인의 감정 중에서 분노를 관리하기 위해 다각적으로 진화했고 그 정책은 어느 정도 성공을 거두었다. 억압된 분노는 무기력감으로 표출되었다. 여전히 석유와 코란과 유태인과 마약과 미국이 존재하는 한 전쟁은 지구상에서 사라지지 않겠지만 적어도 연금제도가 발달된 사회에서 무기를 유통시키는 사업은 필경 사양길에 접어들 게 분명했다. 적어도 대의원으로부터 전화를 받게 될 때까지는 그렇게 생각했다. 처음에 안토니오는 흥분한 대의원의 이야기를 제대로 알아들을 수 없었다. 이탈리아어를 능숙하게 사용하지 못하는 공장장의 발언이 약간의 오해를 일으켰을 수도 있다고 간주했다. 그동안 노사협의회에서 공장장과 노조 대표들이 사소한 안건을 두고 서로 힘겨루기를 하다가 끝내 한쪽이 일방적으로 회의장을 떠난 경우가 한두 번이 아니었다. 그러다가 누군가가 징계를 받기도 했고 태업과 같은 집단행동으로 맞서기도 했다. 하지만 공장 폐쇄와 같은 단어가 오간 적은 단 한 번도 없었다. 그래서 안토니오는 품질팀 동료들에게 전화를 걸어 자신이 들은 바를 확인하려고 했다. 그때 그와 가까운 곳에 서 있던 누군가가 다급히 소리쳤다.

"저놈들이 도망친다."

안토니오가 고개를 돌려보니 공장장과 생산팀장, 그리고 자신의 팀장이 후문을 향해 급히 달려가고 있는 모습이 보였다. 안전사고를 방지하기 위해서 모든 직원은 보도로 지정되지 않은 곳을 통행해서는 안 되며 더욱이 출하장처럼 트럭이 수시로 드나들어 위험한 곳에서 달리는 행동은 엄격히 금지되어 있었다. 두 달 전 한 직원이 출하 일정을 맞추기 위해 제품을 가지고 뛰다가 지게차에 부딪혀 넘어지면서 다리가 부러진 적이 있었는데, 공장장과 생산팀장은 그 직원의 잘못으로 판정하여 유급휴가를 허락하지 않았다. 그런 이력을 지닌 자들이 마치 사냥꾼을 피해 달아나는 토끼들처럼 혼이 절반쯤 빠져나간 모습으로 황급하게 뛰어가고 있었으니 뭔가 크게 잘못되었다는 생각이 들었다. 젊어서 곧잘 엽총을 들고 친구들과 함께 알프스 북부의 산악 지역으로 사냥을 나가곤 했던 안토니오는 반사적으로 수렵물을 향해 뛰기 시작했다. 쉰이 넘은 나이를 거스르지 못하는 속도였지만 그는 육체적 한계를 뛰어넘을 만큼의 지혜와 경험이 있었다. 그와 동료들은 탈출구 앞에서 잠시 안도하고 있는 공장장과 생산팀장, 품질팀장의 뒤로 슬 그머니 다가가서 그들의 허리띠를 움켜쥐었다. 상대의 정체를 파악한 공장장과 품질팀장은 수치심 때문에라도 더이상 저항하지 않았으나, 생산팀장은 완력을 써서 상대를 쓰러뜨리고서라도 도망치려고 시도했다. 그 때문에 직원들은 생산팀장을 강제로 바닥에 꼬꾸라뜨리지 않으면 안 되었다. 후문 근처에 세워져 있던 두 대의 승용차에서 정체를 알 수 없는 서너 명의 건장한 청년들이 급히 내렸으나 차마 공장 안까지 들어오지 못하고 밖을 서성거릴 따름이었다. 안토니오는 공장장이 바닥에 떨어뜨린 가방을 주워들고 그것을 건네주면서 영어로 속삭였다.

"공장 안에서 뛰는 건 모든 직원들에게 금지되어 있다는 사실을 잠시 잊으셨나보군요. 하지만 오해가 있다면 대화로 해결하시는 게 최선이겠죠."

흥분한 노조 대표들에게서 신변의 위협을 느꼈기 때문에 부득이 자리를 피하려고 했다고 공장장은 솔직하게 해명했다. 회사를 대표하여 메시지를 발표한 자신을 누구든 사적으로 위해할 경우 상황이 더욱 악화될 것이라는 경고를 그 급박한 상황에서도 던질 만큼 그는 배짱이 두둑했다. 반면 생산팀장은 당장이라도 왈칵 눈물과 비명을 쏟아낼 것처럼 시무룩해져 있었고, 품질팀장도 난처한 표정을 감추지 못했다. 안토니오는 자신의 팀장과 시선이 마주치는 걸 극도로 조심하면서 말을 아꼈다. 하지만 흥분이 가라앉으면 그를 따로 만나서 변명이라도 들어봐야겠다고 생각했다. 물론 그가 모든 결정을 내린 것은 아니겠지만, 그래도 자초지종 정도는 설명해줄 수 있을 것이고, 그래야 누군가를 경멸하든지 이해하든지 할 수 있을 것 같았다. 우쭐해진 동료들은 각자가 속해 있는 부서의 대의원들에게 전화를 걸어 자신이 세운 공적을 자랑하느라 여념이 없었다. 모든 직원들이 이미 주차장으로 몰려간 뒤였기 때문에 공장장과 그의 일행은 허리띠를 붙들린 채 걸어가는 모습을 직원들에게 들키지 않은 채 공장장의 집무실로 들어설 수 있었다. 그러고 보니 노사협의회에 참석하지 않은 팀장들은 오늘 아침 공장으로 출근하지 않았다. 어쩌면 그들은 오늘의 발표 내용을 미리 알고 있었고, 불의의 사고와 오해를 피하기 위해서라도 각각의 팀에서 믿을 만한 직원 한두 명을 동반하여 공장 외부의 회의나 교육에 참석한 것인지도 모른다. 한번 시작된 의혹은 꼬리에 꼬리를 물며 나선형으로 이어졌다.

그제야 안토니오는 두어 달 전부터 여러 곳에서 발견되던 이상 징후의 인과를 이해할 수 있었다. 미국에서 전량 수입해오는 노리쇠의 재고량이 생산계획에 비해 크게 부족하다는 자재 담당자의 보고를 받은 구매팀장과 공장장은, 생산량을 줄이면서까지, 평소와는 달리 아주 너그럽고 느긋하게 대응했다. 결국 지난주 금요일에 제작된 제품에는 노리쇠가 장착되지 않아서 사격 테스트를 진행하지 못했는데도 품질팀장은 고객의 다급한 사정 때문에 정상적인 출하를 결정했으며 노리쇠는 미국 본사에서 고객에게 직접 발송할 것이라고 둘러댔다. 그 제품을 주문했다는 고객의 이름과 주소는 낯설었다. 일본에서 수입하기로 예정된 건드릴링gundrilling 두 대가 서류 문제로 통관이 두 달째 미뤄지고 있었고, 생산 라인을 개선하기 위해 계획되었던 공사가 취소되었다. 생산팀장은 담당자들과 회의실에 모여 대안과 일정만을 논의할 뿐 담당자를 업체에 보내거나 해당 업체의 담당자를 공장으로 불러들이지 않았다. 정문과 후문을 지키는 경비들의 얼굴이 바뀌었고 화장실에 비치된 물품들의 품질도 떨어졌다. 한 달에 한 번씩 우수 사원을 뽑아 식사 쿠폰을 지급하는 행사도 중단되었다. 반년 동안의 수습 기간을 채우기도 전에 생산직 직원 다섯 명이 해고되었다는 소식이 들려왔을 땐 성마른 생산팀장이 노조를 압박하기 위해 기획한 쇼 정도로 이해했다. 예전 같으면 갖가지 자료를 요청하고 수시로 피렌체 공장을 드나들었을 미국 본사의 직원들로부터 메일이 뜸해지기 시작한 것도 두어 달 전부터인 것 같다. 하지만 이 주일 전까지만 하더라도 공장장은 직원들과 노조 대표들 앞에서, 자신이 부임해온 뒤로 생산성과 품질이 어떻게 개선되었으며 이로 인해 판매가 얼마나 증가되었는지 그래프까지 보여주면서 향후 이 년 안에 다른 지역의 공장에 필적할 만한 수준의 공장을 만들겠다는 청사진을 제시하지 않았던가. 안토니오는 자신의 우둔함보다는 회사의 명민함에 혀를 차지 않을 수 없었다.

인사팀장은 공장장과 생산팀장, 품질팀장이 공장에 감금되었다
는 사실을 유럽 지역 영업본부장에게 보고했다. 상황이 나아질 때
까지 모든 팀장들은 공장 밖에 머물면서 여러 채널을 통해 공장
안의 사정을 파악하고 수시로 본사에 보고하라는 지시가 내려졌
다. 그래서 스스로를 피렌체 공장의 이인자라고 생각하는 구매팀
장이 오후 일곱시 십구분에 처음으로 상황을 보고했다. 공장장이
나 생산팀장, 품질팀장의 메일이 감시당하고 있을 것을 염려하여
수신인 명단에서 그들을 제외했다.

From: 토머스, 피렌체 공장 구매팀장
Sent: 월요일, 10월 16일 2017년, 7:19 PM
Subject: [10/16_오후 7시] 피렌체 공장 현황

오후 한시 노조 파업 시작. 공장 출입구 폐쇄. 자재와 지게차 등
으로 출입구를 막았으나 자재와 제품 배송을 위한 트럭은 자유롭
게 드나들고 있으며 우려할 정도의 불법행위는 발견되지 않음. 오
후 일곱시부터 노조원들이 정문 한쪽을 열어놓아 일부 사무직 직
원들이 퇴근했지만 대부분의 직원들은 공장에 남아서 회사와의
협상 결과를 기다리고 있음. 공장장과 생산팀장, 품질팀장은 공장
장 집무실에 억류되어 점심과 저녁 식사를 거른 채 노조 대표들과
협상을 진행중임. 노조 대표는 회사 발표 자료의 부정확함을 이유

로 공장 폐쇄 결정을 철회하라고 주장하면서 협상에 집중하기 위해 모든 직원들에게 일주일 동안의 유급휴가를 허락하도록 요구했으나 공장장이 거부함. 다섯시에 지역 방송을 통해 공장 폐쇄에 대한 뉴스가 최초 송출됨. 아직까지는 회사가 직원들 전체에게 발송한 메일을 근거로 보도되고 있지만 오늘 늦은 밤이나 내일 오전 중엔 기자들이 현장에서 취재한 내용이 추가될 것으로 예상됨. 언론과의 공식 인터뷰를 위해 피렌체 공장 인근의 호텔에서 홍보팀장이 대기하고 있음. 특별한 합의가 없는 한 대부분의 직원들은 내일 정상 출근하여 파업에 참가할 것으로 예상됨. 공장 밖의 모처에 머물고 있는 팀장들은 공장장의 지침을 기다리고 있음.

From: 토머스, 피렌체 공장 구매팀장

Sent: 화요일, 10월 17일 2017년, 10:43 AM

Subject: (10/17_오전 10시) 피렌체 공장 현황

어젯밤 열한시 반경 노조원들의 감시가 소홀한 틈을 타서 공장장과 생산팀장, 품질팀장이 공장에서 빠져나오는 데 성공함. 현재 모처에서 휴식을 취하고 있으며 심신을 회복하는 대로 영업본부로 이동할 예정임. 나머지 팀장들은 자택에 머물면서 상황을 주시하며 업무를 수행하고 있음. 일부 술 취한 노조원들이 생산 라인 설비 일부와 사무실 집기를 파손했으나 아직까지 피해는 경미함. 설계도 및 제작 기술 자료 등은 이미 안전한 곳으로 이동시켜놓았

기 때문에 유출 위험 없음. 하지만 팀장들이 없는 상황에서 유형 자산에 대한 파괴 활동은 심화될 것으로 우려됨. 노조는 회사 이메일 서버의 전원을 차단하고 공장 입구에서 직원들의 성향에 따라 출입을 통제하고 있으나 특이 사항은 없음. 사무실 안으로 들어간 일부 사무직 직원들은 노조원들의 집단적인 방해 때문에 정상 업무를 시작하지 못하고 있으며 일부는 개인 물품을 챙겨 일찍 퇴근함. 이번 주에는 옥쇄 파업이 예상되나, 무노동 무임금 원칙에 따라 파업 기간 동안에는 급여가 지급되지 않기 때문에 다음주 초쯤 노조와의 협상이 재개될 가능성이 높음. 지역 노조 대표들이 파업 활동에 가세함. 오전부터 중앙 언론을 통해 공장 폐쇄에 대한 소식이 이탈리아 전역으로 보도되고 있으며, 노조 대표들이 언론과의 인터뷰를 통해 공장 폐쇄의 부당함을 호소하고 있음. 피렌체 시장은 회사의 결정에 유감을 표시하면서 원만한 해결을 위해 이번 주 수요일 노조 대표들을 만나겠다고 약속함. 비우호적 언론에 대한 대응 방안은 오후에 확인하여 추가 보고할 예정임.

From: 토머스, 피렌체 공장 구매팀장
Sent: 수요일, 10월 18일 2017년, 12:09 PM
Subject: (10/18_오후 12시) 피렌체 공장 현황
   어제 오후부터 노조원들과 사무직 직원들이 자발적으로 생산 라인과 사무실 정리를 시작함. 공장 정문에 쌓아놓은 타이어와 목

재가 불에 타고 있는 사진이 현지 언론을 통해 배포되었으나 이는 사실이 아님. 어떤 직원은 금일 오전부터 팀장들의 관리 없이 정상 생산을 시작하기로 노조 대표들이 결정했다고 하고, 다른 직원은 다음주 화요일까지 유급휴가를 주는 것으로 공장장이 합의했다고 보고하고 있으므로 사실 확인이 필요함. 피렌체 시장과 지역 정치인들의 공장 방문에 앞서, 회사가 포기한 공장을 지켜내기 위해 노조와 직원들이 자체적으로 질서를 유지하고 생산을 재개했다는 메시지를 홍보하려는 것으로 판단됨. 공장 입구에 배치된 노조원들은 여전히 직원들을 선별하여 출입시키고 있으며, 대부분의 직원들은 주차장에 모여서 사태를 관망하고 있음. 어제저녁 공장장이 경찰의 보호를 받으며 법원에서 파견한 집달리와 함께 공장으로 들어가 생산 설비와 사무실의 상태를 직접 확인했으며, 집달리는 다음주 중에 조사 결과를 공식 서류로 보고할 예정임. 우려했던 바와는 달리 파손 정도는 심각하지 않음. 다만 개인 물품에 대한 도난 사고가 몇 건 보고됨. 다음주 월요일 오전 공장장과 인사팀장이 노조 대표들과 협상을 재개할 예정인데, 만약 피렌체 시장과 지역 정치인들의 방문 효과가 노조의 기대에 부응하지 못하고, 피렌체 공장을 대체하게 될 슬로바키아 공장에서 제품이 정상적으로 출하되었다는 사실이 알려지면, 현재까지 중립을 지켜온 직원들까지 반발하게 될 것으로 우려됨. 미확인 정보들이 보고되어 혼란을 일으키는 상황을 방지하기 위해서 다음주

부터는 유럽 지역 영업본부의 홍보팀에서 피렌체 공장 현황을 공식적으로 보고할 예정임. 누락된 사항에 대해선 향후 추가 보고하겠음.

From: 토머스, 피렌체 공장 구매팀장
Sent: 목요일, 10월 19일 2017년, 4:32 PM
Subject: [10/19_오후 4시] 피렌체 공장 현황

상황은 어제와 크게 다르지 않음. 다행히 언론 보도 횟수는 줄어들고 있음. 노조원들이 여전히 출입문을 봉쇄하고 있으며 출근하는 직원들의 숫자도 많이 줄어듦. 노조원들과 사무직 직원들 사이의 언쟁이 자주 목격됨. 개인 물품 도난 사고가 이어지고 있음. 회사 이메일 서버는 여전히 차단됨. 회사는 자비심을 발휘하여 이번 주 모든 직원들에게 정상적인 급여를 지급할 예정임. 노조 대표들은 다음주 월요일부터 생산을 정상적으로 재개하기 위해 생산 시설과 가용 인력을 자체적으로 점검하고 있음. 하지만 팀장들의 부재, 사무직 직원들의 높은 결근율, 자재 부족, 생산 설비 미점검, 생산 시스템 접근 불가―장비와 생산, 판매에 관련된 정보 유출을 막기 위해 어제 전산팀이 피렌체 직원들의 접근 권한을 모두 회수함―출하 트럭 미확보 등의 이유로 정상 운영은 불가능함. 다음주 월요일 오전 열한시에 피렌체 공장에서 협상이 재개될 예정이나 결과는 미흡할 것으로 예상됨. 다음주 월요일부터 홍보

팀이 일일 공식 보고를 진행할 예정이지만 사안의 중요도와 긴급도에 따라 별도 보고하겠음.

밤사이 누군가 급히 헤집어놓은 자신의 책상 서랍과 캐비닛을 정리하면서 안토니오는 만감이 교차했다. 공장 폐쇄 발표가 있던 월요일부터 매일 밤 일군의 직원들이 사무실을 어슬렁거리면서 중요 물품들을 약탈하고 있었다. 그들 중 가장 강력한 권력과 조직을 지닌 자들이 월요일 밤 공장장과 생산팀장이 공장을 빠져나간 직후 사무실로 침입하여 고가의 물건들, 가령 컴퓨터 모니터, 텔레비전, 프린터, 회사 홍보용 기념품 등을 모두 훔쳐갔다. 잠겨 있는 문들은 해머로 간단히 부쉈다. 월요일에 전리품을 챙기지 못한 자들이 화요일 새벽에 약탈을 하고, 거기서 다시 소외된 자들이 수요일 새벽을 노렸을 것이다. 목요일 새벽에 사무실로 들어온 자들은 더이상 자신들에게 남아 있는 게 없다는 사실을 깨닫고 허탈해했을 것이다. 노조 대표들은 파업을 지원하기 위해 외부에서 찾아온 사람들 중 극히 일부가 술에 취해서 저지른 소행이라고 주장했지만 그 주장을 곧이곧대로 믿는 자는 거의 없었다. 그 처참한 현장을 목격한 사무실 직원들의 반응은 대체로 세 가지로 나뉘었다. 한 부류는 다소 과격했지만 지극히 정당한 대응이라고 받아들였다. 노조나 정치인들이 어떻게 대응하든지 간에 회사는 공장 폐쇄 결정을 끝내 철회하지 않을 것이고, 새 모이만큼의 금액을 보상받은 뒤부터 자신들은 더이상 세상에 쓸모없는 인간으로 전락할 것이기 때문에 아직 이 회사에서 쓸모가 있을 때 불법적인 방법을 동원해서라도 가능한 한 많은 보상을 확보하려고 했을 것이다. 월요일부터 공장에 나타나지 않는 팀장들은 자신의 이익을 위해 동료들의 권익을 기꺼이 팔아넘긴 배신자들에 불과했다. 분노와 파괴의 충동은 회사가 고의적으로 조장했다고 약탈자들을 두둔하기까지 했다. 하지만 화요일 밤 이후로도 약탈과 파괴 행위가 계속되자 초기 지지자들의 목소리는 급격히 줄어들었다. 또다른 부류는 적어도 동료들의 개인 물품을 약탈하는 행위는 동료의식을 파괴하고 불신을 조장하여 끝내 모두를 공멸시킬 위험이 있으므로 즉시 멈춰야 하며, 모두가 완전히 해고되기 전까지 희망을 잃지 말고 질서를 유지하면서 상황에 냉정하게 대응하자고 제안했다. 그들은 아직도 공장 폐쇄 이외의 타협안이 존재하며 설령 생산을 멈추더라도 영업과 애프터서비스 등의 업무가 지속되는 한 자신에게도 회사에 남아서 일할 기회가 주어질 것이라고 믿었다. 회사나 노조 어느 쪽에도 눈 밖에 나지 않으면서 실리를 챙기려고 했다. 마지막 부류는 회사와 동료들의 행동에 크게 실망하고 스스로 희망을 회수한 채 다른 회사로의 이직을 준비했다. 더이상 그들에겐 적과 친구를 구분해야 할 의미가 남아 있지 않았다. 결정이 빠를수록 갱생에 도움이 될 것이라고 판단하고, 가능한 한 빠른 시간 안에 회사와 노조가 협상을 끝내 자신의 퇴직금을 정산해주길 희망했다. 그들은 동료들이 보는 앞에서 자신의 물품들을 버리거나 파괴함으로써 더이상 어느 누구로부터도 상처받는 걸 거부했다. 이렇게 극명하게 반목하는 동료들 사이에서 안토니오가 선택할 수 있는 가장 현명한 방법은 침묵뿐이었다. 절망이나 희망 중 하나만을 선택하기에 그는 너무 오랫동안 이 회사에서 일했다. 그는 자신이 통과해온 시공간과 자식들이 통과해야 할 그것을 한꺼번에 이야기하고 싶었지만 현재의 상황은 그런 모호한 태도를 결코 용납하지 않을 게 뻔했다. 그러니 주변 환경에 맞춰 부지런히 피부색을 바꾸고 묵묵히 따르는 척할 수밖에. 비록 노조 대표들이 매일 아침 공장 정문에서 직원들을 선별하여 입장시키고 있다고 하더라도 정문을 통과한 자들을 모두 동지로 간주할 수는 없었다. 왜냐하면 그들 중에는 자신의 책상 서랍을 뒤져서 이십 년 근속 기념패와 사진들까지 훔쳐간 자들이 포함되어 있었기 때문이다. 그런 게 왜 그들에게 필요했을까. 회사에 보기 좋게 배신당한 자신의 인생을 조롱하기 위해 필요했던 것은 아닐까. 공장장과 팀장들이 모두 버린 공장을 자유롭게 드나들 수 있다는 사실은 달리 생각해보면, 공장 운영에 필요한 중요 결정을 내릴 수 있는 권한이 자신에겐 오래전부터 거세되어 있었다는 의미일 뿐이라고 안토니오는 생각했다. 언론으로부터 회사 소식을 전해 들은 친척이나 친구들이 시도 때도 없이 걸어오는 전화에 대응하는 일만으로도 그는 이미 충분히 고통받고 있었다. 목 잘린 채 매달려 있는 마네킹들과 술냄새가 진동하는 동료들 사이를 매일 통과하는 것도 결코 즐거운 일은 아니었다. 그래서 친분이 있는 의사를 조만간 찾아가 진단서를 발급받아서 병가라도 써야겠다고 그는 생각했다.

월요일 공장장과 노조 대표들 사이의 협상은 별다른 성과 없이 끝났다. 그러자 노조 대표들은 회사와 노조, 정부가 공장 폐쇄 결정의 타당성을 함께 검토하여 최종 결론을 내리기 전까지 생산을 재개하겠으며 공장 경영과 관련된 모든 의사 결정을 자신들과 협의하지 않으면 안 된다고 발표했다. 공장장 이하 팀장들의 공장 출입을 허락하고 그들이 정상적인 업무를 수행할 수 있도록 안전을 보장하겠다는 의사도 밝혔다. 상황이 더 악화되는 걸 원하지 않았던 공장장은 마지못해 동의하면서도 향후 생겨날지도 모를 금전적 손해와 품질 문제 등에서 절반의 책임은 노조 대표들이 져야 한다고 명확히 했다. 그날 오후에 노조원들은 공장 출입구에 세워놓았던 자재와 지게차들을 원래의 자리로 옮기고 물로 깨끗이 청소했다. 화요일 아침부터 공장장과 팀장들은 정상 출근시간에 맞춰 공장에 나타났는데, 거의 동시에 출입문을 통과한 것으로 보아 공장 밖에서 미리 만나 노조와 직원들을 자극할 수 있는 어떤 언행도 삼가되 불법적 사항이 발견되면 즉시 보고하라는 행동 지침을 공유한 뒤 출근한 게 분명했다. 자신들이 곧 회사를 대표한다는 메시지를 전달하려는 의도가 다분히 내포되어 있는 행동이었다. 그들은 마치 지난주에 일어났던 일들은 전혀 기억하지 못하는 것처럼 직원들에게 악수를 청하고 안부를 물었다. 그러고 는 엉망이 된 자신의 사무실을 보고도 실망이나 분노를 표시하지 않은 채 책상을 대충 정리하고는 곧장 컴퓨터를 켜고 업무를 시작 했다. 하지만 그들은 직원들을 사무실로 불러 무엇인가를 설명하 거나 지시하는 대신 메일을 보냈는데, 마치 한낮의 허공으로 신호 탄을 쏘아올린 것처럼 누가 언제 어떤 일을 시작하고 어디서 끝내 야 하는지에 대한 구체적인 지시가 포함되어 있지 않아서 그 메일 을 받은 누구도 메일의 목적을 이해할 수 없었다. 그래서 나중엔 팀장들과 직원들은 마치 사무실 벽을 사이에 두고 테니스나 배구 를 함께하듯 메일을 주고받았다. 규칙과 경기장과 네트가 없다는 점만 다를 뿐이었고 그 경기를 관람하는 관중의 수는 충분했다. 왜냐하면 조금이라도 수상하거나 공격적인 내용을 담은 메일들은 노조원들이나 팀장들 전체에게 재발송되었기 때문이다. 노조 대 표들은 공장장 집무실 옆의 회의실—그곳은 외부 손님들이 찾아 왔을 때 머물거나 전체 팀장들이 참여하는 중요 회의가 열리던 곳 이었다—에 하루종일 머물면서 이런저런 회의를 주관했다. 처음 엔 회의 탁자 위에 서류함 몇 개를 올려놓고 퇴근하더니 며칠 뒤 엔 정수기와 커피포트를 설치하고 나중엔 아예 자신의 개인 물품 들이 담겨 있는 캐비닛까지 옮겨놓았다. 바닥에 깔린 카펫은 신발 바닥에 기름을 묻힌 채 드나드는 사람들에 의해 더럽혀졌다. 그들은 공장장과 회의를 진행하면서 더이상 냉정을 잃지 않았다. 그러고는 매일 사무실을 돌면서 직원들의 안부를 묻고 그들의 이야기를 경청했다. 불쾌한 이야기를 전해 듣게 되면 아무 때고 팀장들을 찾아가 설명을 요구하고 항의했다. 그럴 때마다 팀장들은 유령과도 같은 표정을 지어 보이면서 긍정이나 부정이 아닌 태도로 일관할 따름이었다. 팀장들은 자신의 사무실 밖에서 할 수 있는 역할이 거의 없었고 직원들은 박제품을 대하듯 그들에게 인사도 건네지 않은 채 데면데면 굴었다. 새로운 역할과 환경에 도취된 노조 대표들은 어느 순간부터 공장장과 팀장들에게만 지정되어 있는 주차 공간에다 자신들의 자동차를 세우기 시작했다. 심지어 자동차 두 대를 세울 수 있는 공간에 그들이 가로로 세워놓은 자동차들 때문에 팀장들은 하는 수 없이 구석자리를 찾아야 했다. 그런 행동은 현재 누가 살아 있는 권력을 행사하고 있는지 직원들에게 알리는 데 유효했다. 회사를 떠나는 즉시 쓸모없는 인간으로 전락하게 되는 게 두려운 남자들뿐만 아니라, 윤리와 욕망 사이의 경계선에서 늘 외줄을 타던 습관 때문에 이전에도 여러 번 음란한 소문의 주인공이 되었던 여자들도 노조 대표들 주위로 모여들었다. 하긴 그녀들도 아내가 되고 어머니가 되려면 미래가 절대적으로 필요했으니 비난받을 이유는 전혀 없었다. 금전적 손해와 품질 문제가 생길 경우 책임의 절반을 엄중하게 묻겠다던 공장장은 자신의 사무실에 머무는 날보다 유럽 지역 영업본부로 출근하는 날이 훨씬 많았고 그를 따라 팀장들도 자주 자리를 비웠다. 아무도 생산 라인에서 무슨 일이 일어나고 있는지 알지 못했다. 그러니 매일 완료해야 할 업무나 그것을 정상적으로 수행해야 한다는 열정과 동기도, 그것들이 방향이나 속도를 잃었을 경우 적당한 압력을 행사하던 팀장들이나 공장장마저 사라진 곳에서 모든 직원들은 좌표를 잃고 난파한 선원들처럼 공장 이곳저곳을 기웃거리면서 이런저런 소문을 만들어내고 분노하거나 실망했다. 팀장이나 동료 누구에게도 비난받지 않을 만큼의 업무를 조용히 처리하는 자들이 없는 건 아니었으나, 해고를 기정사실로 받아들인 대부분의 직원들은 인터넷 검색을 하고 소설책을 읽다가 점심식사를 하기 위해 두 시간씩 자리를 비웠다. 얼굴이 불콰해져서 돌아온 자들은 의자를 붙여놓고 잠을 잤다. 회의 탁자에 둘러앉아 카드놀이를 하고, 뜨개질을 하거나 자신의 집에서 사용하는 정원 도구들을 가져와 손보는 자들도 있었다. 그러다가도 퇴근시간이 되면 누가 먼저라고 할 것도 없이 일제히 자리에서 일어나 썰물처럼 빠져나갔다. 자식들의 등교를 돕느라 점심시간이 다 되어서야 출근하거나, 전날 너무 많은 술을 마신 탓에 아예 무단결근하는 자들도 있었다. 그래도 아무도 신경쓰지 않았다. 기이한 형태의 평화에 직원들은 금방 익숙해졌다. 그래서 만약 이런 상태가 일 년 동안만 계속된다면 이탈리아 전역에서 직원들의 만족도가 가장 높은 회사로 선정되어 부득이 공장 폐쇄의 계획을 철회할 수밖에 없게 될지도 모른다는 농담까지 생겨났다.

　누군가 생산팀장을 모욕하겠다고 마음먹은 게 분명했다. 그래서 그는 생산팀장 사무실의 출입문 열쇠를 훔쳤다. 공장 폐쇄를 발표하기 전까지만 하더라도 회사는 직원들 사이의 자유로운 의사소통을 장려할 목적으로 모든 팀장들에게 업무시간 동안에는 사무실 문을 항상 열어놓으라고 지시했는데, 회사에서 가장 늦게 퇴근하고 가장 일찍 출근하는 생산팀장은 열쇠를 출입문에 꽂아둔 사실도 잊은 채 생활했다. 하지만 공장 폐쇄 계획이 통보되고 일주일이 지난 뒤에 다시 사무실로 들어섰을 때, 미안함보다 부끄러움이 앞서 생산팀장은 직원들 앞으로 선뜻 나설 수가 없었다. 그래도 출근하는 즉시 직원들을 사무실에 모아놓고 자신의 처신—두 번의 도주 시도—에 대해 적극적으로 해명해야 했는데 끝내 기회를 만들지 못했다. 미국이나 호주 출신이었을 카운슬러로부터 받은 감정 수업이 오히려 자신의 감정을 통제하는 데 방해가 되었다. 왜냐하면 직원들의 반응은 결코 놀람, 혐오, 분노, 두려움, 슬픔, 기쁨 중 어느 것에도 속하지 않았기 때문이다. 그래서 생산팀장은 형식적으로 직원들에게 악수만을 건넨 채 사무실로 들어가 엉망이 된 내부를 정리하기 시작했다. 자신의 치명적인 약점을 찾으려 했거나 기대 이하의 소득에 크게 실망했던 것인지, 책상 서랍과 캐비닛 속에 담겨져 있던 물건들은 모두 바닥으로 내

동댕이쳐져 있었고 차마 입에 담기조차 민망한 욕설들도 곳곳에 적혀 있었다. 그것들을 원래대로 돌리는 데는 시간이 걸렸고 소리와 먼지가 이는 건 불가피했으므로, 직원들을 방해하지 않기 위해서 생산팀장은 조용히 출입문을 닫았다. 사무실 정리가 끝난 뒤에도 그는 자신의 처신을 조롱하는 것 같은 직원들의 잡담과 웃음을 듣지 않기 위해 출입문을 열지 않았다. 업무에 필요한 최소한의 정보와 결정 사항은 주로 메일을 통해 전달되었다. 여전히 그는 회사에서 가장 늦게 퇴근하고 가장 일찍 출근했기 때문에 직원들은 얼치기 도둑으로부터 하찮은 개인 물품을 지키려고 그가 아예 사무실에서 숙식까지 해결하고 있다며 쑥덕거렸다. 생산팀장은 자신이 유리로 된 어항 속에 하루종일 갇혀서 직원들의 구경거리가 되어가고 있다는 사실을 전혀 모르진 않았다. 하지만 자신을 둘러싼 소문을 듣지 않으려고 노력했고 자신의 사진이 인쇄된 유인물이 벽에 붙어 있어도 맹인처럼 그 앞을 지나쳤다. 사무실에 아무도 없는데도 그는 마치 도둑고양이처럼 발소리를 죽인 채 출퇴근을 했다. 그러다 어느 날 영업본부에서 열린 회의에 참석한 뒤 공장으로 돌아와보니 사무실 문이 잠겨 있었다. 그제야 그는 열쇠의 행방을 기억해내려고 애썼지만 주머니나 가방 어디에서도 그것을 찾을 수가 없었다. 잠긴 문 앞에서 당황해하는 자신에게 눈길 한 번 주지 않은 채 소설책을 읽거나 뜨개질을 하고 음악을 듣는 직원들을 확인하자 그는 얼굴과 손발이 뜨거워졌다. 자신의 부주의를 탓하면서 그는 시설물을 관리하는 직원을 찾아가 보조 열쇠를 받아 사무실 문을 열었다. 그리고 점심시간에 밖에 나가 그 열쇠를 복사해야겠다고 생각하고 그것을 책상 위에 올려두었다. 하지만 잠시 화장실에 다녀왔을 때 열쇠는 사라져 있었다. 곳곳을 샅샅이 뒤졌으나 그것의 행방을 찾을 수 없었다. 보조 열쇠를 내어준 직원을 찾아가 자초지종을 설명하고 돌아온 사이 이번엔 사무실 문이 잠겨 있었다. 누군가 열쇠로 밖에서 잠그지 않는다면 결코 일어날 수 없는 일이었다. 그제야 생산팀장은 어항 밖에서 어슬렁거리고 있는 직원들을 살펴보았다. 여전히 그들은 마치 어항 안에서 일어나는 일에는 아무런 관심조차 없다는 것처럼 평화롭게 독서나 뜨개질을 하거나 음악을 듣고 있었다. 하지만 그들이 유지하고 있는 평화는 너무나 완벽해서 오히려 위장이라는 의심이 들게 했다. 그러니까 그들은 생산팀장이 겪고 있는 부조리극의 관객이 아니라 연출자이자 배우들인 게 틀림없었다. 만약 생산팀장이 그들 중 한 명에게 이 유치한 장난이 누구의 소행인지 아느냐고 묻기라도 한다면, 마치 그곳에 있는 직원들 모두가 모욕을 당한 것처럼 일제히 하던 일을 멈추고 위장한 평화를 깨뜨린 뒤 자신의 부주의를 직원들에게 돌리려 한다며 극도의 불쾌함을 표시할 것이고 기어이 노조 대표들을 불러들여서 사과를 받아내려 할 것이다. 그러면 노조 대표들은 두 번의 도주 시도를 들먹이며 그의 신의 없음을 격렬하게 성토할 것이다. 그래서 생산팀장은 자신의 컴퓨터와 옷을 그대로 놔둔 채 조용히 공장을 빠져나갔다. 그는 다음날 아침 평소와 다름없이 직원들 중 가장 먼저 출근했다. 그러고는 집에서 들고 온 도끼로 사무실의 문을 있는 힘껏 내리치기 시작했다. 나무문은 힘없이 부서져내렸다. 그것으로도 모자랐는지 그는 사무실 앞 유리창까지 모두 깨어서 더이상 어항 주위에 구경꾼들이 나타나지 못하게 만들었다. 나무 파편과 유릿조각들이 사무실 사방으로 튀었지만 그는 애써 치우지 않았다. 도끼는 캐비닛에 숨겼다. 화장실에서 땀을 씻은 다음에는 양복 상의를 입고 사무실로 돌아와 아무 일도 없었던 것처럼 컴퓨터를 켜고 메일을 확인했다. 삼십 분 뒤에야 사무실에 들어오기 시작한 직원들은 바닥에 심란하게 흩어져 있는 나무 파편과 유릿조각들을 발견하고 놀라지 않을 수 없었다. 그리고 출입문과 유리창이 모두 깨어진 사무실 안에 앉아서 태연하게 업무를 하고 있는 생산팀장의 모습에 한번 더 놀랐다. 하지만 생산팀장은 특유의 쾌활함을 회복한 표정으로 그들에게 인사를 건넸다. 그러고는 이렇게 말했다.

"또 누군가 새벽에 제 사무실을 약탈하려 했나봐요. 문이 잠겨 있었으니까 뭔가 중요한 게 있을 것이라고 기대했겠죠. 저걸 부수느라 수고를 많이 했을 텐데도 정작 아무것도 챙겨가지는 않았네요. 양심이 회복되고 있는 것 같아 다행이에요."

그러고는 생산팀장은 다시는 누구도 자신의 업무를 방해할 수 없다는 메시지를 전달할 목적으로, 마치 그곳에 자신밖에 없는 것처럼 평정심을 유지한 채—실은 그런 척하면서—컴퓨터 화면을 들여다보며 자판을 두드리기 시작했다. 그가 내용을 알아듣지 못할 만큼의 목소리가 여기저기로 굴러다녔고, 두어 시간쯤 지나자 빗자루와 청소기를 들고 사무실 바닥을 청소하는 직원들이 나타났다. 그들은 생산팀장의 사무실 안까지 들어와 나무 파편과 유릿조각을 치우고 나갔다. 다음날 생산팀장이 출근했을 때 그의 사무실 벽에 포스터 몇 장이 덕지덕지 붙어 있었다. 그것은 핼러윈 축제를 기념하기 위해 직원들의 아이들이 만든 것이었는데, 다행히 그런 포스터는 생산팀장뿐만 아니라 다른 팀장들의 사무실에도 똑같이 붙어 있었기 때문에 특별한 메시지를 읽어내려고 노력할 필요까지는 없었다.

공장 폐쇄 발표 이후 가장 먼저 공장에서 사라진 것은 연못의 금붕어들이었다. 공장을 방문한 손님들은 연못 앞을 지나가면서 길거나 짧은 찬사를 던졌다. 그러면 직원들은 그 연못의 역사—공장을 건설할 당시에 발견된 불발탄을 제거하고 난 구덩이에서부터 생겨났다—로부터 공장의 현재와 미래를 설명했다. 사 년 전까지만 하더라도 회사는 매년 여름 직원들의 가족과 이웃들을 공장으로 초대하여 바비큐 파티를 열고 다양한 행사를 주관했는데, 연못에 뱀장어를 풀어놓고 정해진 시간 안에 맨손으로 가장 많이 잡은 사람에게 선물을 주었고 아이들을 위한 풀장으로 꾸미기도 했다. 하지만 현재의 공장장이 입사하면서 행사는 중단되었다. 반년에 한 번씩 연못 안팎을 청소하던 것도 해를 넘기기 일쑤였다. 수면을 뒤덮은 이끼와 수초가 금붕어들에겐 훨씬 안전한 환경을 제공했을지는 모르겠으나, 적어도 직원들은 그곳을 지나면서 더이상 공장의 역사와 미래를 떠올리지 않게 되었다. 마치 자신에게 배꼽이 있다는 사실을 잊고 지내는 것처럼. 그런데 안토니오는 출하장에서 사무실로 돌아오는 길에 연못의 금붕어들이 모두 사라졌다는 사실을 발견했다. 그는 그것들마저 약탈해간 자들에게 분노 대신 연민을 느낄 수는 없었다. 그토록 비이성적인 일탈 행위들이 쌓여서 결국 선량한 직원들이 모두 회사 밖으로 내쫓기게 된 것은 아닐까. 비록 안토니오는 유태인이 아니지만, 단 한 컵의 물이 아우슈비츠에서 어떤 자를 살리고 어떤 자를 죽였다는 이야기쯤은 잘 알고 있었다. 나치는 유태인들을 수용소에 가두고 자신들은 더이상 인간이 아니라는 사실을 스스로 증명하도록 만들었다. 그래야 죄책감에서 해방되어 제3제국의 구원자로서 더욱 대담하게 행동하고 사고할 수 있을 것이라고 나치는 생각했다. 고된 노동을 마친 수용자들에게는 한 잔의 물이 제공되었는데, 그걸 단숨에 들이켠 다음 진창을 구른 자들은 끝내 죽음을 피하지 못했지만, 절반을 마시고 나머지 절반으로 얼굴과 손발을 씻은 자들은 끝까지 살아남았단다. 자신은 지극히 정상적인 인간이며 자신과 같은 인간이 주위에 존재하고 있어서 언제든 도움을 주고받을 수 있다는 사실을 매 순간 기억하지 않는다면, 인간이 존재하는 모든 곳은 곧 지옥이 될 것이고 서로를 증오하고 학살하다가 자신이 지구상에 마지막으로 남은 인간이라는 사실도 모른 채 자살하게 될 것이다. 아무리 저항하더라도 결국 공장은 폐쇄되고 직원들은 모두 해고되겠지만, 마지막 남은 자가 모든 직원들을 대신하여 금붕어처럼 하찮은 존재에게까지도 관심을 쏟는다면, 직원으로서는 실패했을지언정 인간으로서는 결코 그러지 않았다고 말할 수 있으리라. 연못 속의 금붕어들은 물과 공기와 태양과 시간이 섞이면서 자연스럽게 생겨나는 잉여들만으로 충분히 살아갈 수 있으므로, 그저 제자리에 놔두기만 하면 그만이다. 그런데도 어느 누가 그것들을 훔쳐갔단 말인가. 집에 변변찮은 어항 하나 갖추지 못했으면서도 그저 사무실의 텔레비전이나 프린터를 차지하지 못한 불만을 해소하기 위해 그것을 훔쳤다가 수일째 양동이 속에 담아놓고 있다면 안토니오는 자신이 알고 있는 최악의 욕설로 그 절도범에게 저주를 퍼부을 작정이었다. 그는 평정심을 잃어가고 있다는 사실도 깨닫지 못한 채 사무실의 직원들 앞에서 나치와 유태인들에 대한 이야기를 떠들어댔다. 평소에 말수가 적고 목소리를 높이는 적이 거의 없었던 그였기 때문에 그의 열변은 사무실 직원들 전체를 가벼운 흥분 상태로 몰아넣었다. 안토니오가 말을 멈추고 숨을 가라앉힐 때까지 기다렸다가 직원 하나가 끼어들었다.

"우리야 나태하고 어리석어서 이런 비극을 맞이했다지만, 아무런 죄도 없는 생명들까지 똑같은 고통을 받아서는 안 되죠. 그래서 자신의 집에 욕조만큼 큰 어항을 두 개나 설치해놓았다는 직원 한 명이 노조 대표들과 공장장의 허락을 받아 그것들을 가지고 갔대요. 그러니 제발 우리가 지금 겪고 있는 비극에 더욱 몰입해주세요. 물론 그 직원의 이름을 말해줄 순 없습니다."

그제야 안토니오는 자신 또한 이십 년 넘게 일한 공장에서 해고되는 즉시 세상에 쓸모없는 인간으로 전락하게 될까봐 몹시 두려워하고 있다는 사실을 인정하지 않을 수 없었다.

기이하게 유지되어오던 평화는 불미스러운 사건으로 단번에 깨어졌고 회사와 노조 대표들은 날카로운 혀를 휘두르며 서로를 상처 입히는 데 열중하게 되었다. 공장장은 노조 대표들에게 반드시 법적인 책임을 묻겠다고 날뛰었고 노조 대표들은 거의 매일 자리를 비우고 있는 공장장과 팀장들의 무능력 탓이라고 맞섰다. 사건의 전말은 이러했다. 전산팀 소속이자 대의원인 직원 한 명이 어느 날 갑자기 영웅적 열정에 사로잡혀 회사의 회계 시스템을 조작하여 협력업체에게 지급되어야 할 물품대의 일부를 직원들의 퇴직금으로 나눠주려고 시도했다가 실패했다. 그러자 이번에는 팀장들의 인적 사항을 이용하여 회사에 경비를 청구하고, 이를 자신의 은행 계좌로 이체하는 데 성공했다. 하지만 이 성공은 그의 탐욕을 채우기엔 터무니없이 작고 초라한 것이어서 그는 끝내 최초의 선의를 깡그리 잊어버린 채 자신의 번영만을 도모했다. 동료들의 월급을 자신의 비밀 계좌로 이체시키다가 범죄의 낌새를 감지한 은행의 신고로 범행 일체를 들키고 만 것이다. 경찰을 대동하고 출근한 공장장은 이 사실을 노조 대표들에게 알리면서 그 밖의 불법적인 행동을 조사하기 위한 감사팀이 꾸려졌다는 위협도 빠뜨리지 않았다. 노조 대표들은 협상에서 주도권을 빼앗기지 않기 위해서라도 전산팀 직원의 해고에는 즉각 동의하지 않을 수 없었으나 분명한 증거도 없이 직원들의 개인 영역을 뒤지는 것은 나치의 유산에 불과하다고 주장하면서 일체의 감사를 거부하고 두번째 옥쇄 파업을 준비했다.

노조원들이 공장의 출입구에다 자재와 사무 집기들을 옮겨 바리케이드를 만드는 동안 유럽 지역 영업본부장은 피렌체 공장장과 팀장들에게 메일 한 통을 보내 터키의 산업인증 업무를 담당하고 있는 공무원들이 피렌체 공장에 방문할 계획임을 알려왔다. 어느 제품이라도 터키에서 판매하려면 터키 정부가 법으로 명시해놓은 조건들을 충족시켜야 했다. 하지만 인증서의 유효기간이 만료되려면 반년이나 남은 시점에서 공무원들이 공장을 방문하는 건 결코 일반적인 관례가 아니었으므로, 공장장과 팀장들은 터키의 공무원들이 다른 목적으로 공장을 방문하려 한다는 의심을 떨쳐버릴 수가 없었다. 유럽 지역 영업본부장의 메일에도 그런 우려가 반영되어 있어서, 최근 당사 제품의 최대 수요자인 시리아 정부에 제품을 적기에 제공하기 위해서라도 소요 비용에 구애받지 말고 최고 수준으로 그들의 방문을 준비하라고 덧붙였다. 공장장은 주간 노사협의회에서 노조 대표들에게 이 사실을 알렸다. 그러면서 이번 일에 적극적으로 협조해준다면 일주일 전에 일어났던 불미스러운 사건을 모두 잊어버릴 것이며 전산팀 직원이 회사에 끼친 손해를 배상한다는 전제로 형사 고발을 취하하겠다고 제안했다. 노조 대표들은 이 제안을 거절할 수 없었다. 그래서 대규모의 연극이 준비되었다.

피렌체 공장의 임직원을 대표하여 구매팀장이 터키 공무원들에게 환영의 메시지가 담긴 이메일을 보냈다. 사흘간 손님들이 머물 최고급 호텔을 예약했고 피렌체의 주요 관광지를 둘러보는 프로그램도 준비했다. 터키 출신의 직원이 그들을 공항에서 피렌체 최고의 이탈리아 식당까지 자동차로 데리고 오자, 공장장과 팀장들은 그들과 저녁식사를 함께하면서 피렌체 공장 폐쇄에 대한 사실을 간단히 알리고 이해를 구했다. 방문객들은 공장에 오래 머물지 않을 것이고 생산 시설도 건성으로 훑어보기로 약속했다. 하지만 그 사실을 알 리 없는 노조 대표들이나 직원들은 구매팀장의 세심한 시나리오에 따라 가설무대를 급히 만들어야 했다. 그들은 공장 출입구에 쌓아둔 자재와 사무 집기들을 원래의 자리로 옮겨놓고 곳곳을 청소했다. 그리고 연못에 물을 채우고 금붕어들을 다시 풀어 넣었다—그러느라 금붕어들을 집으로 가지고 갔던 직원의 정체가 만천하에 드러났고 그는 노조 대표들의 신의 없음을 매우 불쾌하게 받아들였다—텅 비어 있던 작업대는 직원들이 집에서 들고 온 공구들로 채워졌고 자재 창고의 빈 선반을 채우기 위해 인근 자동차 정비소에서 부품들을 임대했다. 출하장에는 빈 트럭을 배치하여 마치 출하를 기다리는 것처럼 보이게 했다. 그사이에 사무직 직원들은 거짓으로 만들어낸 숫자들로 주간 생산 실적과 생산성 추이 그래프를 작성하여 사무실과 공장 곳곳에 붙였다. 핼러윈 포스터와 파업을 종용하는 선전물들은 방문객이 돌아간 이후에도 사용할 수 있도록 조심스럽게 떼어내어 대의원의 책상 서랍 안에 넣고 잠갔다. 생산팀장의 사무실 주위로 거대한 천막을 두르고 공사중이라는 표시를 달았다. 외부의 중고 가전제품 가게에서 프로젝터와 스크린, 커피메이커, 정수기, 심지어 회의용 탁자와 캐비닛까지 빌려와 회의실을 꾸몄다. 화장실에 하루에도 몇 번씩 방향제가 뿌려지고 조화들이 배치되었다. 공장장과 팀장들에게 지정되어 있는 주차 공간에는 접근 금지를 알리는 노란 띠가 둘러쳐졌다. 그것으로도 안심이 안 되었는지 노조 대표들은 각 구역마다 노조원 한 명씩을 지정하여 하루종일 시설물을 감시하도록 지시했다. 일련의 준비 작업이 물 흐르듯 진행되자 많은 직원들은 경미한 흥분까지 느끼지 않을 수 없었다. 물론 일부 직원들은 이런저런 이유로 합법적인 휴가를 내고 출근하지 않음으로써 회사와 노조가 함께 연출한 연극에 참여하는 것을 거부했다. 사무직 직원들까지 생산 라인에 배치했으나 컨베이어 주변의 빈자리는 쉽게 채워지지 않았다. 그래서 터키 공무원들이 공장에 방문하기로 계획된 아침에 직원들은 자신의 가족과 친구들까지 데리고 출근해야 했다. 회사가 약속한 일당이 만족스러운 수준이라서 필요 이상의 엑스트라들이 모여드는 바람에 여자나 늙은 남자는 점심식사 비용을 쥐여줘서 돌려보내야 했다. 생산팀장은 생산 라인에 배치할 엑스트라들에게 작업복을 나누어주면서 그들이 맡아야 할 연기의 목적과 내용을 설명했다. 연기력이 부족한 엑스트라들은 거부되었다. 마침내 구매팀장의 자동차를 타고 터키 공무원들이 도착했다. 오스만튀르크 제국의 마지막 관리들처럼 방문객들은 하나같이 멋진 수염을 기르고 있었다. 그 수염이 그리스 출신의 직원들을 역겹게 만든 것도 사실이었으나 그들은 겉으로 내색하진 않았다. 어제저녁 최고급 이탈리아 음식과 와인을 즐기면서 내년에 미국 본사로의 방문을 비공식적으로 제안받은 방문객들은 공장 직원들을 자극하지 않기 위해 조심스럽게 행동하면서도 자신들의 권위를 잃지 않기 위해 노력했다. 하지만 그들의 머릿속엔 서둘러 연기를 끝내고 공장을 빠져나가는 것 이외의 생각은 없었다. 그래서 일정보다 반시간이나 늦게 회의를 시작했고 환대에 진심으로 감사한다는 모두 발언을 길게 이어갔으며 생산 현장을 둘러보는 것보다는 문서들을 들여다보는 일에 더 많은 시간을 할애했다. 일정을 바꾸어 점심식사 이전에 생산 라인을 둘러보자고 제안한 까닭도, 숨막히는 곳에서 연기에 너무 몰입한 나머지 기진맥진해져서 점심식사의 기쁨을 망치고 싶지 않았기 때문이리라. 방문객들을 이끌고 생산 라인에 들어섰을 때, 공장장과 구매팀장은 일면식이 전혀 없는 직원들을 발견하고 적이 놀라지 않을 수 없었다. 생산팀장이 방문객들에게 생산과정을 설명하는 동안 인사팀장은 공장장과 구매팀장에게 상황을 귀뜸해주었다. 하지만 공구를 거꾸로 잡은 채 일하는 시늉을 하고 있는 엑스트라들 때문에 자칫 공연을 망치게 되지나 않을까 싶어 직원들 사이에 숨어서 이 광경을 지켜보고 있던 노조 대표들은 불안했다. 결국 그들은 정상적인 안전 점검 활동인 것처럼 위장하고 엑스트라들에게 접근하여 공구를 빼앗아 만지작거리면서 무엇인가를 노트에 적는 듯한 행동을 했다. 하지만 방문객들의 등장을 미처 알아차리지 못한 직원들 서너 명이 자재 창고의 구석에서 축구공을 가지고 놀다가 방문객들과 정면으로 마주치는 상황까진 미처 예방할 수 없었다. 그 사건에 연루된 사람들의 얼굴이 일순간 일그러졌고 비현실적인 침묵이 오랫동안 유지되었다. 축구선수들이 창고 밖으로 급히 도망치자 비로소 시간이 다시 흘렀고, 생산팀장은 마치 자신이 예상할 수 없는 일은 결코 일어난 적이 없었다는 듯 평상시의 표정과 목소리로 방문객들에게 설명을 이어갔다. 신성한 허기가 인내심과 관용을 끊임없이 주입한 덕분에 방문객들은 곧 연극 안으로 자연스레 되돌아올 수 있었다.

터키 방문객들 앞에서 벌인 연극의 성공은 많은 직원들을 희망으로 고무시켰는데, 눈앞의 어려운 시기만 슬기롭게 극복한다면 공장을 폐쇄하지 않고 유지할 수 있을지도 모른다는 소문이 모래바람처럼 떠돌았기 때문이다. 소문의 출처는 불분명했지만 어떤 소문이든 완전히 틀리거나 맞는 적은 단 한 번도 없었으므로 어딘가에 희망이 있는 것은 분명해 보였다. 그러자 직원들은 눈에 보이지 않는 경쟁을 시작했다. 살아남기 위해서라도 확실한 역할과 공헌이 필요하며, 더이상 머뭇거리면 결코 살아남을 기회를 얻지 못할 것이라고 스스로 깨달았던 것이다. 회사의 재정 사정이 좋지 않아서 기대보다 훨씬 적은 퇴직금을 받게 될 것이라는 소문도 그들의 불안감을 늘렸다. 그래서 팀장들이 요청하지도 않았는데 보고서들이 제출되었고, 생산과정에서 발견된 문제들을 해결하려는 회의가 이어졌다. 동료들의 배신을 비난하던 직원들도 점차 동화되기 시작했다. 오히려 공장장과 팀장들이 그들의 업무를 방해하고 규정 이외의 휴가를 허락해야 할 지경에 이르렀다. 거짓 희망으로 선동해서는 안 되지만 그렇다고 그들의 열정까지 짓누를 권리가 팀장들에게 있는 것도 아니었다. 팀장들조차 가끔씩 북극성을 발견한 것 같은 착각에 빠져들기도 했다. 미국 본사의 지원 없이 피렌체 공장을 운영하는 일은 정말로 불가능한 것일까. 공동의 희망을 좇아 함께 아름다운 파산을 선택하는 게 인간적인 것일까, 아니면 파산 전에 제 몫을 챙겨 떠나는 게 더 인간적일까. 인간적이라는 단어가 이기적이라는 단어로 대체될 수 있다면 당연히 파산 전에 제 몫을 챙겨 떠나는 게 낫다. 하지만 인간적이라는 단어에 이타적이라는 의미가 포함되어 있다면 설령 거짓 희망에 이끌리더라도 낭떠러지까지 동료들과 함께 가볼 수도 있다. 그래야 그들이 실패한 곳에서부터 새로운 세대들이 혁명을 시작할 수 있지 않을까. 아무도 실패하지 않는다면 아무도 성공할 수 없다. 하지만 이런 희망적 분위기는 유럽 지역 영업본부장의 메일 한 통에 의해 완전히 깨어지고 말았다. 기이한 분위기를 감지한 그가 공장장과 팀장들에게 메일을 보내 본사의 결정에 반하는 어떠한 협상이나 노력도 허락하지 않겠다고 엄포를 놓았기 때문이다. 그제야 공장장과 팀장들은 백일몽에서 깨어났다. 그래서 공장장은 주간 노사협의회에 참여하여 회사의 사업을 위태롭게 만든 축구선수 세 명을 해고하는 데 노조 대표들이 동의하지 않는다면 현재 구속 중인 전산팀 직원의 석방에 아무런 도움도 주지 않겠다고 을러댔다. 이에 맞서 노조 대표들은 엄중한 구두 경고로 충분히 해결할 수 있는 사항을 공장장이 지나치게 과민하게 반응하고 있으며 만약 신뢰를 깨뜨리는 조치를 취한다면 더이상의 협상은 없고 오로지 옥쇄 파업 같은 강경 투쟁으로 맞서겠다고 엄포를 놓았다. 하지만 정작 문제를 일으킨 세 명의 축구선수들은 상황의 심각성을 알아차리지 못했다. 만약 그랬더라면 기꺼이 노사협의회에 참석하여 공장장과 노조 대표들 모두에게 진심으로 용서를 구했을 것이다. 그뒤로 노사협의회에 상정되는 안건마다 노조 대표들과 격렬하게 부딪치던 공장장은 심각한 품질 문제와 비용 증가를 이유로 생산을 중단하겠다고 선언하기에 이르렀고, 노조 대표들은 그 즉시 직원들에게 연락하여 파업을 준비시켰다. 하지만 공장장과 생산팀장은 공장 밖에 대기시켜둔 사설 경호원들의 도움을 받아 또다시 인질이 되는 상황을 피할 수 있었다. 화가 난 직원들은 버스 네 대에 나누어 타고 유럽 지역 영업본부장이 머물고 있는 사무실로 항의 방문을 했고 행인들에게 유인물을 나누어주었다. 그리고 피렌체 공장으로 돌아와서는 자신들의 지침 대신 공장장이나 팀장들의 그것을 따르고 있다고 의심되는 사무직 직원 두 명을 공장 밖으로 내쫓으면서 그들의 책상과 소지품들을 연못 속에다 던져버렸다. 다음날부터 공장으로 출근하는 직원들의 숫자가 급격히 줄어들었다.

지역 금속노조 대표들의 권고에 따라 파업은 사흘 만에 철회되었고 생산이 재개되었지만 인원과 자재가 턱없이 부족하여 생산 실적은 매일 미달되었고 품질을 보증할 수도 없었다. 이미 마음속으로 공장을 폐쇄한 공장장은 더이상 주간 노사협의회에 참석하지 않았고, 그의 권한을 위임받은 생산팀장만이 나타나서 노조 대표들에게 생산 결과와 품질과 안전 관리 문제를 힐난하는 기이한 상황이 벌어졌다. 그러면 노조 대표들은 회사의 무관심 때문에 생산 실적이 좋지 않은 게 당연하다면서도 품질과 안전만큼은 정상적으로 관리하고 있다고 항변했다. 생산팀장이 품질팀장까지 대동하고 나타나서 고객들의 불만 사항을 전달하자 노조 대표들은 동료들을 배신한 품질팀장의 설명은 더이상 믿지 못하겠다고 버텼다. 그러면서 만약 실제로 문제가 있다면, 첫번째, 회사가 적절한 인원을 채용하여 배치하지 못했고, 두번째, 생산성을 높인다는 명분으로 생산량은 늘리면서 인원은 오히려 줄였으니 이 또한 회사의 잘못이며, 세번째, 고객들의 기대가 높아졌는데도 회사는 직원들에게 품질 관련 교육 기회를 거의 제공하지 않았고, 네번째이자 마지막으로 시장의 상황에 맞춰 조직을 효율적으로 관리하지 못한 책임은 당연히 회사에게 있다고 설명했다. 이에 맞서 생산팀장은 노조 대표들이 지적한 네 가지 이유 때문에 공장을 부득이 폐쇄할 수밖에 없게 되었는데도, 마지막 순간까지도 공장장과 팀장들의 의견을 철저하게 무시하고 독자적으로 생산을 강행한 이상, 향후 공장과 시장에서 발생하는 모든 불미스러운 사건들에 대한 책임을 모두 노조가 져야 하며, 특히 고객들의 기대에 전혀 못 미치는 제품을 출하하여 회사의 명성을 심각하게 훼손한 이상 손해배상과도 같은 법적 조치를 각오해야 한다며 겁박했다. 그후 회의는 사실을 살피는 대신 논리를 따지는 싸움으로 변질되었고, 나중엔 서로 아무런 서류도 준비하지 않은 채 회의실에 나타나 상대의 인내심이 어느 정도 남아 있는지 확인할 따름이었다.

3장 시행착오

준비된 시나리오에 따르면 인사팀장인 니코는 유럽 지역 영업 본부장이 승인한 매뉴얼에 따라 해고 대상자들과의 협상에서 다음과 같이 일관되게 대답해야 했다.

Q. 회사는 해고자들에 대한 사회적 지원 계획을 가지고 있나?

A. 회사는 법적 절차에 따라 최선의 지원 방안을 논의할 준비가 되어 있으며 필요하다면 여러 외부 단체들로부터 도움을 받을 예정이다.

Q. 언제 구체적인 지원 방안을 알 수 있나?

A. 현재 회사는 정부에 구조조정 계획을 제출하고 검토 결과를 기다리고 있다. 회신을 받기까지 수개월이 소요될지도 모른다. 하

지만 법적 절차가 마무리되는 대로 회사는 해고자들과 협상을 시작할 것이다.

Q. 법적 절차란 무엇인가?

A. 노조, 정부가 회사의 구조조정 계획을 면밀히 검토해야 한다. 그 과정에서 회사는 모든 질문에 성실하게 응답해야 하고 어떤 제안도 긍정적으로 검토해야 할 의무가 있다. 구조조정의 불가피함을 인정받은 다음에야 비로소 회사는 노조 대표들과 해고자 지원 방안을 논의할 수 있다.

Q. 지원 방안은 무엇인가?

A. 회사는 이미 다양한 방안을 마련해두었으나 노조 대표들과의 합의 없이 미리 공개할 수는 없다.

Q. 나는 이 부조리한 상황을 도저히 납득할 수가 없다.

A. 노조 대표들의 공식적인 설명대로, 회사는 직원들이 오랫동안 이룩해놓은 성과에 대해 조금도 의심하지 않지만 최근 몇 년 사이 너무 많은 손실을 입었고 향후 몇 년 사이에 해결될 전망도 없다. 지금이라도 회사와 직원들 모두 미래에 대해 냉정하게 판단할 필요가 있다.

Q. 회사는 직원들 각자와 협의할 예정인가?

A. 그렇다.

Q. 내가 스스로 그만두지 않는다면 언제까지 일할 수 있나?

A. 당신의 노동계약은 공장이 완전히 폐쇄되는 마지막날까지

유효하다.

Q. 내가 구직을 위해 휴가를 사용할 수 있나?

A. 회사는 직원들과의 아름다운 이별을 위해 모든 법적 의무를 존중할 것이다.

Q. 만약 내가 내일 회사를 그만둘 경우엔 퇴직금을 잃게 되는 것인가?

A. 회사는 법적인 의무를 성실하게 수행할 것이지만, 법적 절차가 마무리되지 않은 상황에서 퇴직한 자들에겐 법적인 의무 이외를 보상하지 않을 수도 있다.

Q. 회사는 실직한 직원들이 구직에 성공하기 전까지 어떻게 지원할 것인가?

A. 법적 규정 안에서 회사는 노조 대표들과 허심탄회하게 협상할 준비가 되어 있다.

Q. 회사는 직원들의 재취업을 알선하는가?

A. 법적 규정 안에서 회사는 노조 대표들과 허심탄회하게 협상할 준비가 되어 있다.

Q. 회사의 대응이 너무 비인간적이다. 나는 회사를 위해 항상 최선을 다했다. 나는 부양해야 할 가족이 있고 갚아야 하는 대출금이 있다. 회사는 정당한 보상 없이 나와 가족의 삶을 무참히 파괴하고 있다.

A. 모든 직원들이 한동안 어려운 시기를 보내게 되리라는 걸 회

사는 잘 알고 있기 때문에 모든 직원들의 요구 사항을 경청할 것이다.

Q. 회사는 나이든 직원들이 연금을 일찍 수령할 수 있도록 지원할 것인가?

A. 회사는 법적 규정 안에서 퇴직자들에게 유리한 조건을 찾을 것이다.

Q. 언제 내 퇴직금에 대한 자세한 정보를 받을 수 있나?

A. 법적 절차를 마치는 대로 회사는 각 직원들과 개별 협상을 진행할 것이다. 직원들의 불확실한 상태가 오래 지속되지 않도록 회사는 가능한 한 빨리 협상을 마무리할 계획이다.

Q. 나는 내일도 출근해야 하는가?

A. 회사와의 노동계약 조건을 준수해야 한다.

Q. 왜 내가 이곳으로 출근을 계속해야 하나? 나에겐 더이상 의미나 의욕이 없다.

A. 회사는 당신의 고통을 이해하지만 예외를 인정할 순 없다. 출근하는 동안 불편하지 않도록 회사는 최대한의 편의를 제공할 것이다.

하지만 인사팀의 카롤리나가 이 매뉴얼을 노조 대표들에게 누출한 게 분명했다. 그리고 노조 대표들은 이 매뉴얼을 직원 전체에게 나누어주며 적절히 대응하는 방법을 숙지시켰으리라. 더군다나 면담에 참여한 직원들은 회의실을 나가자마자 인사팀장으로부터 전해 들은 이야기를 동료들과 공유하고 있는 게 분명했는데, 면담에 참여한 직원의 질문에는 그들보다 앞서 면담을 마친 동료들의 질문과 인사팀장의 답변이 정교하게 반영되어 있었기 때문에 면담이 거듭될수록 인사팀장 니코는 더욱 깊은 수렁으로 빠져들고 있다는 생각이 들었다. 그래서 그는 난처한 질문 앞에서는 면담을 중단하고 전화로 공장장의 지침을 받기 위해 잠시 자리를 비워야 했다. 하지만 공장장은 자신이나 팀장들이 스스로 인정하지 않는 한 마카로니 프로젝트는 결코 존재하지 않는다는 말로 비밀 누설의 가능성을 일축했다. 그리고 카롤리나는 자신이 독점할 수 있는 이익을 포기한 채 타인의 미래를 걱정할 만큼 이타적이진 않기 때문에 결코 배신하지 않을 것이라고 확신했다. 하지만 전화를 끊고 나서도 니코는 자신을 이토록 고통스런 상황에 밀어넣은 그녀를 용서할 수가 없었다. 인사 평가를 담당하고 있는 그녀는 팀장인 자신의 기대에 부응한 적이 단 한 번도 없었다. 늘 이해와 열정과 인내가 부족했고 일하는 시간보다 변명하는 시간이 훨씬 많았으며 마감시간보다 항상 늦게 자신을 찾아와서는 절반밖에 완성되지 않은 보고서를 들이밀었다. 인사 정보를 다루지만 않았다면 니코는 그녀를 다른 부서로 발령 내었을 것이다. 물론 그녀 역시 팀장의 심드렁한 반응이 거듭될수록 자신의 역할이 점점 시시해지고 있다는 사실에 불안감을 느끼지 않은 건 아니었다. 데면데면하게 지내던 그녀가 몇 주 전 니코의 사무실로 혼자 찾아왔다. 그때 니코는 다음주 월요일 노사협의회에서 발표해야 할 공장 폐쇄 관련 자료를 검토하고 있었기 때문에 마치 유령을 본 듯 소스라치게 놀라지 않을 수 없었다. 차갑게 식은 커피로 가슴을 쓸어내린 그는 노크도 하지 않고 팀장의 방에 불쑥 들어온 그녀의 무례함에 대해 엄중한 주의를 주려고 했다—직원들 사이의 자유로운 의사소통을 위해 모든 팀장들은 업무시간 동안 사무실 문을 항상 열어놓아야 한다는 회사의 지시 따윈 이미 잊어버린 지 오래였다—하지만 그녀는 어디서 그런 무모한 용기가 솟아났는지 아주 단호한 표정으로, 마치 오래전부터 준비해온 것처럼 일말의 주저함도 없이, 자신은 다음주 월요일 오전에 공장에서 어떤 일이 일어날 것이고 그것이 마카로니 프로젝트와 어떤 연관이 있으며, 공장장과 팀장들이 수개월 전부터 이 프로젝트에서 어떤 역할을 하고 있는지 잘 알고 있다고 말했다. 그러면서 자신은 내일부터 석 달 동안 병가를 내겠다고 일방적으로 통보했다. 그 이야기를 듣는 순간 니코는 심장이 멎을 것 같았다. 하지만 자신의 부주의 때문에 비밀이 그녀에게로 흘러들어갔다고는 결코 생각하지 않았다. 자신이 잠시 자리를 비운 사이 그녀가 사무실로 숨어들어 비밀 자료들을 훔쳐볼 수도 있었겠지만, 자료 한두 편을 훑어보는 것만으로는 맥락을 이해할 수 없을 만큼 마카로니 프로젝트의 규모와 내용은 방대하고 어려웠다. 설령 그녀가 공장 폐쇄와 관련된 자료를 보았다고 하더라도 그다지 예민하게 반응할 필요가 없었는데, 최근 수년 동안 피렌체 공장은 여러 가지 실적 개선 방안을 준비하여 상위 조직에 보고해왔기 때문에 그녀가 훔쳐본 자료 역시 그런 연례행사의 결과물이라고 둘러대면 그만이었다. 그래서 니코는 마카로니 프로젝트라는 용어는 지금 처음 들어서 당장 뭐라고 대답할 순 없지만, 회사와의 노동계약에 의거하여 정당한 사유서와 의사의 소견서를 제출한다면 병가를 허락하겠다고 간략하게 대답했다. 하지만 카롤리나는 확신을 꺾지 않았고 니코는 그녀의 애매한 태도에서 정확한 메시지를 읽어내었다. 설령 회사가 저지른 불법행위의 전말을 알고 있더라도 그것을 정치적으로 활용할 의지나 능력이 자신에겐 없으며, 회사와 동료 직원들 전체에게 이익이 된다면 공장장과 팀장들이 그러했던 것처럼 자신 역시 누구에게도 비밀을 누설하지 않을 작정이므로, 자신의 대승적 결정에 걸맞은 처우를 회사가 조만간 제안해주길 기대하겠다는 것이었다. 카롤리나가 마카로니 프로젝트의 진행 일정과 참여자들의 서명이 인쇄된 문서 한 장을 니코의 책상 위에 올려두고 사무실을 나갔을 때, 니코는 더이상 평온한 표정을 유지할 수 없었다. 그는 공장장에게 즉시 전화를 걸어 방금 전에 자신의 사무실에서 벌어진 상황에 대해 자세히 보고했다. 삼십 분 뒤 유럽 지역 영업본부장과 법무팀장, 홍보팀장, 커뮤니케이션 전문 컨설턴트, 공장장, 그리고 인사팀장이 참여하는 화상회의가 열렸다. 공장장은 마카로니 프로젝트를 즉시 중단하고 비밀이 유출된 경로를 파악해야한다고 흥분했다. 법무팀장은 프로젝트를 강행할 의지를 밝히면서 비밀을 누설한 자에게 반드시 법적 책임을 물어야 한다고 유럽 지역 영업본부장을 부추겼고, 니코는 거듭해서 자신의 잘못이 아니라고 변명했다. 어느 누구보다도 경험이 많은 컨설턴트는 흥분한 참석자들을 일일이 진정시키면서 아직까지 노조 대표들이 아무런 반응을 보이지 않는 것으로 보아, 우연히 비밀을 알게 된 일반 직원들이 회사와의 협상에서 유리한 위치를 차지하기 위한 무기로서 그 비밀을 지극히 사적으로 활용할 가능성이 크기 때문에, 일단 프로젝트는 일정대로 진행하되 그들을 노조 대표들과 다른 직원들로부터 격리시켜서 관리해야 한다고 주장했다. 유럽 지역 영업본부장은 컨설턴트의 의견을 받아들여 마카로니 프로젝트를 계속해서 진행하기로 결정하면서 공장장과 니코에게는 또다시 같은 사건이 발생하지 않도록 각별히 주의하라는 구두 경고를 건넸다. 다음날부터 카롤리나는 병가를 낸 채 출근하지 않았고 그녀로부터 비밀을 공유받은 동료들은 더이상 나타나지 않았다. 니코는 공장장의 승인을 받은 뒤 카롤리나를 그녀의 집 근처에서 만나 비밀을 지켜주는 대가로 파격적인 퇴직금을 지불하겠다고 약속하며 보안서약서에 서명을 받았다. 어린아이처럼 행복해하는 그녀의 역겨운 표정을 지우기 위해서 니코는 연거푸 담배 연기를 그녀의 얼굴 쪽으로 뿜어댔다. 그렇게 해서 악몽은 마무리되는 줄 알았다. 하지만 현장직 직원들과의 퇴직 면담이 시작되면서 악령이 되살아났고, 카롤리나는 자신의 잘못이 결코 아니라고 항변했다. 니코는 그녀의 병가를 중단시키고 현장직 직원들과의 퇴직 면담에 이탈리아어 통역으로 참여시킴으로써 자신의 무죄를 증명할 기회를 주었다.

퇴직 면담에서 직원들은 인사팀장으로부터 만족스러운 답변을 받지 못했지만 이미 개인별로 준비되어 있는 보상안에 대한 설명을 들을 수 있었다. 니코는 자신의 노트북 모니터에 파일 하나를 띄워 보여주었는데, 맨 위의 공란에 이름을 입력하자마자 맨 마지막의 공란에 숫자가 튀어나왔다. 기대했던 것보다도 훨씬 낮은 금액이었으므로 단 한 명의 직원도 그 숫자를 고스란히 받아들이지 않았다. 하나같이 회사가 자신의 공헌을 과소평가하고 있다며 목청을 높였다. 하지만 계산을 여러 차례 반복해도 같은 결과가 나타나자 파일 안에 감춰져 있는 계산식의 적합성을 절대 신뢰할 수 없다고 버텼다. 그렇다고 생의 조건과 이력이 서로 다른 직원들끼리 자신들의 퇴직금을 비교해가면서 그 계산식의 적합성을 검증할 수도 없는 노릇이었다. 게다가 그 파일은 이탈리아 정부로부터 제공받은 것이기 때문에 만약 오류가 발견된다면 개인은 회사가 아닌 국가를 상대로 소송을 제기해야 했고, 거대 권력과의 법적 공방이 대부분 그러하듯이 개인이 쏟아부은 노력과 비용에 비해

결과는 초라하기 이를 데 없을 게 분명했다. 그러니 자신의 퇴직금에 실망한 직원들이 즉각적으로 선택할 수 있는 방법이라곤, 결코 숫자로 계량화할 수 없는 자신의 희생과 헌신을 최대한 반영해서 최종 금액을 조정해달라고 인사팀장에게 읍소하는 것밖에 없었다. 실제로 그렇게 대응하여 인사팀장으로부터 애매하지만 긍정적인 대답을 받아낸 자들이 있었다. 하지만 회의실에서 나온 그들이 자신의 성취를 동료들에게 너무 과장해서 말하는 바람에 다음 면담에 참여한 자들은 회의실로 들어서자마자 그 사실부터 인사팀장에게 확인하려 들었고, 인사팀장은 더이상 직원들 사이에 오해를 불러일으킬 수 있는 어떠한 호의도 보이지 않은 채 지극히 사무적인 태도를 취하지 않을 수 없었다. 그래서 나중에 면담한 직원들은 인사팀장의 냉정함과 무성의함을 힐난하면서 면담을 마치기도 전에 자리에서 일어나 출입문을 발로 걷어차고 회의실을 나왔다. 자신들의 어떠한 반응도 회사의 결정에 긍정적으로 반영되지 않을 것이라는 사실을 인사팀장의 무덤덤한 표정에서 읽어낸 자들은 이렇게 말했다.

"한때 당신의 동료였던 사람들과 이런 상황에서 만나 회사의 일방적인 메시지를 전달해야 하는 역할이 괴롭겠지만, 어쨌든 여기에 남아서 계속 일을 할 수 있는 당신이 나는 너무 부럽소. 그러니 나의 고통과 불안감을 마치 피를 나눈 형제처럼 충분히 이해하고 있다는 듯 그렇게 역겨운 표정을 짓고 있지 마쇼. 이게 그나마 당신을 동료라고 여기고 내가 해줄 수 있는 마지막 충고요. 그리고 나나 우리 가족 중 누군가가 당신보다 먼저 죽으면 부고장을 당신이나 당신 가족에게 잊지 않고 보내드리리다."

면담시간은 개인별로 삼십 분씩 할당되었지만 거의 지켜지지 않았기 때문에 아침에 출근해서 두어 명을 만나고 나면 점심시간이 되었고, 또다시 두어 명과 힘겨운 면담을 끝내면 퇴근시간이 훌쩍 지나 있었다. 어쩌면 직원들의 이런 행동 역시 철저하게 노조 대표들의 지침에 의한 것일 수도 있겠다고 니코는 생각했다. 한 명의 직원과의 면담이 길어질수록 자신의 집중력과 인내심은 줄어들 수밖에 없었고, 자신이 미처 인지하지 못한 언행으로 직원들을 자극할 위험은 그만큼 높아졌으므로, 이를 빌미로 노조 대표들은 면담을 중지시키거나 연기할 수도 있었다. 계획보다 일정이 늦어질수록 유리해지는 쪽은 직원들이니까. 그래서 니코는 자신의 감정과 체력을 유지하는 게 더욱 중요하다고 판단하고, 면담이 끝날 때마다 창문을 열어 회의실 공기를 환기시키고 화장실에 다녀왔으며 뜨거운 커피로 잔을 채웠다. 사과 하나와 오렌지 반 조각으로 점심식사를 해결한 것도 그런 이유에서였다. 공장 입구에 마련되어 있는 흡연실까지 굳이 걸어가서 담배를 피운 그의 행동에는, 자신 역시 결코 희망하지 않는 업무 때문에 고통받고 있다는 사실을 직원들에게 드러내 보이려는 의도가 다분히 반영되어 있었다.

비록 규정 이외의 퇴직금을 챙겨주거나 공장 폐쇄 이후의 일자리를 마련해줄 수는 없었지만, 오랫동안 자신과 가족의 미래를 함께 경작해준 동료들에게 니코는 인사팀장이 아닌 동료로서 감사의 마음을 표현하고 싶었다. 하지만 적당한 방법이 생각나지 않았다. 분명한 건 마트나 기념품 가게 같은 곳에서 푼돈으로 쉽게 구입할 수 있는 물건들로는 결코 아무도 만족시킬 수 없다는 사실이었다. 몇 사람들을 집으로 초대하여 저녁식사를 함께할 수 있고 근교로 함께 피크닉을 다녀올 수도 있다. 앨범 속에서 오래된 사진을 골라내고 그 뒷면에 짧은 메모를 적어 나누어 가질 수도 있다. 하지만 그가 찾고 있는 물건은 마치 폭죽처럼 자신과 상대를 한 시공간 안에 일시적으로 가둘 수 있지만 아이스크림처럼 결코 오래 지닐 수 없는 것이어야 했다. 그러려면 누군가와 불꽃놀이를 함께 구경하고 아이스크림도 나누어 먹어야 하는데, 매일 동료들보다 일찍 출근하고 늦게 퇴근하는 자신의 일상에서 그런 여유를 찾는 건 쉽지 않았다. 물론 이건 변명으로도 사용할 수 없는 핑계에 지나지 않는다. 차라리 인사팀장이라는 직책 때문에 스스로를 고립시킬 수밖에 없었다고 고백하는 게 더 그럴듯한 변명일 것 같았다. 감사하는 마음을 잃은 것은 아니더라도 감사를 표현하는 방법만큼은 잊어버린 것이 분명했다. 이토록 허망하게 공장 문을 닫게 될 줄 예상했더라면 좀더 유연하고 관대한 태도를 취할 수 있지 않았을까. 조건문條件文이 형광등처럼 곳곳에 붙어 있는 삶은 죽은 자의 그것과 다르지 않을 것이다. 살아 있으면서도 그 조건들에 대한 제약과 동경 때문에 아무것도 할 수 없을 테니까. 하지만 면담에 대한 중압감에서 당장이라도 벗어날 수만 있다면 그는 기꺼이 육신의 절반을 팔 수도 있겠다고 생각했다. 그의 영혼은 이미 파괴되었으므로 파편들을 담는 데 육신의 절반이면 충분할 것 같았다. 이미 쓸모없어진 육신이 또다시 누군가의 요구에 응대하지 못하도록 아예 육신의 절반은 사는 데 결코 필요 없는 것만으로 채우고 싶었다. 가령 담배 연기나 회한 같은. 흡연실에서 혼자 담배를 피우다가 그는 공장장으로부터 전화를 받았다. 그러고는 오후에 계획된 면담을 모두 취소한 뒤—방금 전에 교통사고로 삼촌을 잃은 자의 허망함이 해고당한 자의 슬픔보다 당연히 오래 지속되진 않겠지만 잠시나마 개인적인 비극에 집중하고 싶다고 둘러댔다—급히 공장을 빠져나와 유럽 지역 영업본부로 자동차를 몰았다. 니코의 눈앞으로 빠르게 다가왔다가 스쳐지나가는 자동차들은 마치 자신의 현실에 처박혀 살아 있는 것들을 모두 멸종시킬 유성우처럼 여겨져서, 아무리 자동차 속도를 줄여도 불길함은 덜어지지 않았다. 적절한 업무와 지위를 제공하지 못할 경우 퇴직금 이외에 육 개월 치의 급여를 별도로 지급하겠다는 문구에 팀장들마저 집단적으로 반발할 것을 우려하여, 회사는 프로젝트의 진행 일정에 따라 그들을 순차적으로 합류시키면서 보안서약서에 서명하도록 요구했다. 즉 공장장과 니코는 공장 폐쇄 일정과 일정별 주요 활동 계획이 수립되기에 앞서 유럽 지역 영업본부장이 내민 보안서약서에 가장 먼저 서명해야 했고, 생산량을 단계적으로 줄여야 할 시점이 되자 생산팀장이, 신제품 개발을 중지해야 할 시점에서는 연구개발팀장이 각각 공장장과 니코 앞에서 서명했다. 공장 내의 자재 입출고를 통제하기 위해서는 구매팀장과 자재팀장의 서명이 필요했다. 어느 날 공장장으로부터 호출을 받고 회의실로 들어온 품질팀장이 모든 팀장들 앞에서 보안서약서에 서명해야 했을 때 그는 배신감과 함께 굴욕감을 강력하게 피력했는데, 그도 그럴 것이 구매팀장과 자재팀장이 서명한 뒤로 두 달 동안 모든 팀장들은 중요한 비밀을 공유하면서도 정작 그에게만큼은 거짓말을 하고 있었을 터이니, 그제야 마음의 짐을 덜었다는 듯이 미안한 표정으로 악수를 건네는 동료들을 여전히 믿을 수 있는지 혼란스러웠으리라. 하긴 공장장이나 팀장들 중에는 두 장의 보안서약서에 서명한 자들도 있을 수 있으니까. 품질관리 업무는 공장 폐쇄 결정에 가장 적은 영향을 받는 반면 영업 실적에는 지대한 영향을 미치기 때문에 그 회의실에 앉아 있던 팀장들 가운데 가장 위태롭지 않은 자리를 차지하고 있다고 긍정적으로 해석할 수도 있었지만, 훗날 똑같은 상황이 다시 일어난다면 자신은 동료들에게서 아예 배척당할지도 모른다는 불안감이 만치니의 이성을 마비시켰다. 그래서 그는 회의시간 내내 경계심을 풀지 않았다.

만약 팀장들 중에서 회사를 배신하는 자가 나타난다면 그 첫번째는 당연히 품질팀장일 것이라고 니코는 조심스럽게 예상했다. 공장 안팎이 이탈리아어로 연결되어 있고 그 외줄을 타고 수많은 사람들이 드나들고 있기 때문에 나폴리 출신의 품질팀장은 갖가지 유혹들에 무방비로 노출될 수밖에 없었고, 회사를 배신하는 순간 다수의 영웅으로서 적절한 존경과 금전적 보상을 보장받을 수도 있었다. 그런데 니코의 예상과는 달리 자재팀장인 마르코스가 이스카리옷 유다로 지목되자 니코는 품질팀장에게 미안함을 느끼기에 앞서 그나마 최악의 상황—마카로니 프로젝트에 관련된 모든 비밀이 이탈리아어로 번역되어 공장 안팎의 사람들에 발송되는 상황—만큼은 피했다는 사실에 안도감부터 느꼈다.

유럽 지역 영업본부장의 사무실에 먼저 도착하여 니코를 기다리고 있던 공장장은 영업본부장으로부터 전달받은 메일을 그에게 전달했다. 마르코스는 유럽 지역 영업본부장에게 메일을 보내 자신의 헌신과 희생에 대한 회사의 처우가 너무 실망스럽다고 불평했다. 프로젝트가 성공적으로 마무리되고 있는 단계인데도 자신의 새로운 직위와 업무에 대해 아무도 협상을 제안하지 않는 것으로 미루어 짐작하건대, 애당초 회사는 자신과 노동계약서를 새로 작성할 의사가 없었으며 자신에게 지불할 퇴직금과 육 개월 치의 급여를 예산에 미리 반영해두었다고 그는 확신했다. 그마저도 이탈리아와 스페인 정부에 세금을 납부하고 나면 고작 스페인 남부 해안에서 크리스마스 휴가를 보낼 정도의 푼돈만이 자신의 손에 남게 되는데, 이는 팀장들 각자의 국적과 생활수준은 전혀 고려하지 않고 이탈리아인에게나 환영받는 기준을 일괄적으로 적용한 탓이라고 비난했다. 그러면서도 정작 자신은 금전적 보상보다는 미래에 대한 불투명한 전망 때문에 더 고통받고 있다는 궤변을 늘어놓았다. 만약 자신을 포함한 모든 팀장들의 처우와 미래에 대해 회사가 즉각적으로 논의를 시작하지 않는다면—그는 가장 마지막으로 회사와 논의하길 원했다—공장 폐쇄 결정 이전부터 자신이 개입했던 모든 불법적인 행동들과 이를 증명할 자료들을 스페인 언론에 공개하겠다고 협박했다. 자신이 이탈리아 정치인들뿐만 아니라 유럽연합의 공무원들과도 친분이 두텁다는 사실을 강조하면서, 자신의 정의로운 행동이 회사의 부당한 폭력으로부터 선량한 직원들과 유럽적 가치를 보호해낼 수만 있다면 자신이 서명한 보안서약서로 인해 야기될 손해를 기꺼이 감수할 것이며, 유럽 시민들이 자신의 패배를 결코 좌시하진 않을 것이라고 썼다. 그러고는 파국을 막을 시간과 방법은 아직 많이 남아 있다고 상기시키는 한편, 자신의 메일을 공장장이나 팀장들에게 누출했을 경우엔 결코 회사 안에서 다시 만나는 일이 없게 될 것이라는 추신을 남겼다. 하지만 마르코스의 협박 따위에 굴복하여 그와 협상할 의사가 전혀 없는 유럽 지역 영업본부장은 그 메일을 공장장과 니코에게 보여주면서 대책을 재촉했던 것이다. 그들이 시간을 버는 사이에 배신자의 아킬레스건을 찾아내어 치명적인 일격을 가하고 평생을 프로메테우스의 고통 속에서 살게 만들겠다는—설령 이탈리아나 스페인 언론에 특종을 상납하게 되더라도 전혀 괘념치 않고—의도를 유럽 지역 영업본부장은 숨겼다. 유럽 지역 영업본부장은 전산팀장에게 은밀하게 연락하여 피렌체 공장의 모든 팀장들과 공장장이 자신의 컴퓨터에 개별적으로 보관하고 있는 마카로니 프로젝트 관련 정보들을 제거하거나 영원히 봉인하도록 지시했다. 공장장과 인사팀장이 사무실에 차례로 도착했을 땐 이미 영업본부장은 전산팀장으로부터 흡족한 결과를 보고받은 뒤였다. 공장장이나 니코는 마르코스에게 무슨 변화가 일어났는지 전혀 짐작할 수가 없었다. 그는 결코 영웅심에 자극받을 만큼 윤리적이거나 논리적인 사람이 아니다. 그를 자극할 수 있는 건 값비싼 옷과 고급 와인과 뇌쇄적인 여자와 이 모든 것들을 가능하게 만드는 돈이 전부이다. 갑자기 큰돈이 필요하게 된 것이라면 그 원인을 추정해볼 수 있다. 도박이나 투자를 했다가 큰 빚을 지고 파산 직전 상태까지 내몰렸을 수도 있고, 새로 사귄 여자친구에게 고가의 선물을 사줘야 했을 수도 있다. 아니면 협력업체로부터 지속적인 뇌물을 받았다가 최근 협박을 당했을 수도 있다. 물론 그의 두 딸 중 한 명이 큰 병에 걸려 치료비가 급히 필요했을 수도 있는데, 그럴 경우엔 회사를 협박하는 것보다 오히려 회사의 책임감과 직원들의 동정심을 자극하는 방법으로 더 큰 도움을 얻어낼 수 있다는 사실을 그가 모르고 있을 리 없으므로, 평범한 부모의 입장을 상상하는 일은 부질없었다.

니코는 마르코스에게 여러 번 전화를 걸어 음성 메시지를 남겼다. 물론 니코는 마르코스가 유럽 지역 영업본부장에게 보낸 메일에 대해선 전혀 알은체하지 않았다. 그저 공장장과 모든 팀장들이 마카로니 프로젝트의 진행 사항과 향후 일정을 협의할 자리를 준비하고 있다고 설명했다. 회의를 마치는 대로 프랑스 식당으로 가서 저녁식사를 함께할 예정이기 때문에 식당 예약을 위해서라도 빠른 회신이 필요하다고 말했다. 마르코스는 평소에 프랑스식 음식과 예절을 찬양하고 탐닉했기 때문에 니코는 자신의 제안이 그를 은신처에서 끌어내는 데 매력적인 미끼가 될 것이라고 은근히 기대했다. 그러면서 다른 팀장들의 근황과 그들의 마음속에서 자라나고 있는 불만이나 야망도 서둘러 파악해야겠다고 생각했다. 겉으로 그들은 회사의 약속을 완전히 신뢰하고 그 울타리 안에서 명철하게 행동하고 있는 것처럼 보이지만, 자신들조차 논리적으로 설명할 수 없는 회사의 일방적인 결정 사항들과 그에 따른 흉흉한 소문들에 동요하고 있는 것도 사실이었다. 피렌체 공장의 직원들로부터 쏟아지는 멸시와 비난은 점점 더 커지고 날카로워졌다. 더욱이 유럽 지역 영업본부의 직원들조차 전장에서 군사를 모두 잃고 후퇴한 패장들에게 무조건적 호의를 베풀지 않았다. 사업 환경이 악화되고 있는 시점에서 잉여의 직원들이 생겨났다면 그로 인해 누군가는 위태로워질 게 분명했다. 영업본부의 직원들은 대대적인 구조조정을 기정사실처럼 받아들였던 것이다. 그들은 유럽 지역 영업본부의 통제를 받는 일곱 개의 생산 공장 중에서 피렌체 공장 다음으로 폐쇄될 곳이 어디인지를 두고 설왕설래했다. 심지어 구체적인 조직도와 그 조직을 맡게 될 이름들까지 허공을 떠돌아다녔는데, 어떤 조직에 어떤 사람의 이름을 붙여 넣어도 그럴듯한 시나리오가 완성되었다. 하지만 유감스럽게도 니코는 모든 소문들 속에서 피렌체 공장장 이외의 이름을 전혀 들을 수가 없었다. 하긴 일곱 개의 생산 공장 어디에도 생산팀장과 연구개발팀장, 품질팀장, 자재팀장과 구매팀장, 인사팀장은 이미 존재하고 있어서, 그들의 성과와 역량을 뛰어넘을 수 있다는 확신을 심어주지 못한다면 회사가 피렌체 공장의 팀장들에게 특별한 기회를 제공할 이유는 없었다. 결국 피렌체 공장의 팀장들 중엔 직책과 업무를 얻지 못하고 회사를 떠나야 하는 자들도 생겨날 텐데, 인사팀장인 자신이 생각해도 그들의 배신감을 누르기에 회사의 보상은 너무 미흡했다. 수시로 유럽 지역 영업본부장과 공장장으로부터 은밀한 지시를 받고 있는 이상 자신은 그들보다 사정이 조금 나은 편이었지만, 니코 자신조차 미래를 장담할 수 없는 마당에 피렌체 공장의 다른 팀장들이 느끼고 있을 불안감과 소외감은 오죽할까 짐작하니 인사팀장으로서 그동안 세심한 관심을 쏟지 못한 점이 미안해지기도 했다. 마르코스로부터 끝내 회신을 받지 못하더라도 다른 팀장들과의 저녁식사는 예정대로 진행될 것이다. 유럽 지역 영업본부장이 참석하여 다독거려준다면 더할 나위 없겠지만, 사정이 여의치 않다면 공장장이라도 나서서 그런 역할을 해주길 기대하며 니코는 자신의 계획을 그에게 설명했다. 하지만 공장장의 심드렁한 반응을 접하고 니코는 당황했다.

"나름대로 잘 지내고 있는 팀장들을 굳이 한자리로 불러모아 불씨를 피울 필요가 있을까? 자칫 오해를 불러일으킬까 두렵네."

어떤 소문에서든지 새로운 직책과 업무를 부여받는 데 실패하지 않고 있는 그로선 자신의 안위에 방해가 될 수 있는 위험 요소를 사전에 완벽하게 제거하는 게 급선무였으므로, 마르코스의 마음을 돌리는 일에 더욱 집중해달라고 니코에게 거듭 지시할 따름이었다. 니코는 다시 제 육신의 절반을 덜어내고 남은 절반은 사는 데 전혀 필요 없는 것들로 채우고 싶어졌다.

평소 마르코스와 친하게 지내던 연구개발팀장 안드레이가 새벽 두시 넘어 니코에게 전화를 걸어왔다. 그의 목소리는 이미 취해 있었지만 그렇다고 알아들을 수 없을 정도로 망가져 있는 건 아니었다. 니코는 잠에서 깬 아내가 놀라지 않도록 간단히 설명하고—공장 폐쇄를 발표한 이후로 정체를 알 수 없는 사람들이 수시로 집에 전화를 걸어왔는데, 비록 의미는 이해하지 못하더라도 목적만큼은 분명히 이해할 수 있었다고 아내가 말했다. 그래서 니코는 거실에 설치해둔 유선전화를 없애버렸다—거실로 나와 통화했다. 어제저녁 퇴근 준비를 하고 있는 안드레이에게 마르코스가 갑작스레 전화를 걸어와서는 저녁식사를 함께하자고 제안했단다. 자신의 아내가 집에서 저녁식사를 준비하고 있었기 때문에 안드레이는 제안을 선뜻 받아들이지 못하고 머뭇거렸는데 마르코스는 그 반응을 거절의 뜻으로 이해하고는 아무런 말도 없이 곧바로 전화를 끊었단다. 문득 불길한 생각이 들어 아내에겐 갑작스런 업무 때문에 저녁을 함께할 수 없겠다고 설명한 다음 안드레이는 마르코스에게 여러 차례 전화를 걸고 음성 메시지를 남겼으나 연락이 되지 않았다. 어항 같은 사무실에 아홉시까지 남아 있다가 기대를 접고 집으로 돌아가고 있을 때 마르코스에게서 전화가 왔단다. 그의 혀는 이미 술에 취해 딱딱하게 굳어 있었지만 그 밤에 꼭 자신을 만나서 맥주 한잔 나누고 싶다는 문장만큼은 만들어낼 수 있었다. 그래서 안드레이는 자동차를 돌려 마르코스가 기다리고 있는 펍으로 갔다. 혼자서 맥주를 마시고 있던 마르코스는 마치 신대륙으로 출항을 앞둔 뱃사람처럼 들떠 있었다. 자신의 감정을 지나치게 과장하는 모습이 불안해 보이기도 했다. 하지만 새벽 두시에 헤어질 때까지 마르코스는 자신의 신변이나 회사에 대한 이야기는 거의 하지 않았단다. 그 대신 그는 자신의 자랑인 러시아 출신 여자친구의 근황에 대해서만 끊임없이 주절댔다. 맥주를 들이켜느라 잠시 말을 멈춘 사이에 안드레이는 왜 오늘 만나야 했느냐고 물었단다.

"오늘 우린 작별을 준비해야 하니까."

안드레이가 불안해서 그 말의 의미를 다시 물었더니 마르코스는 짓궂은 표정을 지어 보였다.

"이미 자정이 넘었거든."

안드레이가 화장실을 다녀온 사이에 마르코스는 이미 술값을 지불하고 사라졌더란다. 펍 주변을 샅샅이 뒤져보았지만 그를 찾을 수 없었고 전화도 받지 않더란다. 펍으로 돌아와 바텐더에게 물어보니 마르코스가 자동차를 운전하여 떠나는 걸 보았다고 말했다. 마르코스의 신변에 최근 불행한 일이 생긴 것 같아 너무 걱정이 된 나머지 안드레이는 시간을 확인하지 않은 채 니코에게 전화를 걸었던 것이다. 인사팀장만큼은 자신보다 더 많은 개인 정보를 알고 있지 않을까 해서. 하지만 니코 역시 마르코스와 수차례 연락을 취했지만 성공하지 못했다는 고백을 듣고 안드레이는 길게 침묵한 다음 말을 이었다.

"혹시 회사를 대신해서 자네가 나에게 전달해야 할 이야기가 있다면 제발 머뭇거리지 말게나. 난 마르코스처럼 강하지 못해서 마음을 가다듬고 신변을 정리하는 데 시간이 더 많이 필요하거든. 내가 응당 써야 할 시간까지 자네가 소모하는 걸 결코 허락하진 않겠네."

니코는 아무 말도 하지 않았다. 모든 새벽은 누군가에게 말을 건네는 것보다 누군가의 말을 들어주는 일이 더 어울리는 시간일는지도 몰랐다.

"일단 마르코스가 무사히 집에 도착하도록 간절히 기도하세. 그러곤 내일 아침 우리의 기도가 어떤 기적을 만들어냈는지 함께 확인해보자고."

전화를 끊고 나서 니코는 한참 동안 어두운 소파 위에 앉아 있었다. 그의 아내가 유령처럼 찾아왔을 때에도 그는 쉽게 자리에서 일어설 수 없었는데, 마르코스가 운전하고 있는 자동차의 조수석에 앉아 있다는 착각에 빠져 자신이 균형을 깨는 순간 자동차가 비극 속으로 처박힐 것 같다는 두려움에 사로잡혀 있었기 때문이다.

거의 뜬눈으로 밤을 지새우고 우유 한 컵으로 아침식사를 마친 뒤 니코는 아내에게 키스를 하고 집을 나섰다. 자동차에 시동을 걸고 있는데 자신에게 다가오는 사람들이 보였다. 한 명은 도장塗裝 부서에서 부품 페인팅을 담당하고 있는 직원이었고 다른 한 명은 예닐곱 살쯤 되어 보이는 소녀였는데 그의 딸인 듯했다. 어떻게 자신의 집을 알아낸 것일까. 모든 직원들이 이미 자신의 집주소를 알고 있는 것은 아닐까. 그렇다면 앞으로 자신과 가족들은 더 많은 방문객들과 집 안팎에서 마주치게 될 것이고, 그들의 협박과 폭력 때문에 더이상 정상적인 생활을 유지하지 못할지도 모른다. 더 안전한 곳으로 이사를 하기 전까지 사설 경비업체에 신변 보호를 요청해야 할 필요가 있었다. 다른 팀장들의 상황을 확인한 뒤 공장장에게 정식으로 건의해야겠다고 니코는 생각했다. 그 순간 남자가 창문을 두드렸고 니코는 반사적으로 잠금단추를 눌러 문을 안에서 걸어 잠갔다. 적대감을 눈치챈 남자는 마치 전기가 흐르는 울타리라도 만진 사람처럼 깜짝 놀라 뒤로 물러서며 두 손을 위로 들어올렸다. 그러자 소녀가 자동차로 접근하여 다시 문을 두드렸다. 니코는 자신의 딸과 같은 또래의 소녀까지 차마 물리칠 순 없어서 머뭇거리면서 유리창을 내렸다.

"아빠가 영어를 못해요. 그래서 제가 대신 사과하러 왔어요. 지난번 공장에서 아저씨 바지에 페인트를 묻힌 일에 대해 정말 사과하고 싶대요, 아빠가."

소녀가 이야기를 하는 동안에 남자는 연신 고개를 숙이고 있었다. 늪 같은 바닥 아래로 빠져들고 있는 몸의 중심을 잡고 인간으로서 최소한의 존엄성을 유지하려는 것처럼. 자신이 맡은 임무를 훌륭하게 마친 소녀는 아빠에게 달려갔다. 그러고는 아빠 품에 안긴 채 니코를 향해 손을 흔들었다. 그들이 모퉁이를 돌아 사라졌는데도 니코는 자동차를 출발시킬 수가 없었다. 와이퍼를 아무리 작동시켜도 시야가 맑아지지 않았다. 집을 떠나 어디로 가려고 했는지, 아니면 방금 전 집에 도착한 것인지 판단할 수도 없었다. 손에 쥐고 있는 게 자동차 열쇠인지 수류탄인지도 구분할 수 없었다. 그러다가 문득 자신의 아내와 딸이 창문 너머로 이 광경을 목격했을지도 모른다는 생각이 들었다. 그러자 뜨겁고 무거운 감정들이 자신의 몸속으로 밀려들어와 말랑말랑한 모든 장기들을 터뜨릴 기세로 눌러댔다. 간신히 고개를 들어 집을 둘러보았을 때 다행히 인기척을 발견할 순 없었다. 니코는 서둘러 자동차를 출발시켰다. 하지만 모퉁이를 돌자마자 갓길에 멈춰야 했다. 복잡한 감정을 추스르지 않고서는 운전을 할 수 없을 것 같았기 때문이다. 창문을 열어 시원한 공기를 들이켠 다음 그는 담배를 물었다. 다시 담배를 피우기 시작했다는 사실을 아내나 아이에게 알리지 않기 위해서 집안이나 자동차 안에서는 결코 담배를 피우지 않았는데, 그 순간만큼은 그런 원칙을 떠올릴 겨를이 없었다. 그의 심장을 누르고 있는 건 죄책감이 분명했다. 그는 자신이 도대체 지금 무슨 일을 하고 있는지 생각하지 않을 수 없었다. 그는 누군가를 죽이려는 게 아니라 오히려 살리기 위해 자신의 업무에 충실하고 있다고 자부했다. 이제 회사에서 공장 폐쇄 결정을 되돌릴 수 있는 자는 아무도 없다. 그렇다면 자신이 할 수 있는 일이라곤 동료들에게 최상의 보상 방법을 찾아주는 것뿐이다. 그렇다고 회사가 정한 규칙을 어기면서까지 그들의 개인적 상황을 배려해줄 수 있는 권한도 없다. 사적인 감정이나 관계에 치우치지 않고 오로지 사실만을 빠짐없이 모으고 세심하게 다루어 동료들의 희생과 헌신에 합당한 퇴직금을 계산해내려고 노력했다. 공장을 폐쇄하지 않고 몇 년 더 유지하다가 함께 파산해서 퇴직금조차 챙길 수 없는 상황보다는, 그래도 자신의 퇴직금을 두고 회사와 협상할 수 있는 상황이 그나마 모두에게 다행이라고 니코는 천 번쯤 생각했다. 하지만 그는 잘 알고 있었다. 아무리 자신이 최선을 다하더라도 오로지 자신의 가족을 위해 수백여 명의 동료들을 절망시켰다는 비난으로부터 해방될 수 없다는 사실을. 그래서 아까 그 남자는 인사팀장의 바지에 페인트를 묻히고도 사과하지 않았다는 이유로 자신이 해고된다고 생각했고, 정식으로 사과한다면 다시 기회가 생겨날지도 모른다고 기대하는 것이다. 누구의 잘못도 아니기 때문에 모두의 잘못으로 받아들여야 한다고 말하는 건, 해고되는 자들 뒤에 남아서 여전히 월급을 받게 될 자들이 쉽게 내세우는 위선에 지나지 않는다. 누가 어떤 논리를 동원하여 해명하더라도 공장을 순순히 떠난 자들 덕분에 몇 사람들은 회사에 남을 수 있게 된 것이고, 반대로 말하자면 그들을 쫓아 보내는 조건으로 회사는 몇 사람들에게 기회를 주는 것이다. 하지만 그들을 쫓아보내지 않고서도 회사가 살아남을 수 있는지에 대해선, 회사를 살리기 위해 희생을 감수할 수 있는지에 대해선 아무도 그들에게 물어보지 않았다. 해고되는 자들의 잘못이라면 그저 회사 전체의 매출 상태와 장기적인 전략에 대해서 전혀 알지 못한 채 하찮기 이를 데 없는 업무에만 일생을 쏟아부었다는 것뿐인데, 그걸 잘못이라고 말한다면 피렌체 공장의 직원들뿐만 아니라 유럽 지역 영업 본부의 직원들도 같은 잘못을 저지른 셈이지만 그들은 아직 쫓겨나지 않았다. 그러니 그저 불운 때문에 쫓겨나게 되었다고 말하는 편이 더 진실에 가까울 수도 있겠다. 이런 기분으로 출근하여 다시 퇴직 면담을 시작한다면 필경 돌이킬 수 없는 실수를 저지르게 될 것 같아 니코는 불안했다. 그러다가 문득 못된 생각이 틈입했다. 혹시 자신을 이런 공황 상태에 빠뜨리기 위해 노조 대표들이 일부러 오늘의 사건을 연출한 것은 아니었을까. 일전에 마르코스가 들려준 이야기가 생각났다.

"전령을 죽여라. 그러면 당신이 원하는 걸 상대에게서 얻을 수 있을 것이다."

회사측의 전령과도 같은 인사팀장에게 죄책감은 일종의 독약일 테니, 인사팀장을 무기력하게 만들고 나면 노조 대표들이 자신들의 주장을 더 강력하게 회사에 전달할 수도 있지 않을까. 니코는 이런 생각에 너무 침잠한 나머지 자신의 손가락이 담뱃불에 타들어가고 있다는 사실을 한참 동안 깨닫지 못했다. 담배에 불을 옮겨 붙인 자가 자신이었는데도 말이다.

니코는 카롤리나를 사이에 두고 직원들과의 퇴직 면담을 계속했다. 하루종일 여섯 명 남짓에게 같은 이야기를 반복했고 앞으로도 이백여 명가량의 직원들을 더 상대해야 하기 때문에 마라토너처럼 체력과 정신력을 적절히 안배하기 위해서라도 하루하루의 면담과정과 결과에 큰 의미를 두지 않으려고 노력했지만, 모든 직원들은 니코와의 면담이 자신의 퇴직금에 대해 협의할 수 있는 처음이자 마지막 기회라는 사실에 부당함과 절박함으로 고통받으면서, 가능한 한 면담시간을 늘려서 현재의 상황을 더 자세히 이해하고 자신의 입장을 더 정확하게 전달하고 싶어했다. 그러니 면담이 진행되는 동안 니코와 직원들이 각각 속해 있는 시간의 속도와 방향은 서로 다를 수밖에 없었다. 게다가 아무도 미래에 대해 말할 수 없었고, 하나같이 과거에 대해서만 말해야 했다. 그리고 말을 듣는 쪽이 말을 하는 쪽보다 더 많은 체력을 소모했다. 회한과 분노가 섞여 있는 말들이 몸속에 쌓이면서 니코에게선 중금속중독자가 경험하는 증상들―자주 손끝이 떨리고 얼굴에 경련이 일었으며 방금 전의 일을 기억하지 못했다―이 나타났다. 아침에 집 앞에서 만난 직원의 이름이 끝내 기억나지 않았기 때문에 자신이 방금 전에 부른 이름을 듣고 그 남자가 딸을 앞세운 채 회의실로 들어와서 맞은편에 앉는다고 하더라도 니코는 무방비였다. 그러면 니코는 그의 딸에게 노트북 모니터를 보여주면서 아빠의 이름을 입력하자 자동적으로 나타나는 숫자들의 의미를 설명해주어야 한다.

"아이야, 이게 네 가족이 한동안 긁어먹게 될 식량이란다. 이게 다 떨어지면 네 가족들이 어떻게 될는지 나는 모르지만 이탈리아 정부와 유럽연합이 방법을 마련해줄 것이니까 너무 걱정할 필요는 없단다. 그저 너는 잘 자라기만 하면 되는 거야."

이렇게 말한다면 아이는 이해할 수 있을까. 자신이 먼저 이해해야 아빠에게 설명해줄 수 있을 텐데. 설령 아이가 니코의 이야기를 정확히 이해한다고 하더라도 제 아빠가 상처받는 게 두려워서라도 건성으로 통역할 수 있다. 제발 자신이든지 카롤리나든지 소녀에게만큼은 그 자리에서 일어나고 있는 상황을 아주 낭만적으로 설명해줄 수 있기를. 그런 생각을 하니 아침에 담뱃불에 데었던 자리가 욱신거렸다. 그리고 그 통증은 다시 담배 생각을 불러일으켰다. 그래서 니코는 직원들이 회의실을 나가자마자 급히 흡연실로 달려가 담배를 물었다. 담배 연기를 들이켜면서 그는 마르코스에게 다시 음성 메시지를 남겼다. 회신이 없더라도 일단 프랑스 식당에 자리를 예약해놓겠으니 너무 늦지 않게 참석하면 좋겠다고. 하지만 정작 하고 싶은 말은 이랬다. 프랑스 식당에 나타나지 않아도 상관없으니 제발 그날 새벽에 집까지 무사히 도착한 것이었으면 좋겠다고. 그리고 어떤 식으로든지 살아 있다는 사실을 알려준다면 더할 나위 없겠다고. 목숨은 어떤 윤리보다도 중요하고, 범죄자나 실직자가 되는 것이 주검이 되는 것보다 훨씬 낫다고. 어떤 이유로 고통받고 있는지는 모르지만 누구에게든 도움을 요청하기를. 만약 그게 자신이라면 기꺼이 나서서 유럽 지역 영업본부장을 이해시킬 것이다. 인생은 결코 단 한 번의 중요한 결정과 행동만으로 완성되는 게 아니니까. 광대무변한 우주에서 빛나는 존재는 고작 0.1퍼센트에도 미치지 못할 것이고 나머지 시공간은 암흑 물질이 채우고 있다. 우주는 비어 있는 게 아니라 어두운 물질로 가득 채워져 있는 것이다. 인생에 있어 그 암흑 물질이라고 하면 시행착오가 아니겠는가. 인간은 결코 똑바로 걸을 수 없다. 설령 똑바로 걷는 자가 있다고 하더라도 똑바로 진행되지 않는 시간 위에 올라타고 있는 이상 목적지에 곧바로 이를 순 없다. 하지만 어느 인생이든 반드시 시작한 곳에서 끝이 날 것이고 이 우주에서 아무것도 가지고 나갈 수는 없으리라. 이런 사실을 인정하는 순간 바람이 사방에서 불어오고 심신이 가벼워졌다. 그러다가 니코는 갑자기 메스꺼움을 느꼈다. 공복에 담배를 연신 피워댄 탓만은 아니다. 어쩌면 자신의 이율배반적 사유와 처신 때문인지도 모르겠다. 자신과 반대의 처지에 갇힌 동료들에겐 수긍과 인내를 요구하면서 정작 자신과 같은 처지의 팀장들에겐 저항과 설득을 독려하고 있지 않은가. 상황이 자신을 이렇게 만들었다면 참을 수 있겠으나 자신이 상황을 이렇게 만들었다면 참을 수 없을 것 같았다. 또다시 손가락에 불씨가 닿았다. 그리고 마르코스로부터 문자 메시지가 도착했다.

식당엔 생산팀장인 드니가 가장 늦게 도착했다. 그는 멋쩍게 웃으며 그것이 프랑스 식단을 발명한 프랑스인의 예절이라고 변명했다. 먼저 도착한 공장장과 팀장들은 프랑스의 예절 때문에 음식을 주문도 하지 못한 채 맥주만 두 잔씩 마시면서 그를 기다렸다. 마르코스는 참석하지 않을 것이라는 사실도 드니가 가장 늦게 알았다. 니코는 마르코스의 딸이 아파서 급히 스페인에 갔다고 둘러댔다. 물론 새빨간 거짓말이었으나 그걸 알고 있는 자는 공장장밖에 없었다. 공장장은 그간 마음고생이 심했을 팀장들을 위로하고 조만간 모두에게 좋은 소식이 전달될 것이라고 약속했다. 팀장들은 일제히 공장장과 니코를 번갈아 쳐다보면서 그 소식이 무엇인지 미리 알고 싶어했지만 니코는 어색하게 웃으며 어깨를 들썩일 뿐 아무런 대꾸도 하지 않았다. 하지만 니코의 모호한 표정과 동작만으로도 자신의 미래가 회사의 인큐베이터 안에서 여전히 보호받고 있다는 사실을 확신할 수 있었다. 불확실한 시절에 긍정이나 부정이 아닌 반응이야말로 충분히 긍정적으로 해석할 수 있을 테니까. 품질팀장 만치니가 이탈리아어로 적힌 메뉴판을 영어로 번역해서 읽어주면 드니가 각각의 음식에 사용되는 재료와 조리 방법, 그리고 풍미에 대해 자세히 설명해주었다. 그러면 혹시라도 자신이 제대로 이해하지 못한 단어나 문장이 있는 것은 아닌지, 그리고 자신이 주문하려는 음식과 관련하여 즐겁거나 괴로운 기억이 있는지 서로 확인한 뒤, 참석자들은 마치 그것이 마지막 만찬이라도 되는 것처럼 아주 신중하게 전채와 주요리, 그리고 후식을 결정했다. 만치니는 피에몬테 와인을 강력하게 추천했지만 메뉴판을 확인한 공장장은 팀장들의 노고를 치하하기엔 너무 낮은 가격이라고 판단했는지 그의 의견을 무시한 채 드니가 여러 번 강조한 프랑스 예절에 따라 보르도 와인 두 병을 주문했다. 하지만 식초 알레르기가 있는 공장장은 정작 와인 잔 대신 맥주잔을 들고 내리면서 홀짝거릴 따름이었다. 프랑스 와인의 미덕과 프랑스 음식에 대한 낙관은 참석자들을 마치 크리스마스 파티에 모인 가족들처럼 아주 가볍고 쾌활한 주제에만 집중하도록 만들었다. 그들은 공장 폐쇄 발표 이후 자신에게 벌어진 크고 작은 사건들에 대해선 아무 말도 하지 않았는데, 적어도 그 순간만큼은 그들은 이탈리아가 아닌 프랑스 남부의 휴양지에 머물고 있었고 거기서 선택할 수 있는 주제라고는 음식과 날씨와 섹스뿐이었기 때문이다. 식당은 피렌체 공장으로부터 사십여 킬로미터 떨어진 외곽에 위치하고 있었으나, 혹시라도 그곳에서 저녁식사를 하고 있던 직원들—만약 그런 자들이 있었다면, 그들은 필경 자신이 겪고 있는 비극성을 가능한 한 축소해서 말하면서 공장이 폐쇄되어도 자신은 아무것도 잃지 않을 것이라고 상대를 안심시키고 있었을 것이다—이 이 광경을 보았다면 필경 폐허 위에서 파티를 즐기고 있는 그들의 비윤리성을 비난했을 것이다. 육 개월 전에 그들이 차례대로 서명했던 보안서약서가 그 순간 비치파라솔이 되어주고 있는 것만큼은 부정할 수 없었다. 나중에 와인에 불쾌해진 만치니가 자신이 보안서약서에 서명하면서 느꼈던 배신감과 굴욕감을 상기시켰을 때 다른 팀장들은 하나같이 당시 자신의 난처했던 입장을 연극배우처럼 설명하면서, 가장 나중에 서명한 자는 가장 안전한 방법으로 강을 건널 수 있기 때문에 그런 자리를 양도한 자신들에게 오히려 감사해야 한다고 주장하면서 웃었다. 공장장은 성공 보너스가 조만간 지급될 것이라는 말로 분위기를 더욱 들뜨게 만들었다. 주문한 음식들이 준비되자 그들은 오랫동안 말을 아끼고 혀가 인도해주는 길을 따라 인생의 양지바른 쪽을 소요했다. 공장장이 각각의 와인 잔을 채우고 자신의 맥주잔을 들어 건배를 제안하자 비로소 그들은 제자리로 돌아왔다. 그러고는 목까지 차오른 공허함과 죄책감을 뱉어내기 위해 의미 없는 대화와 웃음을 이어갔으나 어느 순간부터 기괴한 화학반응을 일으키기 시작한 언어들 때문에 그들은 점점 지쳐갔다. 어쩌면 중금속중독자가 경험하는 증상이 그들에게도 곧 나타날지 모른다고 니코는 생각했다. 그리고 식사 자리가 마무리되기 전에 마르코스에 대한 진실을·그들에게 귀띔해주는 게 같은 배를 타고 있는 자로서의 도리가 아닐까 고민했다. 이 절호의 기회를 놓친다면 그들은 다른 사람을 통해 마르코스에 대한 이야기를 듣게 될 것이고, 만치니가 느꼈던 것보다 수백 배는 더 크고 무거운 배신감과 굴욕감에 짓눌리게 될지도 모른다. 그들 중에서 마르코스의 추종자가 나타나지 않는다고 누가 장담할 수 있겠는가. 그래서 니코는 화장실로 향하는 공장장을 뒤따라가서 슬그머니 자신의 생각을 꺼내놓았다. 하지만 공장장은 분명하게 반대했다. 그러고는 조용히 속삭였다.

"걱정 말게. 우리가 마카로니 프로젝트에 참여했다는 증거는 이미 사라지고 없으니까. 집에 돌아가서 자네의 컴퓨터를 열어보면 내가 무슨 말을 했는지 이해할 수 있을 거야. 그리고 그건 회사가 더이상 우리의 미래를 보장해줘야 한다는 의무로부터 해방되었다는 뜻이기도 하지. 하지만 난 유럽 지역 영업본부장의 약속을 굳게 믿네. 그는 우릴 배신할 사람이 결코 아니야. 그래도 이런 이야기로 저 친구들과 프랑스 요리사를 실망시키고 싶진 않군."

테이블로 돌아왔을 때 후식이 그들을 기다리고 있었다. 공장장은 만치니의 의견을 존중하여 그라파grappa 한 병을 주문했고―그것은 와인을 짜고 남은 포도 찌꺼기를 발효시킨 뒤 끓여서 만든 것이기 때문에 공장장은 자신의 몫으로 맥주를 더 주문했다―그것을 두어 잔씩 들이켜고 나자 이탈리아와 프랑스 음식의 경계는 완전히 사라지고 말았다. 그리고 일주일 남짓 지나서야 비로소 팀장들은 마카로니 프로젝트와 관련된 모든 자료와 메일이 자신의 컴퓨터에서 말끔히 삭제되어 있다는 사실을 알아차렸다.

"다시 한번만 그 숫자를 확인해줄 수 있겠소? 그 정도의 수고는 해줄 수 있지 않겠소? 나를 위해서가 아니라 당신을 위해서. 만약 내가 회사에서 쫓겨난 뒤에 당신이 비로소 이 파일의 치명적인 오류를 발견해낸다면, 결코 죄책감을 혼자서 해결할 수는 없을 테니까. 내가 이 회사에서 보낸 십팔 년의 세월은 정확한 금액으로 존중받아야 마땅하다고 생각하오."

남자는 회의실을 나서기에 앞서 이렇게 말했다. 하루 여덟 시간 동안 용접 마스크를 쓰고 있었기 때문인지 니코는 남자의 얼굴이 한없이 낯설기만 했다. 마스크 덕분인지 남자는 실제 나이에 비해 훨씬 젊어 보였다. 간헐적으로 남자가 내뱉는 마른기침 소리가 아니었다면 니코는 자신이 퇴직 면담을 하는 게 아니라 채용 면접에 참석했다고 착각할 뻔했다. 니코는 남자가 회의실을 나가자마자 그의 인적 자료를 꺼내 컴퓨터 파일에 입력되어 있는 정보들과 일일이 대조했다. 그리고 남자의 우려대로 몇 가지 정보가 완전히 잘못 입력되어 있다는 사실을 발견했다. 그 오류의 결과는 남자의 퇴직금에 유리하게 반영되어 있었다. 참담한 심정으로 니코는 몇몇 직원들을 임의로 선정하여 정보를 확인해보았는데, 모든 직원들의 퇴직금에 오류가 반영되었다는 결론에 이를 수 있을 만큼 예외가 없었다. 나비의 날갯짓에 의해 시작된 미세한 교란이 태평양을 건너가면 허리케인으로 바뀐다는 이론까지 들먹거릴 수 있을 만큼 개인이 부당하게 취득할 수 있는 금액은 그리 많지 않았지만, 삼백여 명에게 부당하게 지급될 금액을 합해보니 니코의 연봉을 훌쩍 넘어서는 수준이어서, 이 오류를 서둘러 정정하지 않는다면 훗날 자신의 회사생활에 치명적인 영향을 미칠 게 분명했다. 그때부터 니코는 공황 상태에 빠져들었다. 그 이후로 두 명의 직원들과 퇴직 면담을 진행했지만 그는 자신이 무슨 이야기를 듣고 어떤 말을 했는지 전혀 기억할 수 없었다. 물론 이제 겨우 백여 명과의 퇴직 면담을 진행했기 때문에 오류를 수정할 시간은 충분했다. 이탈리아 정부에서 제공해준 파일의 계산식에 사소한 문제가 발견되었기 때문에 이를 수정하고 퇴직금을 다시 계산했다고 말하면 그뿐이었다. 그래봤자 겨우 몇십 유로 줄어드는 것뿐이니 너그럽게 이해해달라고 요구할 수도 있다. 하지만 회사의 입장을 대표하는 인사팀장이 오류를 인정하는 순간, 직원들은 회사의 무책임한 대응에 크게 반발할 것이며 노조는 직원들에게 일체의 퇴직 면담을 거부하라는 지침과 함께 파업을 결정할지도 모른다. 그러면서 공장 폐쇄의 당위성을 설명하기 위해 작성된 자료들에도 오류가 충분히 반영되어 있을 수 있으므로 협상을 원점으로 돌리겠다고 주장할 수도 있다. 더이상 니코는 회사와 노조 어느 쪽으로부터도 신뢰를 얻지 못할 것이다. 그리고 공장장과 유럽 지역 영업본부장은 니코의 실수를 결코 묵인하지 않을 것이다. 그러니 회사의 최종 결정과 이에 따른 일련의 조치에 사소한 오류가 반영될 수 있다는 사실을 니코는 직원들 앞에서 결코 인정할 수 없었다. 설령 누군가 그 오류를 발견해낸다고 하더라도, 그 오류조차 회사 업무의 정당한 과정이자 결과라고 일관되게 주장해야 한다. 하지만 훗날 자신의 안위를 위해서 니코에게도 희생양이 필요했으니, 그는 어쩔 수 없이 카롤리나를 떠올리지 않을 수 없었다. 그녀는 마카로니 프로젝트에 대한 정보로 회사를 협박하여 자신의 안위를 보장받을 만큼 영악한 인물이었으니, 자신의 권한과 재능을 최대한 발휘하여 은밀하게 동료들을 도와주고 싶었을 수도 있다. 삼백여 명의 직원들과의 면담에 온통 정신이 팔려 있던 자신이 그녀의 비리를 파악했을 땐 이미 면담을 모두 끝낸 뒤였기 때문에 되돌릴 수 없었다고, 니코는 공장장과 유럽 지역 영업본부장에게 은밀하게 보고할 수도 있었다. 공장장이나 유럽 지역 영업본부장이 당연히 카롤리나보다 자신을 선택할 것이라는 데 의심할 여지는 없었다.

4장 저항

"그들은 우리를 약탈자로 만들려 하고 있어. 우린 그들의 미필적 고의에 강하게 저항해야 하네."

이렇게 말한 자는 이십육 년 동안 제관 부서에서 총신을 용접하고 있는 파비오였다. 하지만 그곳에 모여 있던 사람들은 그의 이야기를 제대로 알아듣지 못했다.

"자신이 치밀한 사고와 대담한 용기를 지녔다고 굳게 믿고 있는 자네들을 실망시키는 이야기가 되겠지만, 지금 자네들의 가방과 자동차 트렁크 속에 숨겨져 있는 공구들이나 부품들은 사실 자네들이 회사 몰래 훔친 게 아니라 회사가 자네들의 가방이나 자동차 트렁크 속에 슬그머니 넣어둔 것이란 말일세. 그리고 그것들이 훗날 명백한 법적 증거가 되어서 자네들을 철저하게 파괴할 거야."

그러자 일군의 사람들이 웅성거리기 시작했다. 회사가 자신과 가족들에게 저지른 폭력의 잔혹함에 굴복하지 않고 윤리와 사회를 지켜내기 위해 자신들은 초인적인 인내심을 발휘하고 있으며, 설령 일부 직원들이 분노와 상실감을 제어하지 못하여 회사의 물품을 충동적으로 훔쳤다고 하더라도 부당한 해고가 그들에게 평생 미칠 피해에 비하면 결코 비난받을 만큼 반사회적인 행동은 아니라고 소리쳤다. 한 가정의 자식이자 부모로서 가족을 위해 아무런 행동도 하지 않는 자가 오히려 지탄받아야 한다는 궤변을 펼쳤다.

"저 영감이 용접 가스를 너무 들이마신 탓에 일찍 치매에 걸린 모양이군. 아니면 회사가 저 영감에게 우리를 조롱하거나 책망할 수 있는 권한을 특별히 허락했을지도 모르고."

그곳에 모인 사람들 대부분의 표정이 어둡고 기괴하게 일그러져 있었기 때문에 정작 누구 입에서 이런 이야기가 터져나왔는지 알아차릴 수가 없었다. 모두의 입에서 조금씩 흘러나온 감정과 단어들이 건조하고 후덥지근한 실내 공기와 화학반응을 일으켜 그런 환청을 만들어내었는지도 모른다. 파비오는 이십육 년 동안 단 한 번도 노조 편에 서서 일을 하거나 회사측이 제안한 보직을 맡은 적이 없었지만, 노조와 회사 모두 그의 지혜와 신중한 태도를 존중했기 때문에 공장 폐쇄 결정이 내려지기 전까진 어느 누구도 그에게 이렇게 무례한 언사를 늘어놓지 않았다.

"하지만 여긴 감시 카메라가 설치되어 있지 않아요. 이건 노조와의 협의 사항이기도 하죠. 게다가 공장 출입구를 지키고 있는 경비들도 우리의 억울한 사정을 완전히 이해하고 있어서 더이상 가방 속이나 자동차 트렁크를 열어보려고 하지도 않고요. 만약 여기 있는 우리 중 누군가가 배신할지도 모른다고 말한 것이라면, 정말 당신에게 실망했어요. 우리에게 누구보다도 동료애의 중요성을 강조해왔던 게 당신이 아니었나요?"

스물다섯 살이 겨우 넘었을 법한 청년이 무리 앞으로 나왔다. 파비오는 스무 살에 입사한 그를 일 년여 동안 제자처럼 데리고 다니면서 일과 조직과 사람에 대해 가르쳤다. 그리고 그의 결혼식에서 그의 아내와 가장 먼저 춤을 추는 영광을 누렸다. 그 청년에게 넉 달 전에 두번째 딸이 태어났다는 사실을 기억하고 파비오는 마음이 아팠다. 하지만 청년이 훔친 공구들과 부품들이 그의 미래를 조금이나마 개선시킬 가능성은 거의 없었다. 청년의 이름은 막시모였다.

"막시모, 감시 카메라보다도 더 위험한 장치가 여기 있지. 바로 자네들이야. 모든 사람들의 언행에 항상 운명이나 저주가 개입하는 건 아니라네. 각자가 처한 환경에 따라 행동 양식은 얼마든지 바뀔 수 있지만 정작 우린 아무것도 예측할 수 없지. 난 누군가의 입에서 자네 이름을 듣게 되는 게 몹시 두렵네."

그러자 무리가 일순 조용해졌다. 이곳에서 오랫동안 함께 일한 동료들이 항상 정당하고 즐거운 사건들만 경험했던 건 아니었으므로 누군가는 누군가에게 적의까진 아니더라도 서운한 감정은 품고 있을 것이고 그 정도면 갈등의 도화선이 되기에 충분했다. 지금 그들의 침묵은 이런 추정에 개연성을 두텁게 덧입히는 작업이기도 했다.

"적은 이런 걸 원하겠지. 제대로 된 저항은 시작조차 하지 못했는데 작은 소란에 휘말려 서로를 의심하고 공격하다가 한꺼번에 공멸하는 상황 말일세. 처음엔 절도 흔적을 확실하게 남긴 몇 사람들에게만 책임을 물으려 할 걸세. 하지만 그들은 결코 자신이 감당할 수 없는 책임까지 인정하진 않을 거야. 그러면 또다른 자들의 이름이 그들에 의해 불릴 것이고, 나중엔 모두의 이름을 듣게 될 걸세. 물론, 내 이름도 포함되겠지."

사람들은 침울해졌다. 무기력감이 수치심보다 먼저 찾아왔다. 이미 해고통지서에 서명을 하고 퇴직금 액수를 통보받았기 때문에 그들은 더이상 회사의 직원으로서 노조의 보호를 받을 수도 없을 것 같았다. 저항은커녕 회피의 방법이라도 남아 있는 것인지 걱정되었다. 하지만 더이상 일방적으로 빼앗길 수만도 없었다.

"어떻게 저항하라는 것이죠, 파비오?"

막시모가 물었다. 파비오는 곧바로 이야기하지 않고 주위 사람들의 표정을 한참 동안 살핀 뒤 천천히 입을 열었다.

"적들의 기대를 무참하게 깨뜨리고, 시민들과 여론을 우리 편으로 만드는 게 우리가 할 수 있는 저항의 방법이겠지. 하지만 누구나 이 방법을 잘 알고 있다는 사실 때문에 성공을 위해선 인내와 노력이 아주 많이 필요하다는 아이러니부터 이해해야 한다네."

파비오는 항상 답을 알고 있는 것들만 질문한다는 사실을 막시모는 떠올렸다. 그래서 그의 얼굴이 환해졌다.

"어떻게 하면 되는 거죠? 말씀하세요. 그러면 제가 기꺼이 당신의 손발이 되겠어요."

"우선 우리는 결코 절도범이 아니라 정직한 직원이며, 마지막 순간까지 정해진 규칙에 따라 최선을 다했다는 메시지부터 준비하게. 그러면 진실은 늦더라도 반드시 정의를 불러들일 것일세."

그때 누군가 무리를 거칠게 헤치며 파비오 앞으로 나타났다.

"파비오, 도대체 지금 무슨 이야기를 하는 거예요? 설마 우리가 회사를 버리고 있다는 이야기를 하는 건 아니겠죠? 한 가지 사실은 분명히 말하고 싶군요. 우린 노예가 아니고, 당신은 우리의 대표자도 아니에요. 우리가 모두 암흑 속에 갇혀서 길을 잃고 두려워하고 있을 때 피렌체의 현자라고 불리는 당신은 어떤 역할을 했죠? 제발 무솔리니에게나 어울리는 언사는 집어치우세요."

자재 구매 업무를 맡고 있으면서 생산 라인에서 탄창을 조립하던 엔리코와 이 년 전부터 살림을 합친 안나가 그렇게 소리치더니 공장을 빠져나갔다. 그러고는 오 분 뒤 노조 대의원인 로베르토를 대동하고 돌아왔다.

"파비오, 또 당신이군요. 도대체 왜 자꾸 우리를 힘들게 만드는 것이죠? 이제 모두 끝났어요. 우리는 최선을 다했지만 더이상 희망을 찾을 순 없어요. 지금 당신의 동료들에게 필요한 건 윤리 강의가 아니라 가족과의 따뜻한 저녁식사예요. 그러니 제발 아무런 문제도 일으키지 말고 퇴근하세요."

그러고는 사람들의 이름을 일일이 불러가면서 그들의 귀가를 재촉했다. 자신의 가방 속에 여전히 공구를 숨기고 있는 자들만이 어깨를 짓누르는 무게를 숨기고 동료들의 눈치를 살피느라 무리에서 뒤처졌다. 파비오는 자신의 공구들을 정리하여 캐비닛에 집어넣고 자물쇠를 채운 다음 천천히 걸어서 공장 입구를 빠져나가다가 맞은편 도로에 차를 세우고 자신을 기다리고 있는 막시모를 발견했다.

공구 조합이라는 용어는 막시모에게 매우 낯설었다. 하지만 신중한 파비오가 오랫동안 고민한 끝에 내놓은 방법이라고 생각하니 의미와 목적은 전혀 의심되지 않았고, 다만 의미와 목적을 구현하는 방법과 자신의 역할만이 궁금했다. 비록 동료들의 존경심을 받을 만큼 사유 능력과 리더십을 갖추고 있진 못하지만, 적어도 자신이 맡은 임무만큼은 성실하게 마무리짓는 책임감과 동료들의 고통을 그냥 보아 넘기지 못하는 연민의 능력 정도는 자신에게도 주입되어 있을 것이라고 막시모는 생각했다. 오 년여 동안 생산 라인에 부품을 투입하는 업무를 하면서 동료들과 특별한 갈등 없이 지냈다는 사실이 그런 자기진단을 가능하게 만들었다.

공구 조합이란 조합원들에게서 갹출한 회비로 여러 가지 공구들을 구입하여 조합원들에게 싼값에 빌려주고 그 사용료로 공구와 창고를 관리하는 조직이다. 사용료를 지불할 수 없는 조합원들은 자발적으로 순번을 정하여 공구 불출대장과 실물을 확인하는 일을 맡는다. 반년에 한 번씩은 조합원 총회를 열어 재정 현황을 알리고 향후 반년의 목표를 설정하며 수익금을 조합원들에게 배분한다. 월급을 받는 상근직은 없고 새롭게 조합원으로 가입할 사람들의 자격을 심사하는 이사들이 명예직으로서 조합원들의 무기명 투표를 통해 매년 선발된다. 파비오는 새로운 공구 조합이 이십육 년 동안 헌신했으나 늙은 육신과 희미한 추억 이외엔 아무것도 남겨주지 않고 모조리 빼앗은 회사나, 정치집단으로 변질되어 명분과 실리 사이에서 항상 길을 잃고 어정쩡한 대안을 선택하도록 강요하는 노동조합 중 어느 쪽과도 닮아가는 걸 경계했다.

강물처럼 부드럽고 일정한 리듬으로 흘러가는 파비오의 이야기를 막시모는 어느 지점부터 제대로 듣지 못했다. 자신이 공구 조합을 설립하는 데 맡아야 할 임무가 파비오의 입에서 흘러나왔을 때부터 한마디도 놓치지 않으려고 지나치게 주의를 쏟은 나머지 불필요한 수사에 불과한 다른 문장들에는 집중할 수 없었던 것이다. 마치 천체망원경으로 혜성을 찾고 있는 동안에는 결코 자신의 정수리 위에서 맴돌고 있는 독수리들을 볼 수 없는 것처럼. 이런 자신의 외곬을 동료들은 오랫동안 지적해왔는데도 정작 막시모는 그때까지도 여전히 인정하지 않았다. 안타까운 마음에 파비오는 더 쉽고 명확한 문장으로 막시모의 주의를 환기시키지 않으면 안 되었다.

"공구 조합의 설립은 우선 이 공장에서 사라진 공구들을 제자리에다 가져다 놓는 일에서부터 시작해야 하네. 우리가 도둑이 아니라는 사실을 증명하는 순간 공구 조합은 절반 정도 성공했다고 할 수 있을 거야."

파비오의 예상대로 막시모는 공장에서 사라진 공구들과 공구 조합과의 연관성을 물었다. 회사는 회사의 자산으로 등록된 공구들에 일일이 가격표를 붙이고 가격을 흥정할 만큼의 여유나 의지를 더이상 가지고 있지 않기 때문에 기껏해야 그것들의 무게를 달아서 고철 회사에 팔아넘기려 할 것인데, 회사의 해고자들로 구성된 공구 조합이 공구를 무상으로 불하받거나 싼 가격에 사들이겠다고 제안한다면, 사회적 책임을 고려해서라도 회사는 쉽게 거절할 수 없을 것이라고 파비오는 설명했다. 그제야 막시모의 눈가 주름들이 움직이고 파랑이 중력을 따라 아래로 흘러내리더니 입가에 모여 미소가 되었다. 확신에 사로잡힌 그는 기꺼이 자신이 동료들을 설득하여 일주일 안에 공구들을 모두 제자리에 되돌려놓겠노라고 거듭 장담했다. 하지만 태양에 가려 어두워진 달처럼 막시모의 표정과 정확하게 대비되는 파비오의 그것으로부터, 설령 막시모가 자신이 장담한 임무는 어느 정도 성공할 수 있을지언정 그로 인해 다른 문제들이 연쇄적으로 일어날 것이라는 걱정을 읽어낼 수 있었다.

"전 대충 누가 어떤 공구들을 집으로 들고 갔는지 알고 있어요. 왜냐하면 사람들은 마치 십자군 전쟁에 참여했던 기사들처럼 자신의 영웅담에 대해 떠들어대고 있으니까요. 더이상 그런 이야기는 수치스러운 게 아니지요. 파비오, 당신은 지금부터 회사와 어떻게 협상할지 고민하세요. 나머지는 저한테 모두 맡기시고."

파비오는 회사에서 사라진 공구들의 일부가 자신의 캐비닛 안에서 발견되고 조만간 자신의 이름이 누군가로부터 불릴 것 같아 불안했다.

아침 일곱시 이전에 회사 정문을 통과한 막시모는 마치 그날 처음 회사에 출근한 신입 사원처럼 호기심과 흥분으로 몸이 떨렸다. 자신은 미래에 가장 먼저 도착한 사람이고, 아직 여명 속에 머물고 있는 세상이 자신의 노력에 따라 얼마든지 새로운 형태와 쓸모를 부여할 수 있는 진흙 덩어리처럼 느껴지기도 했다. 그래서인지 손끝과 혀끝에 닿는 공기가 부드럽고 따뜻하게 느껴졌다. 그러다가 어둠의 막이 가늘게 흔들리면서 누군가 그것을 찢고 걸어오는 것을 발견하고는 기꺼이 과거 쪽으로 달려가 상대의 정체를 확인했다. 그리고 날씨와 음식에 대한 이야기로 간단한 대화를 시도한

다음 자신이 어제저녁 집에서 준비해온 유인물을 건넸다. 유인물에는 공구 조합 설립에 대한 대략적인 취지와 이를 설명할 장소와 시간이 명기되어 있었다. 공구 조합의 정체를 묻는 자들에게 막시모는 멋쩍은 웃음과 침묵으로 대처하다가 친분이 깊은 자들에게만 이렇게 대답했다.

"범죄자로 전락하는 운명으로부터 스스로를 보호할 수 있는 방법을 알려드리려는 거예요."

하지만 그의 기대와는 달리 설명회에 참석한 자들은 그리 많지 않았다. 정년을 몇 년 앞두고 해고되는 덕분에 오히려 연금을 미리 받게 되어 행복해진 늙은 동료들만이 잠시 얼굴을 비췄고, 회사에서 염탐꾼으로 보냈을 것으로 의심되는 자들도 회의실을 서성거렸다. 그리고 설명회가 시작된 지 십여 분 뒤에 로베르토를 포함하여 노조 대의원들 대여섯 명이 뒷짐을 진 채 한껏 거드름을 피우며 나타났다. 나중에 알게 된 사실이지만 막시모가 동료들에게 나누어준 인쇄물은 몇 명의 직원들을 통해 노조 대표들에게 전달되었고, 그들이 설명회에 참석하려는 직원들을 만류했던 것이다. 이를 알아차리지 못한 막시모는 당연히 동료들에게 크게 실망하여 모두 발언을 하는 것도 잊은 채 자리에 앉아 있었으나, 이런 상황을 미리 짐작한 파비오는 참석자들의 숫자나 면면 따위엔 신경쓰지 않고 막시모를 격려하기 위해 이렇게 귀띔했다.

"모두 다 미래를 볼 수 있는 건 아니라네."

하지만 무례한 로베르토가 갑자기 회의실로 들어와 참석자들의 관심을 자신 쪽으로 돌리는 바람에 막시모는 지난밤 늦게까지 인쇄물을 만들고 연설문을 작성하느라 쏟았던 노력을 보상받지 못했다.

"막시모, 난 자네가 현명한 친구라는 걸 알고 있네. 그리고 이런 일을 혼자서 저지를 수 없을 만큼 정직하다는 것도 잘 알아. 다만 대부와도 같은 파비오의 요청을 차마 거절할 수 없었겠지. 하지만 이런 일은 우리처럼 합법적으로 선출된 전문가들에게 맡겨야 하네. 우린 회사가 두려워하는 유일한 존재라고. 만약 우리가 내부적인 문제를 드러낸다면, 피냄새를 맡은 맹수들이 결코 기회를 놓치려 하지 않을 거야. 비록 대부분이 이미 해고통지서에 서명을 했지만 노동계약서상 아직 우린 이 회사의 직원이고, 그렇다면 노조는 여전히 우리의 대표란 말일세. 자네가 한 가지 간과하지 말아야 할 사항이 있다면, 노조는 자네의 재취업을 위해 노력하고 있는 반면 파비오를 위해선 거의 아무런 일도 할 필요가 없다는 사실이네. 왜냐하면 이 회사를 떠난 뒤부터 파비오의 미래는 국가가 보장해줄 테니까. 제 말이 틀렸나요, 파비오?"

정치적 용어들의 미묘한 뉘앙스에 익숙한 노조 대의원들은 순종적이라는 의미를 정직하다는 단어로 표현하고 있는 게 분명했다. 하지만 정직하다고 해서 자신의 의견을 말하고 의지대로 행동할 수 없는 것은 아니다. 자신을 마치 어린아이 취급하는 로베르토의 무례함에 막시모는 분노했다. 아무런 대꾸도 하지 않는 파비오의 소극적인 태도 역시 마뜩지 않았다. 법적인 정년을 이 년여 앞둔 파비오가 운좋게 조기 퇴직 프로그램의 혜택을 받게 되었다는 사실을 막시모는 미리 알지 못했지만, 설령 이 사실을 미리 알고 있었더라도 자신의 판단에는 아무런 영향을 미치지 않았을 것이라고 확신했다.

"로베르토, 난 어느 누구의 피노키오도 아니에요. 당신의 이야기에 거의 동의하지 않지만 한 가지 사실만은 동의할 수 있어요. 노동계약서상 아직 우린 이 회사의 직원이라는 사실 말이에요. 그러니 서로의 미래를 걱정해주어야 할 의무가 아직은 남아 있을 거예요. 이런 노력은 당신의 미래를 위한 것이기도 하지요. 난 당신이 회사 몰래 무엇을 집으로 들고 갔는지 잘 알고 있어요. 그걸 당신의 승용차 트렁크에 옮겨 실어준 사람들의 이름도 지금 당장 말할 수 있어요. 목격자를 찾아내는 것도 어렵지 않죠. 하지만 그런 일은 누구나 저지를 수 있는 실수였고, 당신 역시 회사가 파놓은 함정에 빠져든 것에 지나지 않아요. 아직까지 노동계약서가 유효한 이상 우리에겐 그 실수를 만회할 기회가 있지요. 하지만 시간이 많이 남아 있는 건 아니니까 서둘러야 하죠."

순간 로베르토의 얼굴이 굳어졌다. 그리고 그의 승용차 트렁크에 무엇인가를 옮겨 실어주었을 사람들의 얼굴도 함께 검어졌으리라. 정작 파비오의 표정에서는 거의 변화를 발견할 수 없었는데, 어쩌면 그는 이미 이런 상황까지 예상했는지도 몰랐다. 로베르토는 고약한 냄새가 나는 욕지거리를 자신의 주변에 쏟아내며 사람들을 뒤로 물리치더니 서둘러 회의실을 빠져나갔다. 그 곁에 있었던 사람들은 로베르토의 신경질적 반응이 조만간 불러일으키게 될 비극의 전조를 감지했으나, 정작 막시모는 작은 승리에 한껏 고무되었다. 막시모에 의해 자신의 이름이 불리게 될까 두려워진 사람들이 하나둘씩 꽁무니를 빼기 시작하면서 공구 조합 설립을 위한 설명회는 제대로 시작도 못한 채 마무리되고 말았다. 그러나 적어도 공구 조합 설립을 위해 반드시 해결되어야 할 전제 조건만큼은 동료들 앞에서 분명하게 공표된 셈이었으니 막시모는 그 결과만으로도 충분히 만족할 수 있었다. 그리고 다음날 아침 로베르토가 자신의 집으로 싣고 갔던 포터블 전기 렌치를 원래의 공구함에서 발견하자 막시모는 마치 수십 일 동안 망망대해를 표류한 끝에 마침내 뭍을 발견한 뱃사람처럼 새된 목소리로 환호를 높게 쏘아올렸다. 노조 대의원의 솔선수범이 직원들에게 긍정적인 파급 효과를 미칠 것이라는 막시모의 기대와는 달리 파비오는 그것이 일종의 선전포고라는 사실을 깨달았다.

그날 오후에 막시모는 동료들의 도움을 받아 공장 폐쇄 발표 이전까지 공장 곳곳에서 사용되었던 공구들의 목록을 작성했다. 그러고는 그 목록과 공구 조합 가입 신청서를 공장 곳곳에 비치해두고 동료들의 속죄와 동참을 동시에 자극했다. 고해성사 없이도 공구를 반납할 수 있는 장소로 막시모는 화장실을 선택하여 변기 옆에다 종이 상자를 놓아두고 그것을 매일 회수하는 시간과 자신의 연락처를 적어두었다. 옷이나 가방 속에 공구를 숨긴 누군가가 종이 상자를 회수하는 시간을 피해 화장실로 들어가서 종이 상자 속에 슬그머니 공구를 넣어두고 나오면, 나중에 그것을 발견한 누군가가—또는 그것을 반납한 자가 마치 순수한 목격자인 양 가장하며 직접—막시모에게 전화를 걸어왔다. 그러면 막시모는 그것을 찾아와 목록과 대조하고 발견 장소와 일자를 기록한 뒤 캐비닛에 넣고 자물쇠로 잠갔다. 그것은 지명수배자들의 사진과 이름이 적힌 전단을 뿌려놓고 제보자들의 도움으로 수배자를 검거할 때마다 그들의 사진 위에 붉은 도장을 찍는 방식과 거의 같았다. 물론 처음부터 막시모가 흡족해할 만큼의 성과가 나타난 것은 결코 아니었다. 동료들 사이로 뜨거운 기운이 흘러다니기 시작한 것만큼은 분명한데 오랫동안 그들을 뒤덮고 있는 얼음이 너무 두껍고 불투명해서 그 아래의 상황을 전혀 감지할 수 없었다. 그래서 막시모는 매일 저녁 퇴근하기에 앞서 그때까지 반환된 공구의 현황을 모두 알 수 있도록 자료를 만들어 공장 곳곳에 붙여두었는데, 실제보다 훨씬 많은 숫자를 동원함으로써 양심의 질책을 애써 외면하고 있는 동료들의 결단을 촉구했다. 그 아이디어는 때마침 만성절萬聖節 기간의 숙연한 분위기에 편승하여 놀라운 마력을 발휘하기 시작했고, 종이 상자마다 공구들로 가득 채워졌을 뿐만 아니라 막시모를 찾아와 직접 공구를 전달하고 사과하는 자들까지 생겨났다. 심지어 어떤 자들은 동료들이 저지른 죄를 대속할 목적으로 철물점에서 새로운 공구를 사가지고 와서 기증하기도 했다. 자연히 조합원으로 가입하는 자들의 숫자도 크게 늘어나서 서류들을 처리하느라 막시모는 매일 퇴근시간을 넘기기 일쑤였다. 막시모는 그런 추세라면 회사와의 협상에서 처음의 기대보다도 훨씬 더 나은 조건으로 공구를 확보할 수 있을 것이라고 확신했다. 하지만 이런 일련의 고무적인 사건들이 순전히 로베르토와 노조 대의원들의 지침에 의해 일어나고 있다는 사실을 막시모는 미처 상상조차 하지 못했다. 직원들의 갑작스럽지만 일관된 반응에서 음모를 감지한 파비오가 우려를 표명했을 때에도 막시모는 파비오의 염세주의를 교정하려고 노력했을 따름이다. 선의가 항상 제 가치를 인정받을 수 있다는 믿음은 이미 여러 번의 역사적 사건들을 통해 부정되었고, 진실이란 전적으로 정치적인 결과에 지나지 않는다는 사실을 정직한 막시모는 미처 이해하지 못했던 것이다. 동료들 앞에서 공개적으로 망신을 당한 로베르토가 왜 가장 먼저 공구를 반납했고 그 이후로 오랫동안 왜 침묵하고 있는지, 공구 조합 설립을 위한 직원들의 움직임을 자세하게 간파했음에도 회사는 왜 아무런 대응조차 하지 않는지, 게다가 조합원으로 가입한 직원들조차 공구를 반납하는 일 말고는 왜 다른 역할을 자발적으로 맡으려 하지 않는지 한 번쯤은 깊게 생각해볼 필요가 있었다. 그랬더라면 머지않은 곳에서 다가오고 있는 비극의 폭풍을 감지하고 미리 대비할 수도 있었을 것이다. 하긴 대비한다고 해서 피할 수 있는 것이라면 그건 애당초 폭풍이나 비극도 아닐 것이다. 그리고 폭풍이나 비극에 휘둘리지 않는 건 운명도 아니다.

막시모는 아무런 준비도 못한 직원들에게 일방적으로 공장 폐쇄와 해고를 통보한 회사를 믿을 수 없었다. 어쩌면 회사는 이미 공구를 처리할 방안을 마련해두었을 뿐만 아니라 막시모와 그의 동료들을 더이상 직원으로 여기고 있지 않을 수도 있다. 해고통지서를 주고받았기 때문에 더이상 이해관계로 얽히고 싶지 않았을 것이다. 하지만 낡은 공구들을 회사가 계속해서 사용하지 않고 누군가에게 팔 계획이라면 해고자들이라고 해서 협상 대상에서 제외되어야 할 이유는 없었다. 다만 회사의 탐욕을 만족시켜줄 만큼의 재력을 공구 조합이 갖추지 못했기 때문에 유리한 조건으로 협상하기 위해선 치밀한 전략과 함께 지역사회의 여론이 필요했다. 협상이 늦어지면 늦어질수록 공구 조합이 유리할 리 없었다. 조기퇴직 프로그램의 혜택을 받는 파비오를 회사와의 협상에 앞세우는 것은 결코 현명한 판단이 아니었다. 차라리 지역 주민과 정치인들에게 공구 조합의 당위성을 설명하는 일이 더 적합하리라. 자신보다 언변술이 뛰어나고 숫자에 밝은 동료를 회사와의 협상 대표로 앞세우려고 했지만 어느 누구도 선뜻 나서려고 하지 않았다. 그들은 아직 퇴직금이 자신의 통장 계좌로 입금되지 않은 상황에서 자칫 경솔한 행동으로 오해를 사고 싶지 않았던 것이다. 게다가 피렌체에서 새로운 직업을 얻기 위해서는 긍정적인 내용으로 채워진 회사의 추천서가 필요했다. 그러면서도 한편으로는 막시모가 자신들에게 약속한 바대로 실행하고 그 결과를 가감 없이 공유하도록 압박했다. 자신이 성공한다면 훗날 기꺼이 뜻과 힘을 보태겠지만 실패한다면 처음부터 관여하지 않겠다는 동료들의 기회주의적 태도는 더이상 패배하고 싶지 않은 자들의 당연한 전략이라고 애써 해석하며 막시모는 실망과 고독에 저항했다. 자신보다 더 간절하게 공구 조합을 원하는 자가 없다면 눌변의 자신이라도 기꺼이 나설 작정이었다. 다만 회사가 자신의 진정성과 대표성을 인정하지 않는 상황을 대비하여 동료들로부터 권한을 위임받았다는 서명이라도 받아두어야겠다고 생각했다. 하긴 회사는 공구 조합의 대표가 누구든 간에 결코 호의적인 자세로 협상하려 하지 않을 것이 분명하다. 만약 자신의 금고 속에 보석이 안전하게 보관되어 있다고 굳게 믿는 주인에게, 누군가 그 금고에서 보석을 훔쳐 달아났으나 자신의 헌신적인 노력으로 그걸 되찾아 다시 금고 속에 넣어두었다고 말하면서 대가를 요구하는 자가 나타난다면 주인은 어떻게 반응할까. 당연히 금고부터 열어볼 것이다. 그리고는 보석이 안전하다는 사실을 확인한 뒤 그 불청객의 주장을 무시할 것이다. 설령 그 불청객이 명백한 증거를 내보인다고 하더라도 괘념치 않을 것이다.

주인이 금고 문을 열 때마다 보석은 존재했으므로, 설령 자신이 문을 열지 않은 동안에 극적인 사건이 벌어졌다고 한들 보석의 실존에는 아무런 영향을 미치지 않았기 때문에 주인에겐 그 사건의 전말이 아무런 의미가 없는 것이다. 오히려 자신의 허락 없이 보석을 만진 불청객의 죄를 물을 법적 권리를 행사할 수도 있다. 원래 그 자리에 있어야 할 공구들을 되찾아놓았으니 그것들을 불하받거나 싼값에 살 수 있는 권리를 달라는 막시모에게, 그의 노력에 정작 감사해야 할 자는 회사가 아니라 범죄를 저지른 직원들이고, 그에게 대가를 지불해야 할 자들도 후자이므로 회사는 막시모와 협상할 하등의 이유가 없다고 대응할 수도 있다. 아니면 미필적 고의를 통해 직원들을 압박하려 했던 시도가 막시모의 방해로 무산되었으니 그를 희생양으로 삼아 열세를 만회하려고 할 수도 있겠다. 회사의 자산을 허락 없이 자신의 집으로 가져간 행위는 명백한 절도에 해당하겠지만 그런 범죄를 누구나 저지를 수 있도록 아무런 조치도 취하지 않은 회사 역시 책임으로부터 자유로울 수 없다고 막시모가 반박한다면 회사는 노동계약서와 해고통지서를 번갈아 들이대면서 책임 소재를 분명히 하려 할 것이다. 노동계약서에 의거하여 아직 그들을 직원으로 간주한다면 그들의 행동은 형사 고발 대상인 반면, 해고통지서에 의거하여 그들을 이미 해고자로 간주한다면 회사의 공구를 구입하려는 다른 경쟁자보다 우월적 지위를 주장할 수 없게 되는 것이다. 게다가 막시모가 아무리 노력한다고 하더라도 공장에서 사라진 공구들의 숫자는 공장으로 되돌아오는 그것보다 항상 클 것이므로, 결코 일치시킬 수 없는 숫자의 간극은 원죄로 간주되어 회사에 유리하게 작용할 것이다. 그러니 회사와의 협상은 처음부터 암초에 부딪힐 수밖에 없다. 로베르토와 같은 노조 대의원들이 논리와 조직을 동원하여 나서준다면 또 모를까. 회사가 유일하게 두려워하는 대상이 노조라던 로베르토의 이야기가 떠올랐으나 이미 공개적으로 망신을 당해 자신에게 적의를 품고 있을 로베르토를 어떻게 설득할 수 있을지 막막했다. 파비오의 조언을 듣기 위해 막시모는 그를 찾아 나섰다.

로베르토는 막시모가 자신을 찾아와 사과하고 도움을 청하게 될 것이라고 확신했다. 하지만 그와 동시에 막시모가 직원들로부터 되돌려받은 공구들의 숫자가 자신의 예상을 뛰어넘자 적이 당황한 것도 사실이었다. 공장의 폐쇄일이 가까워짐에 따라 노조 대의원들의 권위가 점점 줄어들고 있는 게 분명했다. 삭이 가까워지면 달은 이울고 공功은 과過를 넘어서지 못하는 게 세상 이치라지만, 결코 그걸 인정하고 싶진 않았다. 더 늦기 전에 막시모에게 확실한 교훈을 일러주고 싶다는 조바심에 로베르토가 시달린 것도 사실이다. 자신의 인내심이 바닥을 드러낼 때까지도 막시모가 나타나지 않는다면, 아주 치사한 방법이긴 하지만 막시모가 자신에게 그러했던 것처럼 자신도 직원들 앞에서 막시모를 공개적으로 모욕하겠노라고 다짐했다. 회사는 공장을 폐쇄하겠다는 발표를 한 뒤에 정당한 노조 활동을 방해하기 위해 주말에 일부 직원들을 동원하여 불법적인 생산과 제품 출하를 강행했는데, 막시모가 자신만의 안위와 이익을 위해 동료들의 권익을 침해했던 명백한 증거를 로베르토는 가지고 있었다. 유감스럽게도 막시모는 자신이 완벽한 범죄를 저질렀다고 생각하겠지만, 그 증거는 회사로부터 직접 제공받았기 때문에 그가 반박할 여지는 없다. 그걸 공개하는 순간 막시모에겐 주홍 글씨의 낙인이 찍힐 것이고 공장이 폐쇄된 이후로도 오랫동안 동료들과 섞이지 못할 것이다. 마음만 먹는다면 언제든 공구 조합의 태동을 멈춰 세울 수 있었지만, 동료들의 희망을 수용할 대안이 없었기 때문에 로베르토는 반격을 머뭇거리지 않을 수 없었다. 공구 조합을 만든다는 발상이 만약 자신이나 노조 대의원들의 혀끝에서 흘러나왔다면 당연히 로베르토는 반대하지 않았을 것이다. 하지만 노조 활동에 거의 무심했던 자들의 머릿속에서 그것이 태어났고 일부 직원들의 전폭적인 지지를 받게 되었다는 사실은 매우 위협적이었다. 공장이 폐쇄된 뒤에도 중앙 노조의 하위 조직으로 남아서 투쟁을 이어가려는 계획이 이 사건으로 인해 훼손될 위험이 다분했다. 그래서 막시모와 파비오의 독립적인 활동을 제지해야 했으나 그들로 인해 고무된 자들을 진정시킬 방법이 필요했던 것이다. 진퇴양난의 딜레마에 빠져이 주일 남짓 무기력하게 지내던 자신에게 어느 날 막시모가 스스로 찾아와 도움을 요청했으니 로베르토가 그를 물리칠 이유는 전혀 없었다. 만약 파비오가 개입했더라면 막시모는 결코 로베르토를 찾아오지 않았을 것이다. 시간과 인과를 인식하는 젊은이와 늙은이의 차이―젊은이는 결과 앞에 반드시 원인이 존재하여 융합반응이 일어난다고 생각하는 반면 늙은이들은 결과와 원인 사이에 전후는 없으며 분열반응으로 사건들이 일어난다고 생각한다―때문에 틈이 발생했을 것이고 막시모는 파비오의 조언을 듣지 않았을 게 분명했다. 곤혹스런 표정의 막시모가 이야기를 하는 동안로베르토는 포용력 넘치는 표정과 언행을 유지하느라 정작 자신이 무슨 이야기를 듣고 있는지 인지하지 못했다. 하지만 막시모에게 들려줄 수 있는 상투적인 조언은 이미 준비되어 있었으므로 그의 이야기는 전혀 중요하지 않았다. 노조는 이미 오래전부터 공장폐쇄 이후로도 해고자들의 갱생과 복지를 지원하기 위한 여러 가지 사업들을 구상하고 있으며 회사와의 퇴직금 협상이 마무리되는 대로 공구 조합 설립 사업에도 예산을 배정할 수 있을 것이라고 로베르토는 한껏 거드름을 피우며 말했다. 그러고는 다시금 노조가 회사와 협상할 수 있는 유일한 조직이라는 사실을 강조했다. 막시모는 자신이 듣고 싶었던 이야기를 모두 들었으므로, 자신이 마침내 파비오의 그늘에서 벗어나 스스로 판단하고 행동할 수 있게 되었다는 사실이 몹시 흡족했다.

하지만 회사를 대표하여 회의에 참석한 생산팀장의 입에서 파비오의 이름이 흘러나왔을 때, 막시모는 자신이 전혀 의도하지 않은 결론에 수긍하는 일밖에 남지 않았다는 느낌을 받았다. 회의 시간의 대부분은 참석자들이 서로의 안부를 묻고 농담을 하는 데 사용되었다. 한때 첨예하게 대립했던 생산팀장과 노조 대의원들은 더이상의 적대감을 보이지 않았으나 그렇다고 낙관적인 전망에 자극받지도 않았다. 사막 한가운데에서 마주친 사람들처럼 서로의 감정이나 에너지를 소모하지 않으면서 그저 최소한의 예의만을 표시한 뒤 서둘러 지나쳐 가려고 했다. 공구 조합에 대한 이야기를 거의 나누지 않았는데도 그들은 큰 이견 없이 합의문을 작성했다. 사전에 회사와 노조가 만나 의견을 조율한 것이 분명했다. 회사는 고가의 붙박이 설비를 제외한 공구들을 직원들에게 무료로 나누어주겠다고 약속했고 노조 대의원들은 그것들을 공장 밖으로 반출할 일정을 통보했다. 로베르토는 생산팀장에게 막시모의 노력과 헌신에 대해 칭찬을 아끼지 않았고, 생산팀장은 나중에 자신도 조합원으로 가입시켜달라고 요청했다. 하지만 파비오의 이름이 나오자마자 분위기는 갑자기 냉랭해졌다. 생산팀장은 파비오에 대한 형사 고발을 취하하지 않을 것이라고 명토 박았고 로베르토는 어쩔 수 없다는 듯한 표정과 몸짓을 참석자들에게 보이며 동의를 유도했다. 막시모가 깜짝 놀라 그 이유를 물었을 때 누구 하나 제대로 대답해주는 이가 없었는데, 그들의 약속된 침묵은 오해를 피하기 위해서라도 당분간 파비오를 멀리하는 게 좋겠다는 충고로 해석될 수 있었다. 회의가 끝나고 나서 로베르토에게 들은 바에 의하면, 회사의 자산을 정리하고 처분하는 과정에서 파비오가 수십 년 동안 용접봉과 용접용 장갑을 회사 몰래 빼돌려 이익을 편취했다는 사실이 발견되었단다. 이를 감추기 위해 그가 최초로 공구 조합을 제안한 것인지도 모른다고 로베르토는 귀띔해주었다. 그러면서 썩은 사과 하나가 상자 속의 모든 사과를 썩게 만드는 건 시간문제이기 때문에 뜻과 원칙을 분명히 세우기 위해서라도 예외를 두어서는 안 된다고 주장했다. 막시모는 로베르토의 말을 결코 믿지 않았다. 그것은 다분히 정치적인 의도가 깔려 있는 모함에 지나지 않았다. 회사와 노조 모두에게 호의적이지 않은 파비오를 그들은 어떤 방식으로든 압박하고 싶었을 것이다. 하지만 파비오와 함께 일한 오 년여 동안 그가 실수를 저질렀다는 이야기는 들어본 적이 없는 반면, 동료들이 하루가 멀다 하고 저질렀던 실수들을 만회하기 위해 그가 얼마나 고군분투했는지는 똑똑히 기억한다. 생산 실적이나 품질에 문제가 생길 때마다 파비오에게 달려가 도움을 구걸했던 생산팀장만큼은 이 사실을 인정해야 하며, 노조 대의원으로 선출되기 전에 자재팀 소속의 지게차 운전사였던 로베르토 역시 파비오의 그늘에서 결코 자유로울 수 없다. 그래서 막시모는 파비오의 무죄를 로베르토에게 증명하려고 애썼다. 누구든 파비오의 집 안을 잠시 둘러보는 것만으로도 그의 검소함과 정직함을 단번에 알아차릴 수 있다. 수십 년 동안 회사의 자산을 편취한 사람이라고 의심하기엔 그의 집과 살림살이는 너무 낡고 볼품없어서 그곳에서 십여 분 이상 머무는 것은 고통 그 자체니까. 하지만 로베르토는 파비오의 병든 아내와 볼로냐의 대학에 입학한 외아들이 그의 범죄를 부추겼을지도 모른다고 의심했다. 죄를 짓는 건 사람이 아니라 환경이라는 경구까지 동원했다. 환경이 죄를 짓게 만든다는 이야기야말로 생산팀장과 로베르토에게 적용할 수 있지 않을까. 그들은 결코 봉인을 뜯어서는 안 되는 상자까지 열어서 변명을 찾으려 하고 있다. 파비오를 배신하느니 차라리 파비오와 함께 파멸하는 쪽을 택하기로 마음먹은 막시모는 로베르토의 몰이해와 거만함을 향해 질펀한 욕설을 내뱉으며 더이상 자신은 공구 조합 설립에 관여하지 않을 뿐만 아니라 그 활동을 방해하겠노라고 선언했다. 하지만 로베르토는 전혀 흥분하지 않고 그저 의미심장한 웃음으로 대응할 따름이었다. 순간, 막시모는 자신이 함정에 빠졌다는 사실을 어렴풋이 깨달았다. 파비오를 찾아가 소식을 전해야겠다는 생각이 시간의 속도를 재촉했다. 하지만 방향을 잃은 시간은 타원의 궤도를 그리며 공전할 따름이었다.

어디에서도 파비오를 찾을 수 없었다. 마치 처음부터 그런 이름의 직원이 공장에 존재하지 않았던 것처럼. 아니면 공장 직원들의 이름이 하나같이 파비오여서 도무지 서로를 구분할 수 없게 된 것처럼. 아무도 그의 행방을 알지 못했고 연락할 수도 없었다. 막시모는 파비오의 집으로 여러 차례 찾아가 벨을 누르고 문을 두드렸지만 아무런 인기척도 들리지 않았다. 회사의 형사 고발 조치에 따라 경찰이 집으로 들이닥쳐 그를 연행해갔거나 경찰의 방문에 앞서 가까스로 도망쳐 이탈리아를 벗어났을 수도 있다. 병든 아내는 오래전부터 병원의 침대 위에 붙박여 있고, 볼로냐의 대학생 아들은 제 부모와의 갈등 때문에 수년째 집에 돌아오지 않고 있을 수도 있다. 이웃들은 그의 집에서 무슨 일이 일어났는지 전혀 알지 못했다. 그러자 막시모는 파비오에 대해 알고 있는 정보가 많지 않은데다가 그마저도 거짓일지 모른다는 생각에 당황하지 않을 수 없었다. 머리가 잘려나간 채 관 속에 봉인된 것처럼 그는 사위를 감지할 수 없었고 아무런 생각도 할 수 없었으며 사지와 혀를 움직일 수도 없었다. 그러는 사이 공구 조합은 노조의 하위 조직으로 편입되었고 회사와 노조의 동의 아래 로베르토가 초대 위원장으로 지명되었다. 로베르토는 공구를 구입하고 관리하는 상근직에 막시모를 임명했다. 이로써 공구 조합은 해고자들의 자발적인 저항을 통해 쟁취해낸 성과가 아니라 회사의 시혜와 노동조합의 당위에 의해 제공된 선물로 전락하고 말았다. 겨우 심신을 추스른 막시모는 상황을 제자리로 돌려놓기 위해 동료들을 찾아다니며 공구 조합 탈퇴를 호소했지만, 이미 로베르토로부터 파비오의 비리에 대한 이야기를 전해 들은 그들은 막시모를 빌라도에게 예수를 팔아치운 이스카리옷 유다로 간주하고 있어서 막시모의 이야기를 귓등으로 들어 넘겼다. 어느 누구도 파비오의 선의와 지혜를 여전히 의심하지 않았지만 자신들이 실수를 저지르는 것처럼 파비오 역시 그럴 수 있다고 믿게 된 것 같았다. 파비오보다도 훨씬 저급한 인간인 막시모나 로베르토에게 자신의 미래를 의탁하는 게 미덥지 않았을 테니 자신이 훔친 공구들을 자발적으로 반납한 자에겐 일체의 법적 책임을 묻지 않겠다는 회사의 약속을 믿고 이쯤에서 저항을 멈추고 노동계약서가 만료되는 순간을 묵묵히 기다리는 게 낫겠다고 생각했을 수도 있다. 막시모 역시 잠시나마 이런 유혹에 흔들리기도 했으나 이내 풀어진 마음을 단단히 조여 매었다. 저항은 목적과 전술, 기간이 설정되어 있는 육체활동이 아니라, 끊임없이 의심하고 거부하며 대안을 찾는 일체의 정신 활동이기 때문에 행동의 논리와 방법의 정당성을 잃는 순간 저항은 밥그릇 싸움으로 타락할 수밖에 없다. 공구 조합의 목적은 회사의 잔인함이나 노조의 교조주의를 고발하는 데 국한되어 있는 게 아니라, 어떤 논리나 상황도 인간의 생에 대한 의지와 찬미를 결코 파괴할 수 없으며 시행착오를 끊임없이 거듭하는 한 인간은 진화하리라는 확신을 조합원들에게 심어주기 위한 것이다. 저항의 대상은 자신의 외부가 아닌 내부에 존재하되 외부의 영향을 줄이는 방법으로 안팎의 균형을 잡아야 한다. 막시모는 봇물 터지듯 불어나는 반동의 기운을 막기 위해서라도 단호한 조치를 취하지 않을 수 없었다. 그래서 그는 동료들이 제자리로 가져다 놓은 공구들을 공장의 은밀한 곳에 숨겼다. 자신의 집으로 가져간 것이 아니라 회사 건물 안에 여전히 놓아두었기 때문에 적어도 절도죄는 성립할 수 없었다. 자신이 이미 지니고 있지만 스스로 그 쓸모와 목적을 찾아내어 활용하지 않는다면 지니지 않는 것과 다름없다는 논리를 펼 수도 있었다. 그런 다음 회사와 노조, 그리고 동료들과도 협상하고 싶었다. 하지만 설령 협상이 그의 요구대로 끝나더라도 그의 행동은 훗날 반드시 단죄될 것이며, 막시모는 기꺼이 자신이 선택한 운명을 수긍할 작정이었다. 공구들이 사라지자 큰 소란이 일었다. 직원들은 회사의 배신과 노조의 무능력함에 분노했다. 하지만 시간이 지나자 그들은 공장에 출근하지 않은 막시모를 일제히 의심하게 되었다. 로베르토와 생산팀장이 번갈아가면서 막시모에게 전화를 걸어왔다. 그는 독감 때문에 당분간 출근할 수 없으며 의사의 진단서를 우편으로 보내겠다고만 대답할 뿐 자신의 연관성을 시인하거나 부인하지 않았다. 스스로를 절벽 위에 세우고 부당한 상황을 필사적으로 견뎌내다가 설령 절벽 아래로 추락하게 되더라도 동료들이 기꺼이 자신의 진심을 이해하고 붙

잡아줄 것이라는 기대를 벼렸다.

어느 날 아침 출근 준비를 하고 있는 막시모의 집으로 두 명의 경찰이 찾아왔다. 그들은 막시모의 집 안과 차 안을 한 시간 동안 수색했다. 공구를 찾는 게 아니라 마치 마약이나 범죄 조직의 명단을 찾고 있는 것처럼 그들은 공구를 숨길 수 없는 곳까지 세심하게 들추었다. 한 가정의 남루한 살림살이와 역사가 공권력에 의해 모욕을 당하고 있는데도 막시모가 할 수 있는 일이라곤 울부짖는 아내와 아이들을 달래는 것뿐이었다. 오 년 동안이나 헌신한 회사에서 해고된 것만으로도 충분히 억울한데 회사로부터 절도죄로 고발까지 당했으니 가족들로선 억장이 무너질 노릇이었다. 하지만 막시모는 끝까지 공구를 숨겨둔 곳을 말하지 않았는데, 동료들 스스로가 무엇인가를 계획하고 행동하지 않는다면 아무도 그들에게 권리와 희망을 건네주지 않을 것이라는 생각에는 변함이 없었기 때문이다. 아무도 자신들에게 상처를 입힐 수 없다는 사실을 끊임없이 증명하는 일이 저항의 목적이자 방법이다. 그래서 막시모는 긍정적인 생각에 집중하려고 애썼다. 가령 경찰의 성실한 수색 덕분에 오래전에 잃어버린 물건들을 찾아낼 때마다 그는 아이들에게 그것의 정체와 의미를 자랑스럽게 설명했는데, 그런 행동은 경찰을 더욱 불쾌하게 만들어서, 공구가 아닌데도 회사의 업무와 관련되었다고 의심되는 물건들까지 증거물로 압수해갔다.

어쩌면 그들이 찾고 있었던 것은 막시모의 범죄를 증명할 증거가 아니라 자신들의 확신을 증명할 증거였으리라. 여전히 태양이 지구를 돈다고 믿는 자들이 자신의 믿음을 명백하게 증명할 수 있는 증거들은 세상에 얼마든지 널려 있고, 반대자들과의 논쟁을 멈추지 않는 한 자신의 믿음은 결코 거짓으로 판명될 수 없다. 불청객들이 떠나자 가슴을 쓸어내린 아내는 막시모의 소매에 매달려 더이상 어리석은 짓으로 가족들의 안전을 해치지 말라고 읍소했다. 자신과 아이들에게 필요한 건 자상하고 능력 있는 남편과 아버지이지 세상의 모든 악행과 부조리에 맞서 싸워야 하는 영웅이 아니라고 말했다. 막시모는 아내의 말에 전적으로 동의했다. 하지만 유감스럽게도 그에게는 정의로운 영웅으로 칭송받으려는 게 아니라 자상하고 능력 있는 남편과 아버지의 자리를 지키기 위해서 저항하고 있다는 사실을 말로써 아내에게 논리적으로 설명할 능력이 없었다. 어쩌면 회사나 노조가 의도했던 결과가 바로 이런 것일 수 있었다. 자신의 내부보다 외부를 더 자세히 들여다보게 만들되 그것이 선량한 가족과 이웃의 미래에 부정적인 영향을 미칠 수 있다는 사실을 각인시킴으로써, 초라하고 평범한 삶에 죄책감을 주입하여 거창한 논리와 단순한 의지를 무력화시키는 것이다. 영웅은 만들어지는 것이 아니라 태어나는 것이므로 실패는 이미 예견되어 있으며, 그나마 삶이 진행되는 한 실패를 만회할 기회는 주어질 것이므로 매 순간 신중히 처신해야 한다는 메시지를 받고 갈등하지 않을 가장은 없었다. 파비오의 도움을 받을 수 없는 상황에서 더이상 고집을 피우는 건 분명 자해 행위와 같았으나, 자신과 파비오가 처절하게 패배하지 않는다면 공구 조합은 결코 성공하지 못할 것이고, 훗날 자괴감에 빠진 동료들은 자해와 자살의 욕망으로부터 무방비 상태에 내몰리게 될 것이라고 막시모는 확신했다. 그렇다고 자신의 가족들마저 패배하게 만들고 싶진 않았기 때문에, 그들을 안심시키기 위해서라도 두 달 전부터 입사를 타진하고 있는 회사와의 협상을 서둘러야겠다고 그는 생각했다. 물론 이런 사실이 회사나 노조에 알려지게 되면 또다시 박해를 받을 위험이 다분했기 때문에 적어도 노동계약서가 만료되기 전까진 비밀로 해두는 게 유리했다.

노동계약이 만료되는 날 직원들은 회사를 떠나기에 앞서 눈에 보이는 것들을 닥치는 대로 파괴하고 약탈했다. 화이트칼라나 블루칼라의 구분은 없었고, 감당하기 버거운 짐을 등에 지거나 양손에 쥐고 있는 탓에 다리를 끌지 않고 걷는 자들도 없었다. 이런 상황을 미리 짐작한 회사는 경찰과 용역 직원들을 전날 밤부터 공장 곳곳에 배치했으나 직원들의 분노를 억제할 수 없었다. 기껏해야 카메라를 가까이 들이대면서 직원들의 얼굴과 그들의 행동을 녹화할 따름이었다. 그 기록이 훗날 자신들의 범죄 사실을 입증하는 증거로 활용될 것이라는 걸 알면서도 직원들은 자신의 행동과 감정을 절제할 수 없었다. 적어도 그들은 강한 연대감 속에서 자신이 정당한 행동을 하고 있다고 확신했다. 법적인 문제는 노조나 법률가들, 그리고 지역 정치가들이 맡아야 할 몫이었다. 공장을 폐쇄하는 건 그들의 잘못 때문이 결코 아니었으므로, 그 정도의 저항은 사회적 이해와 관용을 적용받을 수도 있을 것 같았다. 자신과 자신의 가족, 그리고 사회와 미래를 파괴하는 일련의 폭력에 분노하지 않고 순응하는 자는 인간으로서의 권리를 보장받을 자격이 없다. 그런 믿음이 그들을 더욱 강렬하고 일관적인 행동으로 이끌었다. 그리고 그런 약탈과 파괴 과정에서 막시모가 은밀하게 숨겨둔 공구들이 발견되었다. 그곳은 파비오가 이십육 년 동안 용접을 해오던 장소에서 그리 멀지 않은 곳이었다. 게다가 모든 공구들에는 막시모가 만든 라벨이 붙어 있었다. 두 가지 사실을 한 줄로 엮는다면, 파비오와 막시모가 사전에 모의하여 공구들을 빼돌리려고 했고, 공구 조합은 그럴듯한 명분에 불과했다는 추정이 얼마든지 가능했다. 그래서 직원들은 목청껏 배신자들의 이름을 외쳤다. 하지만 그 공구들이 발견된 곳은 막시모가 그것을 숨긴 데가 결코 아니었다. 필경 누군가 그들을 모함하고 둘 사이의 연대를 깨뜨리기 위해 일부러 옮겨놓은 게 틀림없었다. 하지만 막시모 혼자서 자정이 넘은 시간에 그 공구들을 숨기지 않았던가. 노조의 반대로 공장에 감시 카메라를 설치하는 것은 무산되었기 때문에 감시당했을 수도 없다. 야간 순찰을 돌던 경비원을 의심할 수는 있겠지만 공장 폐쇄가 발표된 이후로 경비원들은 자신의 임무에 소홀했을 뿐만 아니라 직원들의 비행을 묵인해왔기 때문에 막시모에게만 특별히 주목했을 리 없다. 파비오와 자신 이외에는 아무도 알지 못하는 곳에 공구들을 숨겼기 때문에 의혹은 더욱 커졌다. 파비오는 그 은밀한 공간을 이십여 년 동안 혼자서 알고 지냈다. 입사한 지 얼마 되지 않은 막시모가 갑자기 원인을 알 수 없는 복통을 일으켜서 바닥을 뒹굴고 있을 때 파비오가 생산팀장의 눈을 피해 그를 그곳으로 안내하여 쉬게 해주고 약을 건네주었다. 그곳은 제2차 세계대전 당시 폭격을 피하기 위해 만든 비밀 통로의 일부였는데 전쟁 이후 통로는 거의 사라지고 한 사람이 겨우 기댈 수 있는 공간만이 남았다. 미처 그 공간을 인지하지 못한 건설업자들이 그 위에 공장을 세웠던 것이다. 파비오는 용접봉 끝의 불꽃이 어느 날 심하게 흔들리는 걸 발견하고 원인을 찾다가 그 공간을 발견해냈다고 막시모에게 설명했다. 그뒤로 그곳은 파비오의 휴식처이자 고해소이자 물건 보관소가 되었다. 동료들보다 일찍 출근하거나 늦게 퇴근하면서 그는 그곳으로 숨어들어가 기도를 올리고 책을 읽고 끼니를 해결했다. 그 공간은 파비오를 이십육 년 동안 버티게 한 위안의 성소聖所였다. 파비오 이외에 그곳을 드나든 최초이자 최후의 손님이었던 막시모는 비밀을 지키겠노라고 굳게 약속했으며 그 약속을 까맣게 잊어버림으로써 자신의 약속을 지켜내었던 것이다. 그런데 적어도 이십육 년 동안 발견되지 않았던 곳이 공장을 폐쇄하는 마지막날에 발견되었고, 더군다나 파비오의 물품과 함께 장물들이 발견되었으니 정교한 의도가 숨어 있지 않고서는 일어날 수 없는 우연을 어떻게 설명하면 좋을까. 혹시 파비오는 회사와 동료들의 추적을 피해 한동안 이곳에 숨어 있었던 것이 아니었을까. 여전히 그의 행방은 오리무중이었고 그 공구들의 이력에 대해 증언할 자는 아무도 없었다. 흥분한 직원들 앞에 로베르토가 다시 나섰다. 그는 직원들의 분노를 다스리기 위해 나선 게 아니라 오히려 분노를 한곳으로 모으기 위해, 마치 돋보기를 써서 햇빛을 모으듯 나선 게 분명했다. 그의 장황한 연설은 회사의 무책임함과 노조의 무기력함을 질타하려는 것이 아니라 동료를 배신한 자의 부도덕함을 비난하는 데 집중되었다. 위협을 느낀 막시모는 정문을 향해 달리기 시작했다. 그러자 직원들이 급히 동요하며 허기진 맹수들처럼 그를 뒤쫓기 시작했다. 경찰과 용역 직원들은 여전히 정문 앞에 서서 카메라로 상황을 기록하고 있었으나 직원들 사이에 일어나는 해프닝엔 애써 개입하려 하지 않았다. 이윽고 막시모는 마치 콜로세움의 맹수들에 둘러싸인 초기 기독교도처럼 스스로 기적을 일으켜 퇴로를 만들어내지 않는다면 구경꾼들 앞에서 조리돌림의 굴욕을 감당해야 할 처지에 빠져들었다. 그때 문득 제대로 된 저항은 시작하지도 못한 채 작은 소란에 휘말려 동료들끼리 서로를 의심하고 공격하다가 한꺼번에 공멸할 것이라는 파비오의 이야기가 떠올랐다.

그와 동시에 멀리서 파비오가 보였다. 마치 그가 실제로 성난 군중들 앞에서 그런 이야기를 꺼낸 것처럼.

5장 파멸
― 최종본

모두 파멸했다. 파멸의 양상은 이미 마태복음 17장 21절과 18장 11절에 자세하게 기록되어 있으므로 굳이 반복해서 서술하고 싶지 않다. 시간이 그들을 천천히 치유했지만 아무도 자신이 치유되고 있다고 확신하지 못했다. 그저 감각이 무뎌지고 기억력이 떨어졌다는 사실에 불평할 따름이었다.

* 주석: 편집위원들의 변명

작가는 초고를 쓸 때 이 장章을 원고지 이백 매 남짓의 분량으로 완성했으나 지면에 발표하기 직전에 모두 지웠다. 그리고 그때의 심정을 자신의 일기에다 옮겼다.

"인간이 파멸해가는 과정을 덤덤하게 적어 내려가는 일은 그리 어렵지 않다. 오히려 그들이 스스로 상처를 치유해가는 과정을 기록하는 일이 훨씬 어렵다. 왜냐하면 파멸의 과정은 명징하고 짧지만 치유의 그것은 불분명한데다가 너무 길고 더디기 때문이다. 치유가 시작된 시공간을 추정하는 일은 마치 주전자의 물이 최초로 끓기 시작한 위치를 찾아내는 것만큼이나 대단히 어렵다. 대개는 아무도 상상하지 못한 곳에서 그것은 시작된다. 더이상 잃을 게 없다고 푸념할 때 치유가 시작되기도 하지만 아직 수중에 남아 있는 것을 빼앗기고 싶지 않다는 욕망의 간절함이 기적을 만들기도 한다. 그걸 독자들에게 이야기하고 싶었다. 추락하는 과정을 온전히 기억하지 않고서는 다시 바닥에서 상승할 수 없다고 나는 여전히 믿는다. 하지만 이 장을 어렵사리 완성하고 난 뒤로 생각이 바뀌었다. 등장인물들의 파멸을 마치 자연의 현상처럼 너무 자연스럽고 낭만적으로 묘사했다는 죄책감에서 끝내 벗어날 수 없었기 때문이다. 지우고 새로 쓰길 거듭할수록 세상에 만연해 있는 부조리에 개별적으로 맞서서는 결코 승리하지 못할 만큼 인간이 나약한 존재라는 사실이 더욱 분명해졌고, 나 자신보다 더 비겁하고 사악한 인간은 없다는 사실이 더욱 역겨웠다. 위선이 나의 가장 큰 장점이자 돈벌이 수단이다. 참담한 심정으로 이미 완성한 원고를 모조리 없애버리고 싶은 충동에 시달렸는데, 어떻게 그걸 이겨냈는지 기억할 순 없다. 결국 5장의 내용을 최소 분량으로 줄이는 방법을 선택했다. 책이 출간되고 독자들을 직접 만나보기 전까진 내 결정이 옳았는지 확신할 수 없지만, 잉여보다 결픽이 개인과 사회를 건강하게 만든다는 신념을 바꿀 생각은 아직 없다. 다만 비극에 대한 구체적인 묘사나 설명을 의도적으로 제한한 탓에 사회적 강자나 우생론자의 왜곡된 목소리로 소설의 후반부를 완성했다는 독자들의 반응에 수긍할 수밖에 없어 안타까울 따름이다."

삼라만상의 우주와 인간을 제 손바닥 위에 올려놓고 내려다보는 오만한 태도를 작가가 지녀서는 안 된다는 게 그의 생각이었다. 그의 유고를 정리하는 과정에서 5장의 초고가 발견되었고, 편집위원들은 작가가 보내온 최종 원고 대신 그가 감춰놓았던 초고를 싣기로 결정했는데―이런 결정이 작가의 의도를 폄훼하는 것이라는 명백한 주장에 반박하기 위해 편집위원들은 수차례의 갑론을박을 거듭했다. 그러고 난 뒤 작가가 지녔던 강박관념과 두려움을 제거해주기로 결론 내렸다―두 가지 이유 때문이었다. 우선 작가가 인용한 성경의 두 절에는 본문이 없고, "없음"이라고 적혀 있다. 하지만 어떤 성경 판본에는 사본으로 전달되어오던 내용이 난외주로 기록되어 있다.* 그 기록의 내용은 파멸한 자들에 대한 예의로서 침묵을 지키려 했던 작가의 의도와 상반된다. 그것은 분명 파멸보다는 희망과 어울린다. 작가가 자신의 의도를 중의적으로 표현하기 위해 그 구절을 인용했다고 편집위원들은 추정했다. 둘째, 작가의 일기

---

* 마태복음 17장 21절 난외주에는 "어떤 사본에, 21절 (기도와 금식이 아니면 이런 유가 나가지 아니하느니라)가 있음", 마태복음 18장 11절 난외주에도 "어떤 사본에는, 11절 (인자가 온 것은 잃은 자를 구원하려 함이니라)가 있음"이라고 적혀 있다. 대한성서공회 홈페이지 '성경에 관한 FAQ'(http://www.bskorea.or.kr/bbs/board.php?bo_table=society1&wr_id=13) 참고.

에 따르면, 그는 이 소설의 초고를 완성할 때 5장을 가장 나중에 완성했으며, 5장을 제외한 원고를 석 달 안에 완성한 데 비해 5장만큼은 무려 이 년 동안 퇴고했다. 이는 작가가 5장에 깊은 애정과 중요성을 부여했다는 명백한 방증이다. 그의 의도대로 글이 완성되었는지는 알 수 없지만, 편집위원들은 다른 장의 내용과 비교하여 5장의 내용이나 어조, 그리고 문장이 조금도 손색없다는 판단을 내렸다. 갑작스런 죽음이 그의 계획을 망치지 않았더라면 그는 분명히 독립된 형태의 5장을 초고에 추가했을 것이라고 확신한다. 그래서 편집위원들은 유족들의 허락을 받아 초고의 일부를 싣는다. 5장은 초서Chaucer의 『캔터베리 이야기』 형식을 빌려 중국 식당 주인 이야기, 변호사 이야기, 과부 이야기, 은행 직원 이야기, 청소부 이야기, 빌라 주인 이야기, 치과의사 이야기, 장의사 이야기로 채워져 있는데, 전체를 모두 싣지 않고 두 개의 에피소드만 싣는 까닭은 살아생전 작가의 의도를 존중하기 위함이다. 연재를 마치고 단행본을 발행할 때 전문이 추가될 예정이다. 이 모든 결정에 대한 비난과 책임은 전적으로 편집위원들에게 있으며, 네 계절 동안의 연재를 마치기도 전에 고인이 된 작가에겐 영원한 안식과 찬사를 바칠 따름이다.

5장 파멸
— 초고본

모두 파멸했다. 더욱 정확히 표현하자면 어제까지도 그들은 파멸과도 같은 상태에 갇혀 있었다. 그들 중 몇 명이나 어제의 상태에서 벗어날 수 있을지 아무도 알 수 없다. 상처가 그들을 살려놓고 있는 이상 죽기 전까지 그것을 없애거나 망각하는 것은 불가능하다. 그보다 더 큰 상처로 이전의 것들을 덮을 수는 있겠지만 권장하고 싶은 방법이 아니다. 하지만 더욱더 끔찍한 사실은 그들이 자신의 상태를 전적으로 자신의 잘못으로 받아들인다는 것이다. 더욱 명민하고 더욱 사교적이고 더욱 노력하고 더욱 진솔했다면 재앙을 막을 수도 있었을 것이라는 자괴심이 그들을 괴롭혔다. 하긴 자신들에게 도착한 미래가 실은 다른 이들이 쓰다 버린 과거에 지나지 않는다는 사실을 순순히 인정하기란 쉽지 않다. 유감스럽게도 그들의 운명은 누군가에 의해 어제 이미 결정되었지만 정작 그들이 자신의 운명을 이해하려면 내일까지 기다려야 하는 것이다.

더욱 끔찍하게 파멸당한 자들은 그 회사의 직원들과 그들의 가족이 아니다. 회사는 법적 절차에 따라 퇴직금과 함께 구직에 필요한 교육 기회를 제공했고, 사회는 현재까지 구축된 복지 시스템을 최대한으로 가동하여 그들의 재취업을 도왔다. 원인과 결과가 명확했으므로 그 사이에 놓여 있는 자들은 보호받을 수 있었던 것이다. 하지만 그 회사 주변에서 직원들과 그 가족들이 소비하는 돈으로 번영하던 사람들은 아무런 보호도 받지 못했다. 그들의 이야기를 빠뜨릴 수가 없다.

1. 제이드 가든Jade Garden

회사 정문에서 멀리 떨어져 있지 않은 이층짜리 벽돌 건물에 언제부터 제이드 가든이라는 중국 식당이 들어섰는지 무기회사의 직원들은 정확히 기억하지 못했다. 그도 그럴 것이 중국은 이미 오래전부터 스스로 무기를 만들어 국내외에서 소비해왔기 때문에 회사나 직원들은 중국에 대해 관심을 쏟지 않았다. 다만 젊은 중국인 부부가 나타나기 이전부터 그곳에 중국 식당이 있었다는 의견이 지배적이어서, 그 이층짜리 벽돌 건물의 주인이 중국인이거나 중국인들에게 호의적인 아시아계 이탈리아인일 것으로 추측할 따름이었다. 노조 대의원을 맡은 이후로 회사 주변의 상인들이나 공무원들과 이런저런 목적으로 교류하고 있는 로베르토에 따르면—로베르토의 최종 목표는 금속노조 피렌체 지부의 임원이 아니라 피렌체 시의원에 조준되어 있다고 수군거리는 동료들이 많았다—제2차 세계대전 이후 이탈리아와 스위스 사이의 산악 지대에서 터널을 뚫는 일을 하던 중국인 이주 노동자들의 일부가 피렌체로 유입되면서—알프스 융프라우로 오르는 터널을 뚫다가 죽은 자들의 명단에는 이탈리아 사람들이 제대로 발음할 수 없는 중국인의 이름이 많이 포함되어 있다—중국 문화가 번성하고 있다는 것이었다. 수년 전 두 명의 갓난아이를 데리고 이탈리아에 도착한 젊은 부부가 어떤 인연으로 그곳까지 왔는지는 알 수 없지만, 중국 이주민 사회의 독특한 전통 덕분에 그들은 수중에 큰돈을 지니지 않고서도 의식주와 호구지책을 마련할 수 있었다. 중국 이주민들의 숫자만큼 중국 식당들이 생겨난다는 속설은 거의 사실에 가까웠다. 유럽 각지에서 미리 자리를 잡은 중국인들로 이루어진 친목 단체는 새로 전입해온 교민들이 중국 식당을 열 수 있도록 건물을 무상으로 알선해줄 뿐만 아니라 인테리어 물품과 식자재들을 염가에 공급해준다. 네온사인을 켜고 저녁에 장사를 하는 곳은 중국 식당이 유일하며 하나같이 어항을 설치하여 금붕어나 비단잉어를 키우고 있다. 요리하는 능력을 지니고 태어나는 중국인들은 대가족 문화 속에서 성장하는 동안 가족과 친구, 친척을 위해 요리하는 것을 자랑스럽게 생각할 뿐만 아니라—남부 이탈리아인들에게도 이런 전통과 유전적 성향이 존재한다—요리를 직업으로 삼는 것을 부끄러워하지 않는다. 중국 밖에다 중국 식당을 개업한 중국인들은 중국의 전통에 철저하게 입각한 음식만을 만드는데, 그들은 세상에 존재하는 음식의 대부분이 중국에서 비롯되었다고 생각하기 때문에 애써 서양 음식과의 어설픈 융합을 시도하지 않는다. 그래서 개업 초기에는 대개 중국인 손님들만 북적이는 것이다. 이웃의 관심을 끌기 전까지 손님이 없어 매일 적자를 내는데도 중국 식당이 용케 버틸 수 있는 까닭은, 주방장과 종업원들이 모두 가족으로 이루어져 있어서 인건비를 줄일 수 있는데다가 중국 교민 단체가 식당 주인에게 담보나 이자를 요구하지 않고 운영비 일체를 빌려주기 때문이다. 채무자는 식당이 번창하여 경제적 여유가 생긴 뒤부터 빌린 돈을 천천히 갚으면 된다. 채무자가 암묵적으로 준수해야 할 의무 조항이라고 한다면, 교민들로부터 자신이 받은 호의와 혜택을 새로 이주한 교민들에게 그대로 베풀어야 한다는 것이 고작이다. 하지만 받은 만큼 주는 자들은 거의 없고 받은 것 이상으로 주는 자들이 대부분이기 때문에 교민 단체의 재산은 갈수록 불어나고 이와 더불어 중국 밖의 중국도 더욱 커져간다. 그렇다고 본토에서 이주해온 중국인들 모두가 이토록 파격적인 혜택을 받을 수 있는 것은 아니다. 교민들은 새로 유입된 자들을 완전히 신뢰하기 전까지 일정 기간 동안 유심히 관찰하고 테스트하여 그 결과를 다양한 방법으로 공유한다. 만약 치명적인 결함이 발견된다면, 새로운 이주민들은 교민 단체의 지원을 받기는커녕 멸시와 감시로 고통받다가 끝내 그 지역을 떠날 수밖에 없는데, 유럽을 포함한 전 세계에 광범위하게 펼쳐져 있는 중국인들의 네트워크에서 벗어나 새로운 삶을 시작하기란 거의 불가능하기 때문에 본토로 되돌아가거나 중국인이라는 사실을 철저히 숨기고 사는 수밖에 없다고, 로베르토는 제이드 가든의 주인에게서 들었다는 이야기를, 젓가락으로 중국 음식을 능숙하게 집어들면서 호기심과 경탄의 표정을 하고 있는 동료들에게 종종 들려주었다.

식당을 열 때부터 남편이 주방을 맡고 아내가 홀 서빙을 맡았으나 식당을 경영한 경험이 전혀 없던 그들에게 그곳은 또다른 신세계이자 오지였다. 남편의 음식 솜씨가 형편없는 건 아니었지만, 인근의 프랑스 식당이나 이탈리아 식당에 비해 한 번에 접시에 담는 음식의 양이 너무 많았고 데커레이션도 투박하기 이를 데 없어서 그것을 받아든 손님들의 식욕을 반감시키기 일쑤였다. 아내 역시 가슴골이 드러나는 옷차림에 짙은 화장을 하고 자신의 신체적 콤플렉스를 극복하기 위해 높은 하이힐까지 신은 채 음식을 번갈아 나르다가 중심을 잡지 못하고 접시를 떨어뜨리거나 음식의 일부를 흘렸고, 손님의 주문을 제대로 알아듣지 못해서 엉뚱한 음식을 가져다주곤 했다. 또한 거의 매번 계산을 잘못해서 손님들의 항의를 받거나 하루 매상을 손해 보아야만 했다. 결국 이탈리아인 주방보조와 홀 서빙 직원을 각각 채용한 뒤에야 이런 소동은 겨우 줄어들었다. 여느 중국 식당에서는 경험하지 못한 중국 내륙의 진기한 음식과 뇌쇄적인 분위기를 풍기는 여자에 대한 소문이 식당 주변으로 느리게 퍼져나가긴 했지만 중국에서 직접 수입해오는 식재료들 때문에 음식값이 너무 비싸서 손님들은 출입문 앞에서 한 번, 그리고 메뉴판을 들여다보면서 또 한번 머뭇거릴 수밖에 없었다. 직장인들이 점심시간 안에 먹어치우기엔 음식의 양이 너무 많았고 서투른 젓가락질로 미끄러운 음식들을 나누고 들어올리기도 너무 어려웠다. 그래서 그 젊은 부부는 유통기간이 지난 식재료를 새것으로 교체하고, 하루종일 테이블 앞에 앉아 있는 종업원들에게 월급을 지급하고, 각종 공과금을 납부하느라 여기저기서 돈을 빌려야 했다. 식당을 열어준 교민 단체의 압박은 없었지만 초조하고 참을성이 부족한 젊은 부부는 불황의 함정에서 빠져나가기 위해 피렌체 사람들이 즐겨 먹는 음식들 일부를 메뉴판에 포함시키는 방법을 진지하게 고민하지 않을 수 없었다. 하지만 그런 행위는 엄연히 자신들의 자립을 도와준 교민들을 배신하는 것이었기 때문에 그들은 피자와 파스타에 가장 가까운 중국 음식을 찾아내려고 애썼다. 그러다가 그들은 다른 지역의 중국 식당에서는 다양한 아시아 음식들을 중국 음식과 함께 팔고 있으며, 특히 일본식 초밥과 사시미, 그리고 태국식 쌀국수가 피렌체 사람들에게 인기가 높을 뿐만 아니라 수익성도 높다는 사실을 깨달았다. 오랫동안 중국이 아시아의 전부였던 만큼 아시아 음식들 중에서 중국의 전통과 연관 지을 수 없는 것이 거의 없었다. 그래서 남편은 이웃 도시에서 중국 식당을 열어 크게 성공한 교민에게서 생선의 살을 얇게 뜨고 초밥 만드는 방법을 배웠다. 그리고 유럽에서 점점 명성을 쌓아가고 있는 토스카나 와인을 싼값에 구매할 수 있는 방법을 찾아냈다. 또한 유럽 사람들—특히 이탈리아 사람들—이 주말에 가족이나 친구들과 함께 식당으로 몰려가 저녁 먹는 것을 즐긴다는 사실에 착안하여 금요일 저녁부터 일요일 저녁까지 일정 금액으로 메뉴판의 모든 음식을 맛볼 수 있는 뷔페 식단을 기획했다. 음식을 소비하는 문화보다 음식 그 자체와 그것을 만드는 문화에 더욱 열광하는 이탈리아 사람들에게 뷔페는 모욕감을 불러일으킬 것이라고 우려하는 교민들이 많았으나, 그 젊은 부부는 마치 지닌 재산 전부를 올인하고 마지막 패를 들여다보려는 도박꾼처럼 끝까지 낙관적 전망을 버리지 않았고 결국 자신들의 선택이 옳았다는 사실을 증명해냈다. 이탈리아 식당에 비해 그곳이 훨씬 넓어서 독립된 공간을 차지할 수 있다는 것과 프랑스 식당에서처럼 복잡한 식사 규칙을 따를 필요가 없고 데커레이션의 가격을 지불하지 않아도 된다는 것, 접시에 음식을 남기기 전까진 디저트를 받을 수 없다는 것, 그래서 그곳으로 친구와 가족들을 초대한 자들은 한껏 거들먹거리면서 음식값을 지불할 수 있다는 장점이 크게 부각되었다. 나중엔 예약하지 않고선 자리를 차지할 수 없을 지경이었고 주말에만 일할 파트타임 직원과 주방보조를 채용해야 했다. 뷔페 식단이 준비되지 않는 평일에는 여전히 손님이 없었지만, 금요일부터 일요일 저녁까지 번 돈만으로도 주중의 손해를 충분히 만회할 수 있었으므로 부부는 주중의 돈벌이에는 크게 신경쓰지 않았다. 평범한 피렌체 시민들이 즐기는 일상에 적응하면서부터 중국 식당의 젊은 부부는 이웃들로부터 인사를 받기 시작했다.

그러다가 주인 여자가 이웃 동네의 이탈리아 청년과 바람을 피운다는 소문이 퍼졌다. 두 아이의 엄마라는 신분을 알아차릴 수 없을 만큼 화려하게 차려입은 여자는 청년의 에스코트를 받으며 구식 자동차에 오르다가, 패스트푸드 식당에서 식사를 마치고 연인처럼 팔짱을 끼고 나오다가, 영화관 매표소 앞에서 나란히 줄을 서 있다가 제이드 가든에서 뷔페를 먹어본 적이 있는 사람들과 마주쳤고 그때마다 마치 수십 미터 상공에 걸린 외줄을 건너가고 있는 서커스 단원처럼 웃어 보였다. 이탈리아어를 가르치고 배우는 사이라고 둘러댔지만 그걸 곧이곧대로 믿는 자는 그녀의 남편 말고는 없었다—이탈리아 사람들은 연애를 시작하는 데 자신의 모국어보다 더 적합한 언어가 없다고 생각한다. 반면 연애를 끝내려는 자들에겐 독일어를 추천한다—그녀의 남편은 세상의 소문에 초연했고 아내의 정숙함을 끝까지 믿고 싶어했다. 아마도 타국에서 어렵사리 피워올린 성공의 불씨를 꺼뜨리고 싶지 않았기 때문이리라. 적어도 두 아이들을 이탈리아 시민으로 키워내기 위해서라도 안팎의 시련을 묵묵히 감내해야 했다. 모계 전통의 중국 문화에서 아내의 불륜은 감기 정도로 받아들인다는 소문과 함께 그들이 비로소 진정한 이탈리아인이 되었다는 비아냥거림도 들려왔다. 밀려드는 손님들의 주문과 불평을 제때에 처리하지 못하여 파트타임 직원이 쩔쩔매고 있는데도 끝내 식당에 나타나지 않는 아내를 두고, 남편은 그녀가 아프거나 가족 문제로 중국에 잠시 들어갔다고 두둔해주었다. 그때마다 낯선 중국인들이 나타나 주방과 홀의 일을 능숙하게 거들었는데, 로베르토는 그들이 그 식당을 인수하려는 새로운 주인들이라고 추측했다—언제나 그렇듯이 중국인들은 끝이 없었다—하지만 그의 예상과는 달리 그 식당은 주인 교체 없이 반년 동안 유지되었고, 전성기의 생기와 안정감을 회복할 무렵 주인 여자가 푸석한 얼굴에 둔중해진 몸을 가지고 다시 식당의 홀에 나타났다. 그녀는 마치 최근에 식물인간 상태에서 깨어난 것처럼 공백의 시간을 단숨에 건너뛰었다. 자신의 부재를 상기시키는 손님들에겐 그녀의 남편이 그랬던 것처럼 자신의 부실한 건강과 본토에 있는 가족의 불운에 대한 이야기로 대처했다. 하지만 그 이야기가 반년 사이에 더욱 유창해진 그녀의 이탈리아어 구사 능력을 설명할 순 없었다. 돌아온 지 한 달 남짓 사이에 주인 여자는 옛 명성에 걸맞을 만큼의 몸매와 쾌활함을 되찾았다.

하지만 예전과는 달리 두 아이를 식당으로 데려와서 돌보는 데 더 많은 시간을 할애했다. 아이들은 이탈리아어와 중국어를 섞어가면서 자신의 세계와 감정을 설명했다. 손님 테이블에 앉아서 지그시 쳐다보면 그 중국인 가족은 이국에서 평온한 현실을 구축한 것처럼 보였다. 하지만 카운터에 앉아서 보면 그들이 서 있는 곳은 단단한 암석이 아니라 무른 진흙 위라는 것을 금방 눈치챌 수 있었다. 그도 그럴 것이 주인 여자가 사라진 직후부터 줄어들기 시작한 손님들의 숫자는 기대만큼 회복되지 않은 반면 인건비나 세금 등의 경비는 점점 늘어가고 있어서, 게다가 이탈리아적 일상을 유지하는 데 씀씀이가 더욱 커지면서 그들의 미래는 바닥이 비쳐 보일 정도로 얇아져 있었다. 처음에 그 젊은 부부는 이웃 동네에 새로 생겨난 중국 식당의 부정적 영향을 의심했다. 자신들도 똑같은 혜택을 받은 이상 새로운 교민과 중국 식당의 등장을 불평하는 건 뻔뻔하기 그지없는 행동이었지만, 뷔페 식단을 마련한 주말에도 고작 열 명 남짓의 손님을 받고 있는 상황을 떠올릴 때마다 그들은 자신의 식당과 너무 가까운 곳에 새로운 경쟁자를 정착시켜준 교민 단체가 야속하게 생각되었다. 적어도 미리 자리를 잡은 자신들에게 미리 귀띔해주고 이해를 구하는 게 도리가 아니었을까. 그 도리라는 것이 중국의 전통에 의거한 것인지 이탈리아의 그것에 의거한 것인지, 장사를 마치고 거대한 지하 무덤 같은 식당 한편의 테이블에 앉아서 급히 독주를 마신 그 젊은 부부는 구분할 수 없었다. 하지만 두 종류의 중국인에 대한 유럽인의 두 가지 상반된 태도만큼은 취기 속에서도 분명히 의식할 수 있었다. 코끼리떼처럼 몰려들어 쇼핑센터 하나를 완전히 비우는 중국인들은 무한히 환영받지만, 빈손으로 찾아와서 자신들의 직업을 빼앗는 중국인들은 혐오와 멸시의 대상이다. 다만 유럽인들은 아직까지도 두 부류의 중국인들을 정확하게 구별하지 못하기 때문에 의심 어린 눈초리를 숨긴 채 모든 중국인들을 일단 환영하고 있는 것이고, 이내 주홍 글씨를 붙이는 순간 파멸을 즉시 완성할 것이다. 중국과 관련된 긍정적 뉴스에 도취된 교민 단체가 잘못된 판단—중국 식당은 언제 어디서든지 이탈리아인들뿐만 아니라 교민들에게도 열렬히 환영받을 것이라는—을 내렸다고 젊은 부부는 생각했으나, 감히 채권자들에게 항의할 수는 없었다.

그 중국 식당에 들러 파업 계획을 논의하던 노조 간부들로부터 회사의 폐업 소식을 전해 들을 때만 하더라도 젊은 부부는 자신들에게 밀려올 파멸의 그림자를 알아차리지 못했다. 어쩌면 불길한 기운을 감지하긴 했으나 그것이 자신들을 찾아올 것이라고는 상상할 수 없었으리라. 그도 그럴 것이 그 회사의 직원들이 그곳을 찾을 경우란 중국에서 찾아온 바이어들에게 저녁을 대접해야 할 때나 고객들을 초청하여 특별한 행사를 진행할 때뿐이었고, 어쩌다 점심시간에 들른 직원들도 간단한 초밥 세트나 피자를 주문했기 때문에 매상에 큰 영향을 미치지도 않았다. 그리고 그들 중에는 열 개의 도장을 찍으면 한 번 공짜로 음식을 먹을 수 있는 쿠폰을 지니고 있는 자들이 많았다. 그래도 주말 뷔페 손님들이 꾸준히 찾아오는 한 설령 그 회사가 폐업하더라도 자신들은 그와 상관없이 버틸 수 있을 것이라고 낙관했다—그것이 필시 중국인만의 선천적 성향 때문이라고 간주할 수만은 없었다—젊은 부부 역시 그곳에서 여생을 보낼 생각은 결코 아니어서, 두 아이들이 이탈리아어를 능숙하게 구사할 수 있을 만큼의 나이가 되고 교민 단체에서 빌린 돈을 모두 갚게 되면 자신들과 관련된 소문들이 전혀 닿지 않는 대도시로 이사를 가서 더욱 크고 고급스런 중국 식당을 열어 부유한 중국 관광객들이나 이탈리아 유명 인사들의 예약만으로 운영하는 꿈을 지니고 있었다. 도약할 준비를 마칠 때까지는 어떻게 해서든지 이곳에서 버텨내야 했다. 세상 어디에서도 전쟁은 끊임없이 벌어지고 있고, 그 회사의 다양한 제품들이 여러 전장에서 우수한 능력을 발휘하고 있어서 고객들의 주문이 밀려들기 때문에 공장을 절대 폐쇄할 수 없을 것이라는 노조 간부들의 이야기를 듣고 중국 식당의 젊은 부부는 안심을 했다—국경과 인종, 종교, 정치적 신념 때문에 중국 본토에서 근래에 일어난 비극적인 사건들을 떠올리고 잠시 침울해지기도 했다—현재 큰돈을 벌지 못하기 때문이 아니라 미래에 더 큰돈을 벌기 위해서 회사가 공장을 폐쇄하려 한다는 이야기를 들었을 때, 단 한 번도 거대한 조직의 일원으로서 일해본 적이 없는 젊은 부부조차도 실소와 함께 분노를 드러내지 않을 수 없었다. 하지만 엄연히 이곳은 인본주의의 위대한 전통이 보존되고 재생산되는 이탈리아인데다가 노동자들을 한덩어리로 만들어 한곳으로 일사불란하게 움직일 수 있는 노동조합이 존재하고 있기 때문에 극단적인 파국 대신 합리적인 협상으로 소란이 마무리될 것이라고 전망했다. 그래서 젊은 부부는 그곳에 모인 노조 대표들을 격려하고 위로하는 차원에서 해산물로 만든 보양식과 함께 중국식 독주 한 병을 공짜로 제공했다. 그러면서도 아직 외상값을 갚지 않은 그 회사의 직원들에게 서둘러 연락해야겠다고 다짐했다.

회사의 미래에 대한 흉흉한 소문을 전해 들은 지 일 년여 만에 대부분의 직원들은 무기력하게 해고되었고, 공장은 폐쇄되었으나 회사는 먼 곳에서 여전히 살아남았다. 빈번한 파업과 퇴직 처우에 대한 지루한 협상이 진행되는 동안에도 그 회사의 직원들은 이따금씩 동료나 가족들을 데리고 그 중국 식당에 나타나 풍성하고 기름진 음식을 먹으면서—더이상 업무시간에 쫓겨 초조해하지 않았기 때문에 점심시간에도 초밥 세트나 피자 대신 중국 음식을 주문했다—자신들과 가족들이 지닌 불안감을 없애려고 노력했지만, 어마어마한 금액의 퇴직금이 지급된다는 소문이 들리는 순간부터 발길을 완전히 끊고 말았다. 그리고 우연이라고 생각하기엔 너무 완벽하게도 그 동네의 이웃들마저 주말 뷔페를 먹으러 나타나지 않았다. 날씨와 뉴스와 풍습 때문에 잠시 겪게 되는 불운이었다고 간주하기엔 불황이 너무 오래 지속되었다. 이국인들의 눈에 주변의 세상은 거의 변함이 없어 보였다. 동네 상권의 중요 고객들이 일제히 사라지면서 모든 상점들이 커다란 타격을 입었으리라는 짐작과는 달리, 대형 마트나 빵가게는 변함없이 손님들로 북적였고 주변 도로는 여전히 불법 주차한 자동차들이 점유하고 있었으며 이탈리아 식당의 주방장과 종업원들은 손님들이 주문한 순서대로 음식을 내기 위해 저녁마다 신성한 전쟁을 치르고 있었다. 중국 음식에 대한 호기심과 선호도가 떨어진 것이라고 판단한다면, 이웃 동네에 새로 생긴 중국 음식점의 호황을 설명할 수가 없었다. 최근 크게 늘어난 불법 이민자들이 이탈리아 사회 곳곳에서 크고 작은 사고들을 일으키면서 이에 대한 반발로서 인종 갈등이 빈번해졌다는 뉴스를 자신의 불운에 억지로 적용한다고 하더라도 이웃들의 한결같은 호의와 관심을 위선이라고 매도할 수는 없었다―오히려 유럽으로 여행 온 중국인들의 무례하고 비상식적인 행동을 교정하기 위해 자신과 같은 교민들이 선제적으로 대응해야 한다고 생각했다―세계에서 두번째 수준의 경제 강국으로 급성장한 중국을 견제하기 위해 미국과 유럽연합이 경쟁적으로 적용한 정책들이 자신과 같은 소시민에게까지 직접적이고도 즉각적인 영향을 미칠 리 없었다. 결국 제이드 가든의 젊은 부부는 내부에서 원인과 해결책을 찾지 않을 수 없었다. 손님들에게 모욕을 줄 만큼 풍미가 형편없는 음식과 서비스에 대한 반성이 이어졌고, 오해를 불러일으킬 만한 문화적 차이를 살폈다. 그곳에 다녀간 뒤로 악의적인 소문을 퍼뜨렸을지도 모를 손님들의 신상을 기억해내려고 애썼다. 메뉴판에서 중국어를 모두 지우고 이탈리아 전통 음식을 추가했으며 식재료를 현지에서 구입하는 방법으로 음식값을 내렸다. 또다시 교민 단체의 도움을 받아 식당 안팎의 인테리어를 바꾸면서 중국과 연관된 소품들을 가능한 한 줄이는 대신 이탈리아와 연관된 것들을 늘렸다. 오랫동안 이탈리아 식당에서 종업원으로 근무했다 최근에 은퇴한 노인을 파트타이머로 채용했고, 그동안 이탈리아의 언어와 문화를 배우는 데 소극적이었던 주인 남자마저 가정교사를 식당으로 불러들여 그것들을 배우기 시작했다. 주인 여자는 화장과 옷차림에 더욱 신경을 썼으며 더이상 아이들을 식당으로 불러들이지 않았다. 젊은 부부는 앞으로 유럽에서 살아가게 될 아이들 앞에서는 중국어를 사용하지 않는다는 원칙을 세우기까지 했다. 그들은 시간이 날 때마다 동네의 각종 행사에 얼굴을 비추었고 일요일엔 아이들과 함께 성당에 나갔다. 혼자 사는 노인들을 점심시간에 식당으로 불러들여 무료로 음식을 대접했다. 그러나 적어도 그 동네의 노인들만큼은 자신들의 노력을 정당하게 평가해주고 있다고 안도한 것도 잠시뿐이었고, 부당한 소문을 직접 들은 것인지 아니면 자식들의 만류 때문이었는지, 또는 그들의 말대로 건강 상태가 좋지 않기 때문인지 노인들마저 두어 번쯤 더 찾아왔다가 그뒤로는 나타나지 않았다.

전날 준비해두었다가 끝내 팔지 못하고 고스란히 남은 식재료들을 먹어치우는 일에도 넌덜머리가 날 때쯤 젊은 부부는 결국 초조함을 견뎌내지 못하고 서로에게 매장되어 있던 지뢰를 건드리고 말았다. 오래전 바람을 피웠던 아내와 그보다 더 오래전 도박에 심취해 있었던 남편의 날 선 공방이 밤마다 이어졌다. 아이들의 부적응과 미움함을 서로의 책임으로 떠넘기다가 술에 취한 남편은 결국 아이들의 혈통을 의심하는 발언을 쏟아내고 말았고, 아내는 그 이야기를 들은 지 한 시간도 채 지나기 전에 아이들을 슈트케이스에 쑤셔넣고 집을 나가고 말았다. 그다음날부터 가게 입구에는 임시 휴업을 알리는 쪽지가 붙었고, 석 달 뒤에 건물 주인이 새로운 세입자를 데리고 그 가게의 문을 열 때까지도 젊은 부부의 행방은 알려지지 않았다. 아내는 이탈리아 청년을 만나 동거를 시작했으나, 남은 재산마저 도박으로 탕진한 남편이 집에서 목을 매고 자살하는 바람에 중국 정부로부터 정식 이혼 허가를 받지 못했고, 동거자의 무능력과 학대, 그리고 국적과 혈통 사이에서 방황하는 아이들로 괴로워하다가 끝내 그녀마저 자살했다는 소문을, 제이드 가든으로부터 고작 이백여 미터 떨어져 있던 또다른 중국 식당에선 가끔씩 들을 수 있었다. 알려고 한다면 그리 어려운 일도 아니었지만 아이들의 근황을 묻는 자들은 거의 없었다. (중략)

2. 비야 카미야Villa Camilla

정년을 앞두고 십여 년 동안 그가 구청에서 주로 맡았던 업무는 새로 건설되는 건물의 설계도를 접수받아 냉난방의 효율을 측정하고 이에 따라 세금을 부과하는 일이었다. 열효율이 높은 구조와 단열 효과가 뛰어난 재료를 채택할수록 세금을 감면받을 수 있으며, 태양열 발전 장치나 고효율의 전기 설비를 추가하면 감면 혜택은 더욱 커졌다. 최근 이탈리아의 경기가 좋지 않아서 새롭게 건설되는 건물은 많지 않았지만, 기존 건물의 내부를 수리하여 용도를 변경하는 공사가 여기저기서 많이 진행되었으므로—대학을 졸업하고도 변변한 직업을 구하지 못한 자녀들이 부모의 집 일부를 개조하여 신혼집을 차리는 경우가 늘어났다—그는 매일 아침 일곱시에 구청으로 출근해서 점심시간 전까지 책상 위의 서류들을 검토해야 했고 점심식사를 마치는 대로 공사 현장을 직접 방문하여 단열 재료와 공사 방법 등을 확인했다. 새롭게 공사를 시작하려는 사람들을 이따금 구청으로 초청하여 세금을 줄이는 데 유리한 방법을 조언하기도 했으며, 새로운 에너지 절감 기술이나 장치를 개발한 사업가들의 방문을 받고 그것들의 장점을 듣느라 따분한 시간을 견뎌야 할 때도 있었다. 당연히 공무를 수행하는 동안 수많은 사람들로부터 뇌물을 제안받거나 협박을 당했으나, 퇴직 후 연금을 꾸준히 수령하기 위해서라도 그는 자신의 경력에 오점을 남길 만한 행동은 전혀 하지 않았다. 두 번의 결혼을 통해 얻은 두 명의 아이들을 모두 사고로 잃었고 두번째 아내마저 최근 자궁암으로 세상을 떠났기 때문에 가족을 위해 큰돈을 마련할 필요도 없었다. 부모에게서 물려받은 유산으로 마련한 아파트—어머니의 이름을 따서 그는 그곳에다 비야 카미야라는 이름을 붙였다—에서 나오는 월세와 연금을 합한다면, 비록 최근 유럽의 정치인들이 연금 지급액을 축소하려는 법안을 준비중이긴 하지만, 매일 수영장에 나가고, 일주일에 한두 번 식당에서 친구들을 만나 점심을 먹고, 한 달에 한 번 정도 오페라나 연극을 보고, 한 계절에 한두 번 옷을 사고, 날씨가 너무 춥거나 덥지 않은 장소로 일년에 한 번 여행을 다녀오는 노년생활을 즐길 수 있을 것이라고 그는 생각했다. 경제적으로 여유 있는 여자들을 만나 구질구질하지 않은 연애를 즐기는 행운을 기대하기도 했다. 공적인 노예의 신분에서 해방되는 순간부터 그는 온전히 자신만의 세계에서 왕으로서 살다가 죽고 싶었으므로, 그때까진 어떻게 해서든지 현재의 삶을 온전히 지켜내려고 애썼다. 그 덕분에 그는 정년 퇴임식에 앞서 청렴한 공무원으로 표창까지 받았으나, 유감스럽게도 퇴직 이후 그에게 들이닥친 불운 때문에 그는 끝내 대관식의 주인공이 될 수 없었다.

정년 퇴임식을 마친 지 얼마 지나지 않아 그는 식당에서 친구들과 점심을 먹고 있다가 비야 카미야의 세입자로부터 전화를 받았다. 전력 사용량을 엉터리로 계산하여 수년간 과도한 월세를 착취한 사실을 두고 소송을 준비하고 있으니 마음의 준비를 하라는 내용이었다. 전화를 받는 내내 그는 실소를 머금지 않을 수 없었다. 퇴직하기 전까지 자신보다 더 큰 명성을 지닌 채 건물의 열효율을 계산하고 세금을 부과할 수 있는 공무원은 없었던데다가 십여 년 동안 그런 송사에 단 한 번도 휘말려본 적이 없었기 때문이다. 하물며 자신이 소유한 아파트에서 그런 위험한 짓을 할 만큼 어리석거나 궁핍하지도 않았다. 그는 세금을 줄이기 위해, 좀더 거창하게 말한다면 과다한 화석연료 사용으로 인해 환경이 파괴되는 것을 막기 위해 큰돈을 들여 아파트 내부를 개조하고 난방 설비를 새것으로 바꾼 다음 신혼부부를 세입자로 들였다. 만일 자신의 계산이 틀렸다면, 그것은 아파트를 개조하면서 시공업자가 제출한 자료들에 오류가 있었기 때문일 것이며 그것은 자신의 잘못이 아니라 전적으로 시공업자와 그 설비를 제작한 회사의 책임일 것이었다. 하지만 그 시공업체나 설비 제작업체 또한 십여 년 동안 그같은 이유로 송사를 겪은 적이 단 한 번도 없었다. 그러니 세입자의 목적은 조만간 이탈리아 정부가 발표할 물가상승률에 맞춰 집주인들이 월세를 올릴 수 있는 정당한 권리를 훼손하려는 것뿐이라고 생각했다. 그는 가자미구이의 풍미와 정오의 햇빛을 무례한 자에게 통째로 빼앗기지 않기 위해 통화 내내 이따금 레몬즙을 삼키면서 침착함을 유지했다. 그날 저녁에 방문할 테니 그때 다시 이야기하자고 설득하는 데에도 시간이 아주 많이 걸렸다. 전화를 끊고 그는 자신의 업무를 인계받은 후배 공무원에게 전화를 걸어 동행을 부탁했다. 협박하려는 목적은 결코 아니었고 귀찮은 행정 처리 때문에 서로가 부질없이 에너지를 쏟지 않기 위해 가장 확실한 방법을 처음부터 사용하고 싶었다. 그리고 그 방법은 확실히 효과가 있었다. 예상치 못한 불청객의 등장에 당황하긴 했지만, 신혼부부는 사설 컨설턴트로부터 전달받은 서류를 집주인 대신 공무원에게 내보이면서 억울함을 호소했는데, 공무원은 그 서류를 세심하게 들여다본 뒤 거기에 포함되어 있는 오류들을 상세하게 설명했다. 그러는 사이 그는 집안을 둘러보면서 세입자들이 자신의 집에 끼치고 있는 부정적인 영향에 대해 파악했다. 집의 관리 상태로 보아 설령 세입자들이 향후 소송을 시작한다고 하더라도 결코 그들에게 유리한 상황만이 전개될 것 같진 않았다. 그 집을 나서기 전에 신혼부부에게 전기료를 아낄 수 있는 방법을 조언하고 싶었으나, 동행한 후배의 노련한 대응 덕분에 겨우 누그러뜨린 불화의 불씨를 다시 되살릴 위험이 있었으므로 그는 끝까지 말을 아꼈다. 신혼부부의 남편이 근무하고 있는 무기 공장이 조만간 폐쇄될 위험에 처해 있기 때문에 그들이 세상의 모든 현상과 사람들에게 과민한 반응을 보이는 것 같다고, 펍에서 맥주를 마시면서 후배가 말했을 때야 비로소 그는 자신이 퇴직하기 전까지 매일 아침 출근하자마자 반시간씩 투자하여 꼼꼼히 챙겨 읽던 신문들을 퇴직한 이후로는 거의 읽고 있지 않다는 사실을 깨달았다. 하긴 퇴직한 자에게 중요한 건 현실에서 매일 변하고 있는 세목細目이 아니라 매달 자신의 통장으로 연금을 입금시켜줄 공무원의 안부뿐이었으니 그의 무관심에도 변명할 여지는 있었다. 피렌체와 같이 국제적인 도시에서는 매일 수십 개의 회사들이 세워지고 쓰러지는 일이 반복되기 때문에 자신이 근무하는 회사가 폐쇄된다고 해서 선량한 이웃들에게 책임을 묻거나 화풀이할 권리는 누구에게도 없으며, 세계 최초로 국제법을 만들고 그것을 수천 년간 발전시켜온 전통이 유지되고 있는 이상 이탈리아의 모든 시민들은 회사와 사회로부터 안전하게 보호받을 것이라고, 그는 맥주잔을 비우면서 후배에게 응수했다. 긍정이나 부정의 의미를 간파할 수 없을 만큼 모호한 표정으로 후배는 말없이 맥주를 마실 따름이었고, 그는 그것을 무사히 퇴직한 자들에 대한 존경으로 이해하고 싶었다. 후배와 헤어져 집으로 돌아오면서 그는, 자신이 이웃의 세금 덕분에 여유로운 노년을 보내고 있는 이상 삶을 힘겹게 짊어지고 있는 그들을 위해 자신의 재능과 열정을 쏟을 기회를 찾아보자고 생각했다. 무능력하면서도 탐욕스럽기 그지없는 사설 컨설턴트보다도 더 정확하고 유용한 조언을 자신이 무료로 해줄 수 있을 것이라고 그는 자신했다. 하지만 곧이어 일어난 사건들 때문에 이 또한 실현되지 않았다.

그는 이상한 꿈을 꾸다가 한밤중에 잠에서 깨어났다. 그리고 어둠 속에 조용히 앉아서 불길한 운명의 페이지가 저절로 펼쳐지기를 기다렸다. 아침이 밝아오기 무섭게 전화벨이 울리고 비야 카미야에 사는 신혼부부의 아내가 간밤에 목을 매고 자살했다는 소식을 경찰로부터 전해 들었다. 오전에 경찰서로 출두하라는 통보를 받고 나니 아침식사를 시작할 엄두조차 나지 않았다. 그는 자신의 아내가 죽었을 때보다 더 고통스러운 결과가 기다리고 있는 것 같아 두려웠다. 도움을 청할 사람을 떠올려보았지만 아무도 생각나지 않았다. 그래서 그는 혼자서 외출 채비를 하느라 한 시간을 허비했다. 다시는 돌아올 수 없을지도 모른다는 생각에 그는 집안을 대충 청소하고 물건들을 정리했으며 유언장을 쓰려다가 그만두고 귀중품을 냉장고 뒤에 숨겼다. 그리고 갑작스런 추위가 집안을 점령하지 못하도록 창문들을 걸어 잠그고 절연 테이프로 창틈 사이를 막았다. 아침식사를 준비하는 인기척으로 가득찬 동네를 혼자 걸어나오면서 그는 허기와도 같은 외로움을 느꼈고, 적어도 그 순간만큼은 산 자가 죽은 자보다 더 나은 상태에 있다고 확신할 수도 없었다. 공무원으로 퇴직하면서 표창장까지 받은 그의 신분이 확실한데다가 사고가 나기 전날 자신의 알리바이를 입증해줄 증인들이 적어도 네 명 이상 존재했으므로 그는 세입자의 죽음으로부터 완벽하게 절연될 수 있었다. 비극을 맞이한 건 유감이지만, 그렇다고 해서 자신이 그런 비극을 조장한 것은 결코 아니다. 신혼부부의 남편이 다니고 있다는 공장을 전혀 알지 못한 건 아니었으나—그는 서너 번 그곳을 방문해서 냉난방 시스템을 점검하고 삼 년 동안 유효한 증명서를 발급해준 적이 있다—그곳을 폐쇄하는 데 어떤 영향을 끼칠 권력이 자신에겐 없었다. 그리고 그는 여느 집주인보다도 더 세입자들을 관대하고 공정하게 대했을 뿐만 아니라 동정이나 연민으로 그들을 대하지 않았다고 자부했다. 그러므로 어깨를 축 늘어뜨린 채 경찰서로 향할 이유는 없다고, 그는 반복해서 생각했다.

하룻밤 사이에 유족이 된 신혼부부의 남편은 그가 등장하자 마치 살인자를 대하듯 거세게 달려들어 멱살을 잡았다. 퇴직할 만큼 나이가 들었을 뿐 퇴직하기 전과 다름없는 악력을 유지하고 있던 그는 상대에게 휘둘리지 않고 자신의 의지대로 자세를 유지하면서 경찰이 나서서 제지해줄 때까지 버텼다. 경찰은 그들을 임시로 피해자와 가해자로 나누어 격리한 뒤 그들 사이에서 일어났던 사건들과 대화에 대해 묻고 기록했다. 그는 자신의 알리바이를 진술한 다음 어제 함께 있었던 친구들—거기엔 한 명 이상의 공무원이 포함되어 있었다—의 전화번호를 알려주면서 자신의 진술과 그들의 진술 사이에 차이점을 찾아보라고 제안했다. 그 방법은 주효해서 그는 단 한 통의 전화만으로 자신의 무죄를 입증하는 데 성공했다. 그래도 그는 유족에게 다가가 위로를 건네면서 원한다면 언제든지 이사를 해도 좋다고 말하고 싶었으나, 경찰이 제지하는 바람에 뜻을 이루지 못했다. 자신의 메시지를 대신 전달해달라고 경찰에게 부탁하고 경찰서를 나섰다. 집으로 곧장 돌아가지 않고 그는 비야 카미야의 상태를 확인하러 들렀는데, 입구가 폴리스 라인으로 봉쇄되어 있어서 안으로 들어갈 수 없었을 뿐만 아니라 소식을 듣고 몰려든 구경꾼들 때문에 제대로 접근조차 할 수 없었다. 누구는 여자가 독약을 삼켰다고 하고 누구는 칼로 자해했다고 하고 누구는 프로판가스에 질식되었다고 쑥덕였다. 소문이 잠잠해질 때까지 세입자를 받을 순 없을 것 같았다. 그렇다면 일주일에 한 번씩 수영장에 나가고, 한 달에 한두 번 식당에서 친구들을 만나 점심을 먹고, 한 계절에 한 번 정도 오페라나 연극을 보고, 일년에 한두 번 옷을 사고, 날씨가 너무 춥거나 덥지 않은 장소로 삼사 년에 한 번씩 여행을 다녀오는 노년생활로 후퇴할 수밖에 없었다. 억울한 생각이 들었지만 직업과 아내를 거의 동시에 잃은 신혼부부의 남편을 생각하면 참을 수 있는 수준이라고 자위했다. 노인은 지금이야말로 날씨가 너무 춥거나 덥지 않은 장소로 첫번째 여행을 떠날 시기라고 생각했다. 그래서 그는 여행사에 들러 카나리아제도로 떠나는 항공권과 야외 수영장이 딸려 있는 호텔을 예약했다. 그러고는 집안에 틀어박혀 무기력과 피로감 사이에서 한 달을 버틴 뒤 출국 전날 자신의 여행 계획을 공무원 후배에게 전화로 알리면서, 만약 비야 카미야와 관련하여 문제가 발생하면 자신을 대신하여 처리해달라고 부탁했다. 유언처럼 들릴까 걱정하여 그는 일부러 목소리를 높였고 이따금 서툰 농담을 섞었다.

한 달 남짓 카나리아제도에서 몸과 마음을 추스르고 돌아와보니 비야 카미야는 전쟁터의 폐허와 어울릴 법한 모습으로 파괴되어 있었다. 외관은 멀쩡해서 이웃들은 내부의 상황을 미처 짐작할 수 없었고, 야밤에 신혼부부의 남편이 짐을 놔둔 채 자취를 감췄다는 소식을 들은 그의 후배 역시 직접 둘러볼 생각은 하지 않았다. 하지만 그가 현관문을 열자 음식물이며 오물이 썩는 냄새가 일제히 밀려와 숨을 쉴 수가 없었고 연신 헛구역질이 일었다. 창문을 열어 집안을 환기한 뒤에야 비로소 현실이 보였다. 벽은 곰팡이로 뒤덮여 있었고 바닥은 물로 흥건했다. 수도꼭지를 완전히 잠그지 않은 채 급히 집을 빠져나간 게 분명했다. 세간은 그대로 있는 것으로 보아 누군가에게 뒤쫓기고 있었는지도 모른다. 아니면 집안 어딘가에서 죽어 썩고 있거나. 그는 가슴을 졸이면서 시체가 놓여 있을 곳을 뒤져보았으나 다행히 그런 것은 없었다. 청소비와 수리비를 대체하기에 세입자가 남기고 간 보증금은 턱없이 모자랐다. 보상을 두고 보험회사와 지루한 협상을 진행해야 했지만 유리한 상황은 아니었다. 그는 이번 기회에 젊은 사람들의 취향에 맞게 내부를 수리해야겠다고 결심했다. 하지만 이웃 중 누군가가 그의 등장 소식을 알렸던 것인지 경찰 두 명이 나타나면서 상황은 급변했다. 경찰은 그를 살인 혐의로 체포했다. 범죄자를 사주하여 신혼부부의 남편을 살해했고, 그 사건이 벌어지는 동안 자신의 알리바이를 만들기 위해 카나리아제도로 잠시 피신해 있었다는 게 그들의 시나리오였다. 청렴한 공무원으로 표창까지 받은 그의 경력은 경찰의 엉뚱한 상상 앞에선 아무런 쓸모도 없었다. 그래서 그는 유능한 변호사를 고용하여 자신의 무죄를 밝히는 데 전 재산을 쏟아부어야 한다는 사실이 너무 서글펐다. 살아 있는 동안 사회적 약자들을 거의 거들떠보지 않았던 정부와 이웃들이 신혼부부의 하찮은 죽음에는 히스테리를 보이는 이유를 그는 이해할 수 없었다. 어느 곳 어느 시대에도 모든 인간이 평등하게 대접받은 적은 없었다. 변호사들이 피의자의 인권까지 존중하는 이유에 정의감 따위는 포함되어 있지 않다. 그러니 졸지에 피의자가 된 그가 삶의 의지를 의탁할 수 있는 것이라고는 연금뿐이었다. (이하 생략)

6장 재회

1. 기쁨

공장이 완전히 폐쇄되고 일 년 뒤―무인도처럼 버려진 공장 부
지를 인수하겠다는 기업이나 개인은 나타나지 않았다. 주민들로
부터 쥐가 들끓는다는 민원이 접수되자 방역회사를 통해 공장 안
을 소독했으며, 부랑자와 범죄자들이 드나든다는 소문을 잠재우
기 위해 경비원들을 배치했으나 인건비를 아끼기 위해 야간 순찰
까지 지시하지는 않았다―그들은 다시 만났다. 중동과 아프리카
에서 뛰어난 영업 실적을 올리고 있는 무기회사에 여전히 근무하
고 있을 뿐만 아니라 마카로니 프로젝트를 성공리에 마무리한 공
로로 보너스를 챙기고 진급까지 하게 된 팀장들과 공장장은 정장

차림으로 프랑스 식당에서 만나 저녁식사를 함께하면서 지난 시
간을 아련한 추억으로 반추했으며 헤어지기 전에 일제히 그라파
한 잔씩을 머리 위까지 들어올리면서 순탄하고 주목받는 미래를
서로에게 축원해주었다. 영혼이 고양된 공장장은 법인카드로 전
체 식사 비용을 결제하면서 종업원에게 팁까지 챙겨주었고, 그날
식사에 참여한 사람들의 숫자만큼 카페 소스페소Caffè Sospeso*를 주
문했다.

2. 분노

하지만 이탈리아 식당에서 만난 해고자들은 하나같이 오래된
기억을 떠올리지 않으려고 애썼다. 그들은 자신의 현실과 일치하
지 않는 기억을 도저히 받아들일 수가 없었다. 자괴감이 가장 치
명적이었다. 죽음과 다를 바 없는 현실에 이토록 허무하게 유폐될
운명이었다면 왜 그토록 필사적으로 발버둥쳤던 것인지 아무도
설명할 수 없었다. 각자의 허기 앞에 적당한 분량의 음식들이 놓

---

* '주문해놓고 마시지 않은 커피' 또는 '맡겨둔 커피'란 뜻. 커피를 마신 손님이 여
분의 커피값을 미리 지불해놓으면 카페의 주인은 입구에 그 숫자를 표시해둔다.
그러면 누구라도 주인에게 무료 커피를 요구할 수 있는데 보통은 가난한 사람들에
게 우선권이 주어진다. 커피 없이는 하루를 시작하거나 끝낼 수 없는 나폴리에서
시작된 전통이다.

이자 그들은 저항하는 걸 멈추었다. 그러고는 회사가 약속한 퇴직금이 제대로 입금되었는지 확인했고, 그 퇴직금에 어마어마한 세금을 부과한 정부와 엉터리 직업교육 프로그램을 제공한 회사를 힐난했으며, 취업이나 이민 계획을 서로에게 물었다. 그 밤이 끝나면 언제 다시 만나게 될지 모를 사람들에게 자신의 가족들이 겪고 있는 비참한 생활까지는 굳이 말할 필요가 없다고 생각했는지 그들은 하나같이 독신인 것처럼 말하고 행동했다. 음식이나 정원의 화초만큼은 모두에게 환영받는 주제가 되어주었다. 헤어질 때 그들도 그라파를 나누어 마시면서 서로를 격려해주었는데, 그들의 미래는 아직 들어가보지 않은 새로운 세계에 남겨져 있는 게 아니라 그들이 강제로 빼앗긴 세계에 버려져 있는 게 분명했다. 시간은 많은데 할일은 없고 수중에 돈조차 많지 않은 자들은 정장 차림의 회사원들이 자주 드나드는 도심의 카페 앞을 기웃거리면서 카페 소스페소의 숫자를 확인하게 될 것이고, 처음엔 선뜻 카페 안으로 들어가지 못하고 머뭇거리겠지만 시간이 지나면 친구나 옛 동료들까지 데리고 그곳으로 들어가 당당하게 자신의 몫을 요구하게 될 것이다. 자신들의 숫자에 비해 맡겨둔 공짜 커피가 턱없이 부족한 현실을 개탄하면서 볼썽사나운 아귀다툼도 마다하지 않을지 모른다. 마치 제2차 세계대전에 참전하고 고향으로 돌아왔으나 이웃들로부터 냉대를 받았던 상이군인들처럼.

3. 슬픔

그라파에 불콰해져서 프랑스 식당을 나선 사람 중에는 한때 자재팀장이었던 마르코스도 포함되어 있었다. 파비오 역시 허기를 해결하지 못한 채 이탈리아 식당에서 빠져나왔다. 그 두 사람은 자신들을 신뢰하던 동료들에게 깊은 상처를 남긴 채 일 년 남짓 연락을 끊고 지냈다는 공통점을 지녔다. 마르코스가 배신을 도모했다는 사실에 대해 전혀 알지 못하는 팀장들은 그의 극적인 등장을 반겼고—공장장과 인사팀장 역시 마르코스의 일탈을 잊은 채 그와 뜨겁게 포옹했다—작별 인사에 안타까워했다. 그도 그럴 것이 마르코스는 가정 문제—팀장들은 러시아 출신의 여자친구가 부정한 짓을 벌였을 것이라고 짐작했는데, 부부 동반 모임에 참석할 때마다 그녀의 사치스러운 복장과 천박한 언행이 늘 참석자들 사이에서 센세이션을 일으켰고 귀가한 뒤에 아내나 남편과 언쟁을 벌이는 결과를 낳았다. 팀장들은 그런 종류의 여자는 오로지 이탈리아 시민권과 위자료를 얻어내기 위해 아무와도 결혼하고 이혼할 수 있다고 충고했지만, 마르코스는 그들의 진심을 듣지 않고 오히려 그녀의 허영에 걸맞은 프랑스식 일상을 제공했다. 그로부터 일 년 뒤 마카로니 프로젝트가 진행되고 마르코스가 유럽 지역 영업본부장에게 메일을 보내 비열한 협상을 시도했을 때, 인사팀장인 니코는 그의 러시아인 여자친구가 배후라는 사실을 단숨에 알아차렸다. 왜냐하면 마르코스가 여자친구의 사치 때문에 재산을 모두 탕진한 것으로도 모자라 은행에 큰 빚을 지고 있다는 사실을 이미 알고 있었기 때문이다. 니코가 유럽 지역 영업본부장의 승인을 받아 변호사와 소송 비용을 지원한 덕분에 법원으로부터 파산선고를 받고 채무 변제의 올무로부터 해방된 마르코스는 자신의 일탈을 뉘우쳤다. 하지만 그의 행동을 도저히 용서할 수 없었던 영업본부장은 그를 해고하라고 니코에게 지시했을 뿐만 아니라, 마카로니 프로젝트의 성공을 자축하기 위한 자리에 마르코스를 초대했다는 이야기를 듣자 참석을 취소했던 것이다—때문에 조만간 회사를 그만둘 계획이라고 알려졌기 때문이다. 하지만 마르코스는 스페인 사람 특유의 쾌활함으로 참석자들을 유쾌하게 만들었다. 그의 농담에 따르면 피렌체 공장이 문을 닫게 된 까닭은 무솔리니의 저주 때문인데, 하루 삼 리터의 우유와 과일만을 먹던 리코타의 독재자는 파스타가 이탈리아 국민을 게으르고 유약하게 만드는 음식이라고 단정하고 그것을 이탈리아 식단에서 없애기 위해 밀과 토마토 생산을 줄이고 젖소 사육을 늘리는 정책을 폈단다. 심지어 요리책을 검열하면서까지 새로운 이탈리아 식단을 만들어내려고 노력했는데, 자신보다 마카로니를 더 좋아했던 애인 때문에 끝내 뜻을 이루지 못하자 마카로니와 연관된 모든 것들에게 저주를 걸었다고, 마르코스는 비아냥거리는 듯한 말투로 말했다. 자신의 이야기를 정확히 알아듣지 못한 동료들을 위해서, 파스타라는 단어가 전 세계적으로 통용되기 전까지 이탈리아 사람들은 밀가루 음식을 총칭하여 마카로니라고 불렀다고 덧붙였다. 물론 그의 친절한 부연 설명에도 불구하고 두어 명의 팀장들은 마카로니 프로젝트가 리코타 독재자의 실패를 반복하는 행위에 불과하다고 비난하려는 마르코스의 의도를 끝까지 알아차리지 못했다.

4. 두려움

반면 파비오는 끝내 환영받지 못했다. 그는 식사시간 내내 아무 말도 하지 않은 채 조용히 동료들의 시시껄렁한 이야기들을 듣기만 했는데, 정작 중요한 이야기는 자기들끼리 귓속말로 수군거렸기 때문에 거의 듣지 못했다. 사실 그는 약속시간 한 시간 전까지만 하더라도 그곳에 나타나지 않을 작정이었다. 하지만 막시모의 근황이 너무 궁금해서 결국 마음을 돌리고 말았다. 살아온 날보다 살아갈 날이 분명히 적을 그에게 불명예나 오해 따윈 전혀 문제가 되지 않았다. 병든 아내는 일이 년을 못 버틸 것이고, 볼로냐의 대학생인 외아들은 자신의 앞가림을 스스로 해야 할 나이가 지났으므로 욕심부리지 않는다면 연금만으로도 여생을 버텨낼 수 있을 것이었다. 다만 막시모를 만나서 직접 건네주고 싶은 게 있었다.

그것은 자신이 젊어서 처음으로 용접 일을 시작할 때 자신의 선배가 직접 만들어주었던 만능 게이지였다. 그것 하나만 있으면 길이와 각도는 물론이거니와 틈새와 깊이, 피치와 곡률까지 모두 측정할 수 있었다. 이십육 년 동안 사용했지만 고장나거나 눈금이 닳지 않았을 만큼 튼튼하게 만들어져서 막시모가 잘 관리한다면 은퇴할 때까지도 사용할 수 있을 것이라고 파비오는 생각했다. 피렌체 공장이 그렇게 허무하게 폐쇄되고 직원들이 그렇게 빨리 해고될 수 있으며 공무원이나 정치인들이 그토록 무능하다는 사실을 미리 인지하고 있었더라면, 근속 이십오 년을 기념하여 회사가 그에게 감사패를 준비하고 있을 때 파비오도 막시모의 미래를 위해 뭔가 준비했을 것이다. 갑작스런 해고는 그에게 많은 시간을 주었지만 용접 공구를 만질 수 있는 기회를 얻지 못했기 때문에 결국 파비오는 자신의 유골과도 같은 게이지를 내놓기로 결심했다. 한 젊은이를 격려하는 일이 자신의 무덤에 부장품을 채워넣는 것보다 훨씬 가치 있었다. 그리고 그런 행동은 상징적으로나마 인간을 영원히 굴복시킬 수 있는 것은 고통이 아니라 희망이며, 연대의 전통 때문에라도 인간은 결코 소멸하지 않는다는 메시지를 전달할 수도 있을 것 같았다. 거창하지 않게 말한다면, 막시모에게 공구 조합의 희망을 끝까지 포기하지 말라고 주문하기 위해서라도 파비오는 그걸 전달하고 싶었던 것이다. 그 목적을 이룰 수만 있다면야 이탈리아 식당에서 자신을 기다리고 있을 모욕과 비난

따윈 아무래도 괜찮았다. 파비오는 식사시간 내내 주머니 속의 게이지를 만지작거리면서 막시모를 기다렸으나 끝내 그는 나타나지 않았고 그건 불길한 징조가 분명했다. 자신이 주문한 파스타에는 손도 대지 않은 채 그라파 한 잔만으로 저녁식사를 마친 파비오는 자신의 유골을 무기 박물관 같은 곳에 전시하느니 차라리 녹여서 포크나 스푼으로 만드는 게 더 인도적이라고 생각했다.

5. 놀람

한때 피렌체 공장의 생산팀장이었으나 이제는 유럽 지역 영업 본부의 공급망관리팀을 맡게 된 드니는 다음날 아침 출근하여 커피를 마시다가 유럽 지역 영업본부장으로부터 호출을 받았다. 유럽 지역 영업본부의 인사팀장으로 승진한 니코가 본부장과 함께 그를 기다리고 있었다. 본부장은 논쟁을 좋아하는 프랑스인 특유의 대화법에 말려들지 않기 위해 자신은 십 분 뒤 다른 회의에 참석해야 하기 때문에 변죽을 울릴 시간은 없다고 명토부터 박았다. 그러고는 자신이 사무실을 비운 뒤에도 그곳에 남아서 인사팀장과 향후 계획을 이야기하라고 지시했다. 프랑스인 특유의 예민함으로 드니는 본부장이 말하려는 주제의 중요성과 은밀한 성격을 단숨에 간파했다. 그런 상황에선 최대한 말을 아끼되 다양한 표정이나 몸짓으로 상대의 주의를 끌어서 결국엔 조급해진 상대가 먼저 중요 사항들을 명확하게 짚어줄 때까지 대화의 속도를 최대한 늦추는 게 최선이라는 것쯤은 잘 알고 있었다. 그래서 본부장이 피렌체 공장을 대체하여 제품을 생산해줄 업체를 밀라노 부근에서 찾아보라고 말했을 때, 드니는 적어도 스무 개의 질문들이 한꺼번에 자신의 입속에서 꿈틀거리는 걸 느꼈지만 간신히 억제했다. 평소와는 달리 곧바로 이유를 묻지 않는 드니의 반응이 오히려 이상했는지 본부장은 니코의 얼굴을 한참 들여다보았는데, 마치 드니가 자신의 메시지를 제대로 이해할 수 있을 만큼 영어를 능숙하게 사용하는지 묻는 것 같았다. 니코는 두 사람의 얼굴을 번갈아 쳐다보는 것으로써 본부장에게 화답했다. 본부장이 사무실을 나서자 비로소 드니는 크게 숨을 내쉬었고 니코는 그것이 무슨 뜻인지 정확히 이해했다. 그래서 아주 편안하고 선한 미소를 지어 보이면서 자신은 드니의 연쇄적인 질문에 대답할 준비가 되어 있음을 알렸다. 그러고는 본부장이 미처 말하지 않은 배경을 설명하기 시작했다. 피렌체 공장 폐쇄 이후 제품의 공급 기간이 두 배로 늘어난 반면 품질은 크게 떨어진데다가, 첨단 무기들이 보병들 사이의 전투 횟수를 크게 줄인 결과로 작은 전쟁터를 두고 다양한 국적의 무기 공급업체들이 치열하게 경쟁하게 되면서 중앙아시아나 중동의 주요 고객들의 불만이 더욱 커지고 있다는 것이었다. 그래서 회사는 제품을 신속하고 안정적으로 공급하면서도 생산 비용을 절감할 수 있는 방법을 서둘러 검토하지 않으면 안 되었다. 드니는 자신의 입안에서 가장 격렬하게 꿈틀거리는 질문부터 꺼내었다.

"이런 이야기는 토머스에게 해야 할 것 같은데, 왜 날 부른 거지?"

적정한 협력업체를 발굴하고 납품 가격뿐만 아니라 생산 능력이나 품질관리 능력 등을 다각도로 평가하여 최종 계약까지 맺는 업무는 당연히 구매팀장의 몫이었다. 니코는 토머스가 자재 업무를 맡게 될 것이기 때문에 본부장은 자신이 가장 신임하는 인물에게 이 중요한 역할을 맡기려 하는 것이라고 답변했다. 그 말을 듣는 순간 드니의 입속에서 꿈틀거리던 질문들이 모두 설탕처럼 녹아 흔적도 없이 사라졌다.

"여러 번 말하지만, 눈앞의 적은 이익을 차지하기 위해 제품의 가격을 할인해주거나 싼 부품으로 대체하기보다는 갈수록 광포해지는 범죄자들로부터 자신과 가족의 신변을 스스로 보호할 수 있게 유럽 의회가 새로운 법안을 통과시키도록 지원하는 것이 우리 사업의 최고의 전략이자 유일한 방법이라네."

현재는 석유와 코란과 유태인과 마약과 미국을 둘러싼 갈등이 무기의 수요를 끊임없이 만들어내고 있지만, 석유는 조만간 고갈될 것이고, 코란을 비롯한 성서는 결국 무신론자에 의해 불태워질 것이며, 유태인을 비롯한 인종은 포르노와 의학의 발전으로 희석될 것이고, 미국을 비롯한 모든 국가들은 개인에 대한 통제력을 점점 잃어갈 것이므로 가까운 미래에도 여전히 인간에게 무기를 쥐여줄 수 있는 목적과 상대를 찾아야 하는데, 주위에 만연한 범죄에 대한 공포심과 타인에 대한 열등감, 그리고 세대를 거듭할수록 더욱 커져가는 빈부 격차야말로 무기 사업을 유지시킬 동력이라고. 니코는 드니의 따분한 표정을 짐짓 모른 체하면서 장광설을 늘어놓았다.

"그 역할을 하려면 제품과 사업 환경을 두루두루 잘 아는 사람들의 도움이 필요할 거야. 물론 전적으로 신뢰할 수 있는 자들이어야겠지. 피렌체 공장에서 오랫동안 일했던 직원들 중에서 두어 명 정도는 찾아낼 수 있지 않을까? 물론 시작은 빠르면 빠를수록 좋다네."

니코의 말이 끝나기도 전에 드니는 머릿속에 보관해놓은 두터운 사진첩을 급히 훑었다. 자신의 지시에 따라 동료들의 동요를 막고 회사의 자산을 끝까지 지켜낸 자들의 얼굴이 보이는가 하면 자신의 기대를 배반한 채 수일 동안 이어진 파업을 주도했다가 끝내 해고된 자들의 그것도 스쳐갔다. 마음 같아서는 자신에게 끝까지 호의적이었던 자들 중에서만 후보자를 골라야겠지만 새롭게 맡은 임무에 전혀 도움이 되지 못할 만큼 무능한 자들도 섞여 있었기 때문에 드니의 고민은 깊어질 수밖에 없었다.

6. 혐오

니코는 습관적으로 담배에 불을 붙였다가 동료들의 놀라는 표정으로부터 그곳이 사무실 안이라는 사실을 깨닫고 불씨를 급히 껐는데, 불씨를 비벼 끈 곳이 재떨이가 아니라 자신이 살펴보고 있던 보고서였다는 사실로 동료들을 더욱 놀라게 만들고 말았다. 니코는 자신의 귓가에서만 울리는 화재경보에 사무실을 급히 빠져나갔다. 하지만 사무실 밖에도 마땅히 수치심을 피할 곳은 없었다. 오히려 더 많은 직원들을 유리창 앞으로 불러들이는 꼴이 되고 말았다. 그래서 그는 지하 주차장으로 내려가 자신의 승용차 안으로 숨었다. 라디오의 볼륨을 키우고 시거 잭이 달아오르길 기다리면서 담배 필터를 혀로 핥았다. 더욱 절망적인 상황에 내몰리기 전에 스스로 결단을 내려야 했다. 업무를 바꾸든지 회사를 옮기든지, 그것이 여의치 않다면 적어도 정신과 치료라도 받아야 했다. 대학에서 화학공학을 전공한 자신을 인사팀으로 입문시킨 전 직장의 인사팀장이 한없이 원망스러웠다. 인사팀으로의 입사를 제안받았을 때, 니코는 새로운 업무에 두려움을 갖긴 했으나 인간을 다루는 일이야말로 샐러리맨으로서 할 수 있는 가장 가치 있는 업무라는 말에 매혹당했다. 인간의 육체와 정신을 효과적으로 착취할 수 있는 방법을 발명하려는 게 아니라, 그동안 비인간적인 목적 때문에 거부당한 가치를 회복하는 데 기여하겠다는 포부를 지닌 채 그는 인사팀으로 입사했다. 하지만 현실은 기대와 확연히 달랐다. 인사팀의 중요 업무, 즉 직원들을 진급시키거나 이동시키고 연봉을 인상하고 보너스를 지불하며 해고하는 일련의 업무는 모두 은밀한 곳에서 수행되어야 하기 때문에 인사팀 직원들은 다른 직원들과 철저하게 격리되었다. 그래서 그들은 자신들이 서로 다른 두 개의 회사를 운영하고 있다는 생각에 쉽게 빠져들었다. 자신들에게 경원의 시선을 보내는 동료들을 설비나 재료와 함께 생산의 중요한 요소 정도로 간주했고, 회사의 이름을 빌려 그들 위에 군림하는 걸 즐겼다. 괴물로 변하고 있다는 자괴감을 견뎌내지 못하여 니코는 그 회사를 그만두었으나 화학공학과 관련된 경력이 미천한 그를 엔지니어로 받아줄 회사는 없었다. 반면 인사팀에서 근무한 경력은 어디서나 환영받았는데 많은 회사들이 부진한 매출과 시장점유율을 극복하는 방법으로 구조조정을 선호했기 때문이다. 고민 끝에 니코는 무기를 생산하는 회사의 인사팀을 선택했다. 무기가 평화를 지키는 유일한 방법이라는 논리에 동의한 건 결코 아니었고, 다만 매출과 시장점유율을 늘리기 위해 비인간적인 방법도 서슴지 않고 활용하는 무한 경쟁의 사회에서 국가로부터 독점적 지위를 보장받는 무기 사업만큼은 그나마 인간적인 가치를 보존하고 있을 것이라고 판단했다. 자동차의 속도가 느려야 실내의 승객과 창밖의 풍경이 자세히 보이듯, 사업 환경의 변화가 느려야 구성원들을 자세히 관찰할 수 있을 뿐만 아니라 그들의 역량과 관심에 따라 적확한 업무에 배치할 수 있을 것이기 때문이었다. 그의 기대가 완전히 틀린 것만은 아니어서 입사 후 한동안 회사의 방만한 운영과 직원들의 나태한 태도에 적응할 수 없었다. 그렇다고 피렌체 공장이 그토록 허망하게 문을 닫게 되리라고는 그 역시 상상하지 못했다. 그리고 직원들을 해고하면서 그는 결코 두 번 다시 반복해서 배우고 싶지 않은 교훈들을 얻었다. 인간에 대한 깊은 절망이야말로 역설적이게도 인간이 어떤 절망도 극복할 수 있다는 확고한 논거가 될 수 있었다. 특히 누군가의 시체를 뜯어먹으면서도 여전히 불평하고 있는 자들의 이기심은 니코에게 인간으로서 해야 할 의무들을 극명하게 주입해주었다. 돼지우리의 진창 속에 하루종일 코를 박고 살면서 정신적 순결과 우주적 이상을 갈망하는 건 어불성설이다. 우리 밖으로 나오려면 돼지의 삶과 돼지라는 인식에서부터 해방되는 게 급선무였다. 니코는 담배를 물고 있다는 사실도 잊어버린 채 주머니에서 담뱃갑을 꺼냈다.

7. 분노

전직 구매팀장 토머스는 유럽 지역 영업본부의 자재팀장 자리를 제안받은 뒤로 일이 전혀 손에 잡히지 않았다. 자타가 공인하는 피렌체 공장의 이인자로서 마카로니 프로젝트의 성공에 그 누구보다도 크고 확실한 공헌을 했다고 자부하던 그로서는—가령 그는 본부장을 대신하여 지역 언론사들과 인터뷰를 진행하면서 공장 폐쇄 결정이 지역에 미칠 긍정적인 효과에 대해 논리적으로 설명했고 그 덕분에 성난 여론을 잠재웠다는 평가를 받았다—내심 진급과 더불어 대외적이고 도전적인 직무를 기대했는데, 니코의 제안은 자신의 노력과 공헌을 무시하고 심지어 조롱하기 위한 것으로 간주할 수밖에 없었다. 생산 공장이 아닌 사무실에서 자재팀장이 입출을 챙겨야 할 물건이라면 기껏해야 점심식사용 샌드위치 말고 또 무엇이 있단 말인가. 구매팀장 역할을 유지하면서 마르코스의 후임자가 채용되기 전까지만 잠정적으로 자재팀장을 겸직한다는 니코의 설명을 곧이곧대로 믿을 수 없었지만, 토머스는 초인적인 힘을 발휘하여 평정심을 유지했다. 본부장까지 승인한 제안을 거부할 변명도 딱히 생각나지 않았다. 다행히 대량 해고의 칼날을 피하긴 했으나 새로운 환경에서 살아남으려면 몇 단계의 시험을 추가로 통과해야 한다는 사실쯤은 이미 예상했다. 어제저녁 프랑스 식당에 모여 함께 저녁을 먹으면서 마카로니 프로젝트의 성공을 자축한 자들은—그리고 보니 공장장과 팀장들은 마카로니 프로젝트가 진행되는 동안 의식적으로든 무의식적으로든 마카로니가 포함된 식단을 멀리해왔다—이제 겨우 서넛 남은 직책들을 차지하기 위해 경쟁해야 한다. 어떤 업무라도 부여받을 수 있다면 그렇지 않은 자보다 더 유리한 위치에 올라서게 되는 것은 분명했지만, 사냥철이 끝나면 사냥개를 삶는 게 세상의 인심이다. 이런 상황을 미리 예상하고 회사는 프로젝트에 참여하는 팀장들에게 보안서약서의 서명을 강제하면서 독소 조항을 끼워넣었던 것이리라. 어떤 서류든 간에 서명한 이상 문장의 행간을 꼼꼼하게 읽어야 할 의무가 있다. 주홍 글씨를 문신처럼 새긴 채 경쟁하는 상황에서 상사나 동료들에게 오해를 살 만한 언행은 결코 빛나는 미래를 보장해줄 수 없다는 걸 알지만, 서운함은 어쩔 수 없는 인지상정이었다. 그 모든 결과가 마르코스의 잘못 같았다. 가정 문제 때문에 프로젝트 기간 내내 자신의 역할을 거의 수행하지 못했으면서도 성공 보너스를 거부하지 않고 축하 자리까지 참석한 그의 뻔뻔함이 역겨웠다. 일 미터 칠십 센티미터도 되지 않는 작은 키에 백 킬로그램에 육박하는 몸무게, 마흔 살이 넘은 스페인 남자가 이십대의 러시아 미녀에게 욕정을 품은 것부터가 불행의 시작이었다. 그녀는 파리스의 사과와 같은 존재인데도 우둔한 마르코스는 자신의 여자친구에게 욕정을 품은 자들과 전쟁을 벌이는 대신 자신의 인생을 파괴하는 일에만 몰두하고 있다. 무기를 생산하는 공장을 없애는 데 그녀 역시 일말의 기여를 했을 터이니 반전주의자들에게 그녀는 파리스의 사과가 아니라 오히려 올리브 가지에 비유될 수도 있겠다. 물론 그 미약한 올리브 가지 하나가 얼마나 오랫동안 평화를 유지할 수 있을지는 아무도 모른다. 하지만 우크라이나 출신의 연구개발팀장과 그녀 사이에서 종종 감지되는 긴장감이나, 일요일 두오모 광장에서 우연히 마주친 공장장이 사색이 되어 급히 손을 이끌고 도망친 슬라브 계통 여자의 뒷모습이 미약하기 그지없는 평화를 위협하고 있다는 사실만큼은 분명했다.

8. 혐오

업무상의 성패에 대한 보상과 책임은 현재의 직책과 보고 라인에 따라 분배되는 게 대체로 타당하다. 조직의 임원들이 다른 직원들보다 뛰어난 능력을 지녔거나 매번 눈에 띄는 실적을 달성하기 때문에 높은 연봉과 무소불위의 권한을 제공받는 게 아니라, 그들이 다른 직원들보다 더 가혹한 위험을 감당하고 있기 때문에 더 나은 대접을 받는 것이다. 하지만 내일을 보장받지 못한 처지에 비해 대가는 결코 흡족할 수준이 아니며, 추악한 탐욕의 지령에 의해 이렇게 말하는 것도 아니다. 이렇게 설명하면 어떨까. 모든 인간은 자신에게 죽음이 예정되어 있다는 사실을 잘 알고 있지만 그것이 언제 어떻게 찾아올지 모르기 때문에 나태해지거나 조급해지는 것이고 그 때문에 번번이 중요한 일을 망치거나 아무 일도 선뜻 하려 하지 않는다. 하지만 의사나 점쟁이에 의해 정확하게 죽음이 예견된다면 인생은 그로 인해 오히려 풍요로워질 것이다. 물론 그 상황은 곧 이어질 죽음으로 인해 영원히 정지되겠지만. 임원들이 겪고 있는 상황이 이와 같다. 그들은 높은 연봉과 많은 권한을 부여받기 때문에 표면적으로는 행복해 보이지만 단 한순간의 실수로 모든 걸 한꺼번에 빼앗기기도 한다. 박탈의 과정은 투명하거나 호혜적이지 않다. 그저 내일 아침까지의 삶을 허락받은 사형수처럼 오늘밤 잠시 안도할 따름이다. 그러니 기회를 잡았을 때 굳이 머뭇거리거나 고삐를 늦춰 잡을 하등의 이유가 없다. 아무런 말썽 없이 공장을 닫고 삼백여 명의 직원들을 해고하는 데 성공한 공장장에게 할당된 보너스와 추가 혜택—그는 유럽 지역 영업본부장 밑에서 신규 딜러를 발굴해내고 관리하는 조직의 임원으로 발령받았다—은 결코 만족스럽지 않았다. 굳이 자신이 아니더라도 회사는 피렌체 공장을 폐쇄했겠지만, 자신보다 무능력하거나 존경받지 못하는 자가 공장장의 직위에 있었더라면 공장이 폐쇄된 이후에도 이런저런 사건들로 인해 회사 안팎은 결코 지금처럼 조용할 수 없을 것이라고 그는 확신했다. 최후의 결정을 내리기 전까진 타협과 배려와 차선책이 필요하지만, 결코 물릴 수 없는 최종 결정이 내려지는 순간부턴 원칙과 확신과 전략과 의지만이 존재하며, 어설픈 감상이며 정의감은 상황을 오히려 악화시킨다는 신념에 그는 충실했다. 수술을 집도하는 의사는, 설령 환자가 자신의 어머니이거나 딸이라고 할지언정 인권과 추억을 지닌 인간으로 간주해서는 안 되며 그저 뼈와 살과 피와 오물을 몸속에 지닌 고깃덩어리로 다루어야 한다. 그래야 최선의 결과를 얻어낼 수 있는 것이다. 자신의 엄정하고 냉철한 대응 덕분에 피렌체 공장의 해고자들은 기대보다 훨씬 좋은 조건의 퇴직금을 받게 되었다고 자부한다—모든 직원들과의 퇴직 협상을 마무리지었을 때 그는 회사의 원칙에서 벗어난 조치들을 정식 보고 없이 독단적으로 결정했다는 이유로 본부장으로부터 구두 경고를 받았다—하지만 그들은 자신의 숨은 노고와 배려를 알고 있을까. 그랬더라면 회사를 떠나면서 차마 입에 담을 수도 없는 욕설과 오물을 자신에게 남겨놓지 않았을 것이다. 공장 밖에서 그들을 만난다면 어색해질 수도 있겠지만 법적인 절차가 모두 마무리된 이상 어느 누구도 자신을 위해하진 못할 것이다. 다만 원칙을 어겨가면서까지 마르코스를 너무 많이 배려해준 것만큼은 크게 후회한다. 이 실수는 다음에 더 큰 실수를 막아주는 경보 장치가 될 것이라고 공장장은 자위했다. 최근 자신에게 노골적으로 도발하고 있는 안드레이를 더욱 치밀하게 관찰하고 적절한 조치를 취해야겠다고 다짐했다.

9. 두려움

신변의 위협을 느낀 안드레이는 드니의 도움을 받아 사설 경비업체 대표와 두어 차례 접촉했지만 비싼 이용료를 두고 고민하며 계약을 차일피일 미루다가 결국 취소하고 말았다. 그는 마르코스의 여자친구가 마카로니 프로젝트의 전말에 대해 상세히 알고 있는 것 같은 인상을 여러 번 받았다. 물론 그것은 자신의 잘못이 아니라 마르코스의 잘못이라고 스스로에게 여러 번 변명해보았지만, 자신이 저지른 두어 차례의 실수를 의심하지 않을 수 없었다. 하긴 지금 안드레이를 위협하고 있는 건 마르코스가 아니라 그의 여자친구이다. 그녀의 완벽한 육체와, 육체의 완벽함에 비하면 조롱받아야 마땅한 그녀의 천박한 영혼은 언제라도 폭발하여 주위 사람들을 불구로 만들 수 있는 네이팜탄 같았다. 만약 그녀가 마카로니 프로젝트의 전말에 대해 알고 있다면, 그녀에게 관심을 보였던 남자들 또한 그것을 이미 알아차렸을 가능성이 크다. 그렇다면 비밀은 피렌체 사람들의 귀와 입 속으로 자유롭게 흘러다니다가 해고자들과 그들을 지원해주는 단체에까지 도달했을 것이고, 그 단체에서 명백한 증거와 증인까지 확보한 뒤 법적인 절차를 은밀하게 진행하고 있는지도 모른다. 그들이 이미 자신의 이름을 알고 있을 것이라고 안드레이는 생각했다. 만약 기소장이 완성되기 전에 그들을 찾아가 마카로니 프로젝트와 관련된 자료들을 제공한다면 법적인 책임을 감면받을 수도 있지 않을까. 이탈리아의 감옥에 갇히는 것도 싫지만 우크라이나로 되돌아가는 것은 더욱 두렵다. 삼백여 명의 직원들을 배신하는 것과 여섯 명의 매니저들을 배신하는 것 중 어느 행동이 훗날 자신의 미래에 도움이 될지 명철하게 판단할 순 없다. 하지만 상황이 더 악화되기 전에 탈출구를 마련해야 했다. 그래서 안드레이는 유창한 러시아어로 마르코스 여자친구의 환심을 사서 뇌관을 제거하려고 애썼던 것이다. 연구개발팀장이었던 자신은 피렌체 공장의 팀장들 중에서 공장 폐쇄와 대량 해고를 통해 얻어낼 것이 가장 적은 위치에 있으므로 마카로니 프로젝트에서 거의 아무런 역할도 하지 않았다고 변명하면서, 그 비밀은 그녀가 마르코스에게서 더 많은 프랑스식 안락을 얻어내는 도구로서 유용할 것이라고 귀띔해주려고 했다. 하지만 형편없는 그녀의 이해 능력 때문에 안드레이는 같은 이야기를 여러 번 반복해야 했고 그러다가 주변의 오해를 사고 말았다. 유럽의 어느 남자와도 여자친구를 공유하고 싶지 않은 마르코스의 귀에까지 그것이 흘러들어갔을 수도 있다. 그래서 마르코스는 자신의 인생을 완전히 파괴한 책임을 안드레이에게 덮어씌울 방법을 찾고 있을지도 모른다. 하지만 제 부모의 이름을 걸고 맹세하건대, 그는 육체뿐인 인간을 자연선택의 오류라고 간주하고 있으며, 현재의 아내 이외의 여자를 사랑하고 헌신할 능력을 가지고 태어나지 않았다. 단 한 차례도 마르코스의 여자친구와 섹스나 포옹을 한 적이 없다. 고작 서류나 커피잔을 건네다가 손이 가볍게 닿았고 딱 한 번 술에 취해 어둠과 혼미함 속에서 인도식 키스를 했을 뿐이다. 그러므로 회사와 동료들의 비극 따윈 아랑곳하지 않고 오로지 동료의 여자친구를 빼앗으려는 욕망에만 사로잡혀서 제 주변의 모든 것을 파괴하고 있다는 추악한 풍문은 결코 진실이 아니다. 하지만 이미 그것은 자신이 통제할 수 있는 세상을 벗어나 있었으므로. 집 앞의 모퉁이를 돌다가 갑자기 그것과 정면으로 마주치게 될 것 같아 몹시 두려웠다. 그래서 그는 자신의 주변에 사설 경비원을 배치하여 혹여나 맞닥뜨릴지 모를 불운에 대비하려고 했던 것인데 자칫 자신의 죄를 스스로 고백하는 결과를 초래할 수 있다는 걱정 때문에 끝내 계약을 포기하고 말았다. 자신의 옆에 앉아서 맥주를 함께 마시면서 미래에 대해 이야기할 동료가 그에겐 절실했다. 자신과 마찬가지로 공장 폐쇄와 대량 해고에 따른 논공행상에서 제외된 자라면 더할 나위 없었다. 품질팀장이었던 만치니의 이름이 떠오른 건 지극히 당연했다. 왜냐하면 피렌체 공장의 팀장들 중에서 마카로니 프로젝트가 끝난 뒤에도 마땅한 직위를 얻지 못하여 유럽 지역 영업본부의 회의실에 앉아서 자질구레한 업무를 보고 있는 유일한 자가 그였기 때문이다.

10. 기쁨

동료들의 걱정과는 달리 만치니는 예상치 못한 평화와 여유를 한껏 만끽하고 있었다. 노사협의회에 참석하여 노조 대표들 앞에서 공장을 폐쇄하겠다는 회사의 메시지를 이탈리아어로 통역한 순간부터 마지막으로 떠나는 직원들이 회의실 유리창을 발로 차서 박살 낼 때까지 그가 받은 고통은 가히 살인적이었지만, 거대한 폭풍우를 뚫고 마침내 도착한 대양의 한복판은 페르시아 양탄자 위에 앉아 있는 것보다도 더 부드럽고 고요했다. 동족의 미래를 팔아먹은 파렴치한이라고 비난하던 해고자들은 다른 팀장들과는 달리 공장 폐쇄 이후에도 진급하거나 발령을 받지 못한 채 하찮은 업무를 맡게 된 그를 점차 동정하고 이해하기 시작했다. 만치니의 간곡한 요구에 따라 회사가 그의 진급 발표를 보류하고 있다는 사실을 아는 자들은 극히 소수에 불과했다. 하긴 만치니마저도 회사의 자비로운 조치를 까맣게 잊고 자신의 남루한 현실을 한탄할 정도였으니까. 유럽 지역 영업본부 산하의 어느 공장 어느 생산 라인도 직접 관리하지 않는 품질팀장이 해야 할 일이라곤 완제품의 품질에 대한 고객들의 불만 사항을 본사와 이국의 공장에 전달한 뒤 회신을 기다리는 게 전부였기 때문에, 그는 업무시간 동안 자신의 일정과 업무량을 유연하게 조절할 수 있었다. 그래서 그는 불규칙한 퇴근시간과 저녁식사 이후에도 이어지는 업무 때문에 수년째 미루어왔던 부엌 개조 공사를 시작하는 한편 퇴근 후 아내와 함께 일주일에 두 번씩 요가 학원을 다녔는데, 그런 일련의 활동은 부부생활을 크게 개선시켜주었다—그는 아내의 두번째 임신과 출산을 진지하게 고민했으나, 무능하고 부패한 정치인들이 자신들의 월급을 인상하는 법안을 통과시킨 직후에 마음을 바꾸었다—그래서 만치니는 부엌 개조 공사를 마치는 대로 아내와 함께 요가 전문강사 양성 프로그램에 등록할 계획이고, 내년 여름 인도 뉴델리에서 열리는 국제적 명성의 요가 강좌에도 참석하려 한다. 대화와 타협처럼 모호하고 임시적인 방법으로는 더이상 힘의 균형을 유지할 수 없는 세계를 사는 인간들에게 자신을 통제하고 이웃을 이해하는 방법으로서 요가를 가르치는 것은 분명 의미 있으리라. 그는 한때 자신의 동료였던 사람들을 모아놓고 무료로, 그리고 친근한 이탈리아어로 요가를 가르치고 싶었다. 용서와 속죄를 위해서라도 유연성은 필요할 테니까. 회복된 연대의식은 무거운 닻이 되어 그의 현실이 더이상 흔들리지 않게 만들어주었다. 그래서 가끔은 자신의 긍정적인 변화를 확인하고 놀라기도 했다. 사무실에 출근하자마자 커피를 뽑아 동료들에게 나누어주며 신변 잡담을 늘어놓거나, 개인적인 어려움에 처한 외국인 동료들을 위해 관공서에 전화를 걸어주고 해결책을 함께 찾아주거나, 장애 아동 돕기 바자회의 자원봉사자로서 참여하는 일은 피렌체 공장의 품질팀장 시절에는 결코 시도조차 하지 못했다. 혁혁한 공을 세운 영웅을 제대로 대접하지 않은 회사의 비정한 처우에 공개적으로 반발하기 위해 일부러 그렇게 행동하는 것 같다고 동료들은 수군거렸지만 만치니는 크게 신경쓰지 않았다. 제품의 품질이 아니라 일상의 품질을 확인하고 관리하는 자가 된 것 같아 오히려 자랑스러웠다.

11. 슬픔

예년보다 눈에 띄게 꽃을 덜 매단 사과나무의 가지를 정리하다가 피렌체 공장의 생산팀장이었던 드니로부터 전화를 받은 안토니오는 반가움과 서운함을 동시에 느꼈다. 누군가 자신을 여전히 살아 있는 자로 취급해준다는 사실이 반가웠지만 그가 품질팀장이 아니라는 사실 때문에 서운했다. 보이지 않는 건 잊히는 게 순리겠지만, 한 인간의 영혼에 생겨난 상처는 결코 사라지지 않으며 살갗의 핏자국을 지우는 데에만 수년은 족히 걸린다는 사실만큼은 모든 인간이 기억해야 했다. 드니가 자신에게 전화를 걸어올 수 있었다면 만치니도 그렇게 할 수 있지 않았을까. 안토니오는 자신에게 생각할 말미를 달라고 말하고 전화를 끊었다. 하지만 눈치 빠른 드니는 자신의 반응이 어떤 의미인지 정확하게 파악했을 것이다. 어쩌면 드니는 이미 안토니오의 근황—즉 아들의 빚을 갚고 손자들의 양육비를 보태는 데 퇴직금을 모조리 써버리고, 해고된 지 이 주일 만에 구직 활동에 나섰으나 경력과 나이 때문에 번번이 면접에서 떨어지다가 로베르토의 추천으로 파트타임으로나마 금속노조 사무실에서 서류를 정리하게 되었지만, 이틀 만에 로베르토와 드잡이를 하고 사무실을 뛰쳐나왔다는 사실—을 확인한 뒤에 설령 마피아에게서 돈을 받아오는 일을 부탁한다고 할지라도 거절당하지 않을 것이라는 확신에 차서 전화를 걸었을지도 몰랐다. 안토니오는 드니의 제안이 로베르토가 제시한 의무 조항보다도 훨씬 인간적이고 매력적일 것이라는 사실을 결코 의심하지 않았다. 다만 자신의 결정이 만치니나 그 밖의 동료들을 곤란하게 만드는 걸 원하진 않았기 때문에 즉답을 피한 채 내용과 의도를 확인하려 했던 것이다. 드니는 안토니오와의 통화를 끝내자마자 만치니에게 전화를 걸어 설득을 부탁했을 수도 있었다. 만약 만치니가 전화를 걸어온다면 다짜고짜 서운한 감정을 쏟아부은 다음에 갑자기 고해소 신도의 자리에서 신부의 자리로 옮겨 앉으며, 그의 잘못을 결코 이해할 순 없지만 기꺼이 용서하겠다고 말할 작정이었다. 그런데 왜 자신은 아직까지도 만치니를 증오하지 못하는 것일까. 바닥에 떨어진 도사리 하나를 주워 들고 시디시다 못해 쓰기까지 한 과육을 억지로 삼키면서 안토니오는 자문했다. 수십 년간 무기의 성능을 점검하면서 적을 상정하지 않고선 삶을 인지할 수 없게 되었다. 그리고 언젠가부터 적이 자신과 꼭 닮게 되자 적을 버리는 순간 자신도 함께 버려야 한다는 두려움에 휘둘렸다. 이는 마치 자석의 한쪽 극을 제거하면 반대쪽 극만 순수하게 남겨지는 게 아니라 자석의 성질을 완전히 잃게 되는 이치와 같다. 만치니의 언행과 생각을 온전히 수긍할 수는 없지만, 그것을 자신의 삶에서 제거하는 순간 자신의 삶이 텅 빌 것만 같아 불안한 것이다. 안토니오는 자신이 품질을 보증한 무기가 파괴한 세계와 역사와 인간 위에 그와 완전히 똑같은 세계와 역사와 인간이 세워진다는 사실을 미처 깨닫지 못했다. 해고된 자들과 해고를 간신히 피한 자들 사이엔 아무런 차이도 없었으나 그들이 서로에게 건너가기엔 간극이 너무 컸다. 그것은 결코 만치나나 자신의 잘못이 아니라 로베르토의 주장대로 소비자와 자본가와 정치인과 불공정한 국제 협약이 저지른 죄악일 수도 있었지만, 모두의 책임은 그 누구의 책임도 아니었으니 모두 자신들을 피해자이자 피의자로서 수긍하고 망각하는 방법을 선택하지 않으면 안 되었다.

12. 혐오

안토니오에게 십여 분가량 붙들려 있었던 목덜미를 연신 쓰다듬으면서 로베르토는 도무지 인간을 어떻게 정의해야 할지 모르겠다고 푸념했다. 하지만 인간은 스스로 생각하기 시작하면서 나약해진 것만큼은 분명하다. 나약해진 인간은 오로지 타인과의 연대를 통해서만 그들을 둘러싼 위험에 효과적으로 대처할 수 있는데도, 더 많은 이익과 더 안락한 조건을 편취하려는 욕망에 이성이 마비되어 스스로를 고립시키는 인간이 늘어가고 있다. 실업과 파산과 가난의 대물림이 이어지는 세태에서 노동은 더이상 창조의 원천이 아니며, 노동조합은 더이상 자본가들에게 재갈을 물릴수 없다. 교육조차도 혁명의 무기가 되지 않는다. 오히려 소비가 혁명을 야기한다. 하지만 로베르토는 금속노조 사무실에 앉아서 이런 사실들을 순순히 인정하고 싶진 않았다. 인정하는 순간 자신은 또다시 실직할 위험에 내몰릴 것이기 때문이었다. 그래도 십여 년 전만 하더라도 이렇게까지 한심한 상황은 아니었다. 개인은 조직을 통해서만 제 권리를 실현할 수 있었다. 그래서 열악한 노동환경과 무기력한 동료들의 무언의 절규가 지게차를 운전하여 자재를 옮기던 스물일곱 살의 자신에게 노조 대의원으로서의 역할을 부여할 때 그는 아무런 저항도 하지 않았던 것이다. 그뒤로 이십여 년 동안 묵묵히 헌신하고 희생한 결과 동료들은 더욱 안전한 환경에서 더 나은 복지 조건을 누리게 되었으며 회사의 일방적이고 강압적인 조치에 대항할 논리와 힘까지 얻게 되었다. 하지만 유감스럽게도 동료들은 누군가에게 진정으로 감사하는 방법을 잊어버렸다. 욕심은 늘어나는 반면 만족은 줄어들었다. 그래서 자신들에게 불리하게 작용할 정책이 노사협의회를 통해 합의될 때마다 회사로부터 은밀하게 뇌물을 받고 양심을 팔아치운 노조 대의원들의 부도덕함 때문이라고 서슴지 않고 항의했다. 수년간 이어진 최악의 실적에도 불구하고 회사의 인원 감축 방안을 무력화시킨 공적에 대해서는 아무도 말하지 않았다. 회사의 일방적인 공장 폐쇄 발표에 맞서 노조 대표들이 얼마나 처절하게 저항했으며, 더이상 결정을 번복할 수 없다고 판단한 이후로는 동료들에게 가능한 한 많은 퇴직금을 나누어주기 위해 얼마나 진지하고도 비굴

한 자세로 회사와 협상을 벌였던가. 파비오와 막시모가 추진한 공구 조합을 반대했던 까닭도 그들의 개별 행동이 자칫 노동조합의 대표성을 미약하게 만들어서 회사가 원하는 대로 노조원들이 두 갈래로 분열되는 결과를 방지하기 위함이었다. 방법이 틀릴 수는 있어도 목적은 결코 틀릴 수 없다. 자신의 냉철함과 실행력 덕분에 공구 조합을 노동조합의 우산 아래 설립할 수 있게 되었다. 성공적으로 공장을 폐쇄하고 직원들을 모두 해고한 공로로 팀장들이나 공장장이 진급한 것과는 달리, 정작 자신은 상위 노동조합의 상임위원 자리를 완곡하게 거절하지 않았던가. 그런데도 대부분의 동료들은 공장을 떠나면서 자신에게 감사의 악수를 청하기는커녕 차마 입에 담을 수 없을 정도로 끔찍한 욕지거리를 퍼부었다. 하지만 그들의 의심과는 달리, 자신은 노조 대의원이라는 직함을 앞세워 동료들보다 더 많은 퇴직금을 챙기지 않았을 뿐만 아니라—노조 안에서의 직위와 권한에 따라 회사는 차등적인 퇴직금을 지불해야 했는데, 노조 활동을 했다는 이유로 회사로부터 부당한 대우를 받지 않도록 규정한 노동법 덕분이었다—동료들의 시체를 헐값에 넘긴 대가로 금속노조 사무실에 취직할 수 있었던 것도 아니었다. 피렌체 공장이 폐쇄된 이상 로베르토는 노조 대의원의 자격으로 금속노조 사무실에 드나들 수 없다고 판단했다. 한 달 정도 아내와 아시아로 여행을 다녀온 다음 피렌체 공장에서 십여 년간 지게차를 운전했던 경력을 살릴 수 있는 직업을 찾아볼 계획이었다. 하지만 자신의 도움 따윈 필요 없을 것처럼 큰소리를 치고 떠났던 동료들에게서 전화가 걸려오기 시작하면서 그는 또 다시 책임감을 느끼지 않을 수 없었다. 그래서 그는 일반 노동조합원의 신분으로 금속노조 사무실을 드나들면서 무기를 만드는 일 이외의 능력이나 경험이 없는 동료들에게 알맞은 직장을 찾아주기 위해 최선을 다했다. 적어도 안토니오에게 멱살을 잡히기 전까지 그랬다. 자신과 대척하던 막시모가 자동차 부품 공장에 취직할 수 있도록 숨어서 도운 자도 로베르토였다. 막시모가 이걸 알게 된다면 그 역시 자신의 목덜미를 잡아채려고 할 게 분명했으므로 그는 이 사실을 철저히 비밀에 부쳤다.

13. 놀람

옛 동료들이 이탈리아 식당에 모인다는 소식을 로베르토로부터 전해 들은 막시모는 참석해야 할지 말아야 할지 고민했다. 여러 통로를 통해 그들의 소식을 가끔씩 듣고 있었지만 얼굴을 맞대고 앉아 직접 근황을 묻고 싶었다. 용서를 구해야 할 일이 있다면 마땅히 용서를 구하고 설명해야 할 일이 있다면 설명해야만 그들에게 남아 있는 앙금을 제거할 수 있을 것 같았다. 특히 공구 조합 설립과 관련해서 일어났던 일련의 사건들에 대한 기억을, 할 수만 있다면 그들과 함께 교정하고 공유하고 싶었다. 로베르토에게 이미 여러 차례 설명한 것처럼 누군가에게서 무엇을 강제로 빼앗으려는 의도로 그 일을 시작한 게 결코 아니라 자신들이 아직 가지고 있지 않은 것들을 함께 만들어내려 했던 것이며, 비록 파비오의 제안에서 시작하여 자신이 주요 계획들을 세우고 행동하긴 했지만 사리사욕에 눈이 멀어 부끄러운 행동을 한 적은 단 한 번도 없었다고 항변하려 했다. 코앞까지 밀어닥친 파국을 일단 피하고 보자는 짧은 생각에 누구와 상의하지도 않은 채 혼자서 공구를 숨긴 행동은 분명 자신의 잘못이었지만, 그것을 파비오의 비밀 공간에 옮겨놓은 건 자신이 아니었으며, 파비오도 아닐 것이라고 그들 앞에서 직접 설명할 수 있길 기대했다. 그렇다고 의심이 가는 자들의 이름을 들먹이며 다시 갈등을 일으키고 싶지도 않았고, 그 사건이 일어난 뒤로 지금까지 자신은 파비오를 만나지 않았다는 사실까지 고백할 생각도 없었다. 자동차 부품 공장에서 용접 일을 다시 시작하게 되었지만, 자동차를 구매하는 고객들의 목적과 성격은 무기를 구매하는 자들의 그것들과는 전혀 달라서 이에 맞는 용접 방법을 새로 배워야 했다. 두번째 직장에서마저 실패하고 싶지 않았기 때문에 그는 마치 노인으로 태어난 갓난아이처럼 필사적으로 버둥거렸다. 파비오의 조언과 도움이 절실해지는 순간이 많았으나 그때마다 혀를 깨물었다. 스승을 넘어서려면 그를 죽여야 한다. 그 대신 스승을 뛰어넘어 그의 가르침을 발전시켜야 할 의무가 제자에게 있으며 그것이 스승에게 감사를 전달하는 유일한 방법이다. 제자의 실패는 곧 스승의 실패로 이어지는 게 아니겠는가. 어쩌면 피렌체 공장이 닫히기 직전에 파비오가 자취를 감춘 까닭도 그런 메시지를 자신에게 전달하기 위함인지도 모르겠다. 그래서 막시모는 이번이 파비오를 만날 수 있는 마지막 기회가 될지라도 이탈리아 식당에 찾아가지 않기로 마음먹었던 것인데, 이성과 감정이 서로 다른 방향으로 내달리려고 어찌나 필사적으로 버둥거리는지 그는 자신이 둘로 나뉘는 듯한 전율을 여러 번 경험했다. 그때마다 자신의 인생이 여전히 파비오의 영향 아래에서만 작동한다는 생각에 고통받았다. 파비오와 짧지만 강렬하게 작별 인사를 나누는 것만으로도 영원한 자유를 얻을 수 있으리라는 기대 때문에 막시모는 언제부턴가 걸을 때마다 주위를 두리번거리기 시작했다. 파비오의 뒷모습을 닮은 사람들은 주변에 널려 있었지만 막시모가 달려가 소매를 붙들고 앞모습을 확인할 때마다 매번 그가 아니었다. 파비오가 변신술을 쓸 수도 있고, 모든 사람이 파비오의 일부를 닮아 있을 수도 있었다. 그렇다면 자신을 도울 수 있는 건 파비오가 아니라 파비오를 닮은 모두이고, 자신이 감사를 표시해야 할 사람도 파비오를 닮은 모두였다. 이로써 막시모가 두번째 직장에서 실패해서는 안 되는 이유는 더욱 분명해졌다. 자신의 성공이 파비오를 닮은 모두에게 긍정적으로 작용할 것이므로 자신을 위해서라도 모두를 도와야 한다는 논리가 성립했다. 이런 확신 덕분에 그는 더이상 주위를 두리번거리면서 파비오를 찾지 않을 수 있게 되었고 누군가의 소매를 붙들지도 않았다. 그래서 두오모 광장에서 에스프레소 풍미가 으뜸이라고 알려진 카페 앞을 지나다가 카롤리나에게 소매를 붙들렸을 때, 마침내 파비오가 자신을 발견하고 다가왔다는 착각에 빠져들어 화들짝 놀라지 않을 수 없었다.

14. 기쁨

카롤리나는 자신이 기억하는 마지막 모습에 비해 훨씬 말쑥해진 막시모를 두오모 광장에서 발견하고 기뻤다. 며칠 전 이탈리아 식당에서 만나지 못해 아쉬웠는데 이렇게 만날 인연이었던 모양이라고 생각했다. 남자로서의 성적 매력은 충분하지 못했지만 이탈리아 남자답지 않은 순수하고 수줍은 언행들 때문에 그는 피렌체 공장의 여자 직원들 사이에서 인기가 꽤나 높았다―그는 적어도 여자 화장실의 잡담을 지배하는 귀족들 중 한 명이었다―공장이 폐쇄되기 직전까지 공구 조합을 설립하기 위해 혼자서 분투하던 모습에 카롤리나는 깊은 감동을 받았지만 자칫 회사나 노조의 눈총을 받게 될까봐 두려워 공개적인 지지를 보낼 순 없었다. 더욱이 그녀는 자신이 지니고 있는 치명적인 약점―마카로니 프로젝트에 대한 전말을 동료들에게 알리지 않는 대가로 회사로부터 특별한 대우를 받았다는 사실—때문에 회사의 감시를 받고 있어서 운신의 폭이 제한되었다. 모든 직원들과의 퇴직 면담에 빠지지 않고 참석하여 인사팀장의 이야기를 정확하게 통역하고 직원들의 고충과 요구 사항을 세세하게 기록하여 약속한 날짜까지 회신하는 것으로 자신이 지은 죄의 절반 정도를 덜어낼 수 있을 것이라고 기대했지만, 자신의 표정을 들여다보면서 부당함을 호소하는 동료들과 눈이 마주칠 때마다 고해소 신부로부터 거짓 없는 고백을 추궁받는 것 같아 고통스러웠다. 공장이 폐쇄되고 모든 직원들이 해고된 뒤에도 계속된 불면증과 악몽을 없애기 위해 그녀는 한 달 넘게 수면제와 신경안정제, 그리고 위장약을 복용해야했다. 스위스 여행으로 잠시 안정을 되찾기도 했지만 피렌체에서지속되어야 하는 삶은 작은 충격에도 단숨에 파괴될 만큼 위태로웠다. 정신적 문제를 해결하는 가장 좋은 방법은 노천카페에 앉아주기적으로 햇볕을 쬐는 것과 친구들과 수시로 흉금을 터놓고 이야기를 나누는 것이라는 의사의 처방에 따라 그녀는 시간이 허락할 때마다 두오모 성당 부근으로 나왔다—처음엔 스카프와 마스크로 정체를 숨긴 채 몸을 웅크리고 응달쪽으로만 걸었으나 피렌체가 자신의 상상보다 훨씬 넓은데다가 그곳에 사는 시민들의 숫자도 많다는 생각이 들자 무장을 해제하고 양달쪽으로 걷기 시작했다—아무런 약속이 없는 날에도 그녀는 누군가와의 우연한 만남을 기대하면서 그곳을 거닐었다. 그런 그녀에게는 어느 공간보다는 어느 시간 속을 거닐었다는 표현이 더 어울렸다. 왜냐하면 그녀는 행인 중에서 낯익은 사람들을 발견할 때마다 그들의 정체를 밝혀내기 위해 걸음을 멈추고 허공에 시선을 고정시키면서 마치 어딘가에 새겨져 있는 기록을 뒤지듯 인상을 찌푸렸기 때문이다. 그러는 사이 상대는 흔적도 없이 사라지기 일쑤였는데 마치 신기루처럼 먼 시간으로부터 반사되어 잠시 허공에 드러났다가 녹아내렸을 수도 있었다. 발걸음을 멈추기에 앞서 소매부터 붙들지 않은 걸 그녀는 늘 후회했다. 그러다가 멀리서 막시모가 다가오고 있는 것을 발견하고는 마치 자신이 아무런 연락도 없이 약속 장소에 너무 늦게 나타나는 바람에 그가 실망하여 자리를 뜨고 있다는 듯이 신기루가 사라지는 속도보다도 더 빨리 달려 그의 소매를 붙들었던 것이다. 그가 새로운 직장에 취직한 이상 피렌체 공장과 관련된 기억들을 떠올린다고 해도 서로의 상처를 헤집는 일이 될 것 같진 않았다. 그래서 그녀는 막시모를 끌고 카페 안으로 들어갔다. 햇볕이 들지 않는 자리에 앉자마자—신기루가 사라질 것 같아서 일부러 그런 자리를 선택했다—카롤리나는 막시모의 의사 따윈 묻지도 않은 채 카페 소스페소 두 잔을 주문했다. 카페의 입구 어디에도 손님들이 미리 맡겨놓은 커피의 숫자가 표시되어 있지 않았으나 카페 주인은 아무 말 없이 에스프레소 두 잔을 들고 왔다. 막시모의 질문에 카롤리나는 단숨에 한 잔을 마시면서 이 카페에서는 매일 평균 대여섯 잔의 카페 소스페소가 준비되기 때문에 설령 오늘 단 한 잔의 카페 소스페소도 맡겨지지 않았더라도 내일 예정된 것을 미리 마실 수 있다고 설명했다. 그렇다고 해서 카페 주인이 이런 호의를 가난한 손님들 모두에게 베푸는 것은 아니며, 피렌체 공장의 노동자들이 부당하게 해고된 뒤로 실업의 고통을 겪고 있다는 사실을 모든 피렌체 시민들이 잘 알고 있기 때문에 우리가 두오모 광장 부근의 어느 카페에 들어가더라도 카페 소스페소를 주문해서 마실 자격을 의심받지 않는 것이라고 카롤리나는 덧붙였다. 그러고는 여전히 안절부절못하는 막시모 앞에서 자신이 어제 꾸었던 꿈과 최근에 전해 들은 동료들의 근황에 대해 두서없이 이야기했다. 하지만 죄책감 때문에 막시모가 자신의 이야기에 집중하지 못한다는 사실을 깨닫고는 그 카페를 드나든 이후 처음으로 카페 소스페소 두 잔을 계산하면서 마카로니 프로젝트 때문에 피해를 입은 자들에게만 제공해달라고 카페 주인에게 부탁했다. 막시모는 피렌체 공장의 해고자들 중 카롤리나에게서 마카로니 프로젝트라는 단어를 전해 들은 최초의 인물이었지만, 아무런 반응도 보이지 않았다.

0장 결정

세상의 모든 재화를 정확히 일대일로 교환할 수 없는 이상, 그리고 그러한 거래가 모든 사람들의 욕망을 완벽하게 충족시켜줄 수 없는 이상 어떤 사업도 결코 호혜적이고 공정한 원칙에만 의거하여 유지될 수 없다. 낮은 곳에서 높은 곳으로, 부족한 곳에서 넉넉한 곳으로 잠시도 쉬지 않고 물을 흘려 보내야 하는 게 사업이다. 그러니 어떤 사업이든지 저절로 이뤄지는 건 단 하나도 없으며 움직이지 않고 제자리를 지킬 수 있는 방법 역시 만무하다.

사업의 성공을 결정하는 건 상품이 아니라 시장이다. 상품을 사고파는 시장을 유지하고 확대하는 것이 사업의 시작이자 끝이고 전부이다. 수요가 공급을 만드는 시대는 이미 오래전에 끝이 났고, 공급이 수요를 창출하는 시대다. 이런 시대에 상품 자체는 더 이상 중요하지 않으며 심지어 어떤 상품조차 거래되지 않더라도 시장은 엄연히 존립한다. 소비자들이 생산자들을 불러모으는 게 아니라 생산자들이 소비자들을 끊임없이 만들어낸다. 그렇다고 상대의 소비자들을 빼앗기 위해 생산자들끼리 필사적으로 경쟁하진 않는다. 간단한 이산수학을 빌려 설명하자면, 생산자들은 각각 우위를 내세우고 있는 차집합의 범위를 늘리는 것보다 경쟁자들과 함께 제어할 수 있는 교집합의 크기를 늘리는 방법으로 사업을 성공시킨다. 잠재적 소비자—수학으로 말하자면 여집합—를 발굴해내는 것도 생산자들 전체의 공통 의무이다. 생산자들에게는 이미 오래전부터 상식처럼 알려져 있는 이 사실을 정작 소비자들이 제대로 인지하지 못하는 까닭은, 왕의 지위에서 모든 상거래를 주도하고 있다고 믿게 만든 생산자들의 은밀한 전략에 그들이 완벽하게 제압당했기 때문이다. 소비자들은 자신의 소비 행위가 사회와 이웃에 어떤 영향을 미치는지 굳이 알고 있어야 할 이유가 없다. 그저 정당한 노동을 통해 획득한 재화를 적절하게 소비하는 것이 사회에 긍정적인 영향을 미칠 수 있다는 믿음만으로 자신의 행위는 정당화된다. 자신의 소비 행위가 비무장한 채 어둠 저편에서 있는 시민들을 향해 소총의 방아쇠를 당기는 일이라고 상상하는 것은 너무 끔찍하다. 일단 총신을 빠져나간 탄환은 설령 자신의 행동이 미칠 영향을 뒤늦게 깨닫는다고 하더라도 원인과 결과를 각각 고정시킨다. 심지어 그 탄환은 몇 번의 굴절을 거쳐 자신에게 날아오기도 하지만 상황은 전혀 달라지지 않는다. 자신이 방아쇠를 당긴 이상 전적으로 자신에게 책임이 있다는 결정론적 세계관에 함몰되는 것이다. 그 집단적이고도 무의식적인 함몰과정에서 발생한 엄청난 이익은 고스란히 생산자들에게 축적된다. 하지만 생산자들은 결코 만족스런 표정을 드러내는 법이 없으며, 고급 쿠바산 시가와 프랑스산 와인과 항공기 일등석을 즐기면서도 항상 비관론적 세계관을 피력하고 불안감을 유포시킨다. 모호하고 복잡한 미래를 예측할 목적으로 더욱 모호하고 복잡한 이론들과 지표들을 만들어내고 이를 근거로 시장의 어두운 면을 강조하면서 노동자들을 해고하거나 사업을 정리하는 것이다―생산자들은 노동자들을 해고하면서도 소비자들의 권리를 강조하는 이율배반적 태도를 취한다. 노동자와 소비자를 철저하게 분리하는 것이다―시장이 살아남는 한 생산자들은 재산과 권력을 유지할 수 있는 반면 소비자들은 구매력을 잃고 끊임없이 대체된다. 나중에 소비자들은 재화를 정당하게 소비하는 주체가 아니라 시장을 유지시키기 위해 동원되는 객체로서만 인정받게 될지도 모른다.

무기 사업의 유지와 성장에는 종교나 이데올로기, 인종, 국경, 역사, 환경과 같은 거창한 관념들이 기여한다. 하지만 소비자들의 관심 사항에는 평화나 정의, 미래, 공존, 호혜의 개념 따위가 거의 포함되어 있지 않다. 평화가 힘의 균형에 의해 유지된다는 주장은 결과를 두고 원인으로 간주하는 궤변에 불과하다. 추악한 탐욕이 결핍 없이 충족되기 전까지 평화와 힘의 균형은 요원할 따름이다. 생산자들은 소비자들 사이에 상존하는 갈등의 요소들을 발견해내고 그것을 과장하고 마찰시켜 적대감을 일으킨다. 적대감은 경쟁심으로 전이되고 폭력에서 죄의식을 거세할 수 있는 모든 논리들이 거대한 기계장치의 톱니바퀴처럼 작동한다. 그러면 제압하려는 자들과 저항하려는 자들 사이에선 자연스럽게 무기에 대한 수요가 생겨나고 더 효과적이고 값싼 무기를 제공할 수 있는 생산자들에게 기회가 찾아오는 것이다. 무기 생산자들은 종교나 이데올로기, 인종, 국경, 역사, 환경과 같은 거창한 관념 따윌 지니고 있지 않지만 시장을 유지하는 불문율만큼은 확실히 존중하고 있어서, 경쟁자들을 파산시킬 만큼의 획기적인 기술이나 가격을 상품에 결코 적용하진 않는다. 오랜 시간에 걸쳐 형성된 호혜관계를 통해 모두 승자의 위치에서 시장을 확대하는 방법이 항상 선택된다. 적어도 냉전이 진행되고 재래식 무기의 생산과 거래를 중지시킨 국제 협약이 통과되기 직전까진 그러했다. 그 이후로 천박한 자유무역 사조가 전 세계를 허리케인처럼 휩쓸면서 무기 사업 시장도 큰 영향을 받지 않을 수 없었는데, 싸구려 생필품이나 만들던 중소기업들이 오로지 캐시 카우Cash Cow를 확보할 목적으로 무기 사업에 앞다투어 뛰어드는 바람에 마치 전자 제품을 거래하는 시장이 겪어야 했던 역사처럼 무기의 성능은 국지전에 필요한 수준 이상으로 크게 향상된 반면—소비자의 요구와는 아무런 상관이 없었다. 어떤 소비자도 그런 성능을 원하지 않았는데도 생산자는 그런 성능을 보완하여 추가한 뒤 소비자가 그 성능에 익숙해지도록 반복해서 훈련시켰다—누구나 크리스마스 시즌에 선물할 수 있을 만큼 가격은 크게 낮아졌다. 값싸고 품질 좋은 제품을 팔아 수익을 내려면 전쟁과 범죄를 끊임없이 유발시키지 않으면 안 되었다.

　미국 오클라호마 주에 위치하고 있는 본사에는 정체불명의 부서와 직원들이 존재한다. 그 부서는 오로지 소수의 최고위 임원들에게만 은밀하게 연결되어 있으며, 그 부서의 직원들은 스스로 근무시간과 장소, 연봉을 선택할 수 있다. 대신 회사를 그만둔 이후에도 수년간 회사의 비밀을 발설하지 않겠다는 보안서약서에 서명해야 한다. 서약을 어길 경우 회사로부터 받은 혜택의 수백 배에 해당하는 위약금을 지불해야 할 뿐만 아니라 자신과 가족들의 안전마저 보장받을 수 없다. 완벽하게 고립된 환경에서 그들이 하루종일 하는 일이란 각국의 역사와 종교, 법률, 사회, 문화, 그리고 주요 인물들을 연구하는 것이다. 그렇다고 정형화된 보고서를 주기적으로 완성하는 것도 아니고, 일 년에 한두 번 회사의 최고위 임원들이 은밀하게 전략을 수립하는 자리에 참석하여 의견을 제시하는 역할이 고작이다. 전략의 궁극적 쓸모는 무기 시장을 유지하고 확대하는 데 있다. 때론 광기 어린 전쟁이, 때론 과민한 안보 정책이, 때론 무슬림이나 흑인에 대한 막연한 적대감이, 때론 빈곤한 자들의 분노가 동원되기도 한다. 최근엔 스포츠와 마약을 연구하고 있다. 전쟁과 집단적 폭력을 주기적으로 유발시키기 위해선 우선 도화선으로 활용할 안건들을 발굴해내어 이론적 근거와 역사적 증거들을 확보해야 한다. 그런 다음 비밀 조직을 만들고 대중들을 동원할 수 있는 문제적 인간들을 선택하여 지속적으로 지원하거나 반대로 지속적으로 억압하는 과정이 필요하다. 그들이 굳건한 사상으로 무장을 완료할 때까지 적의 타격을 합법적으로 피할 수 있도록 정당이나 연구소, 또는 감옥이나 망명지를 제공할 수도 있다. 그와는 별도로 친기업적인 언론들과 권력 지향적 학자들을 동원하여 평화로운 시대가 감추고 있는 위선과 위악을 끊임없이 고발하여 계속해서 불안감을 상기시켜야 한다. 민족의식이든 사해 평등주의든, 또는 종교적 배타주의 따위를 고취시키되 패배의식으로부터는 명확하게 경계를 그어주어 소비자들 스스로 선대의 오류를 교정하고 후대를 위해 새로운 역사를 만들어가고 있다는 착각에 빠져들도록 조장한다. 그러고는 정치적 행동을 시작한 사람들을 리더의 성향에 따라 몇 개의 집단으로 나누고 각 집단마다 적으로 삼을 만한 상대를 지정하게 한 뒤 처절한 경쟁을 통해 집단을 통합하거나 파괴하게 하면서 전쟁을 수행할 최종 대진표를 완성한다. 한쪽 집단의 크기가 너무 작거나 영향력이 무시할 정도여서 단독으로 전쟁을 수행하기 어렵다고 판단되면 회사가 직접 나서서 인위적으로 조정하기도 하지만, 비록 현재는 집단의 인원수나 영향력이 적더라도 역사적으로 증명된 특유의 저항의식이나 선민의식 덕분에 언제라도 그것들을 확대할 능력이 있다고 판단되면 배후 지원을 유보한 채 상황을 주시한다. 포연에 앞서 피냄새가 먼저 흘러나오면 회사는 전문가들을 은밀하게 두 경쟁 집단에 각각 파견하여 갈등을 폭발시키는 데 필요한 준비를 돕는다. 하지만 정작 전쟁이나 폭동이 시작되는 순간 회사는 비밀 조직을 해체하고 후방으로 철수한 뒤 자신들이 이 상황에 아무런 연관이 없다는 사실을 증명하는 데 세심한 노력을 기울인다. 파괴와 약탈 등으로 자산과 인력을 다소 잃게 되더라도 회사는 즉각적으로 대응하지 않으면서 평화적인 협상을 일관되게 호소한다. 하지만 다른 쪽으로는 무기 생산량을 늘리고 납품 소요시간을 줄일 뿐만 아니라 판매 가격을 높이고 신용장 만기일을 늘린다. 설령 한쪽 집단의 승리가 회사의 존립을 위협할 것이라고 판단되더라도 회사는 일방적으로 한쪽만 지원하여 다른 쪽 집단을 완전하게 파괴하도록 방치하진 않는다. 아궁이 속의 불씨를 완전히 꺼버리면 다시 살리는 데 시간과 노력이 많이 필요하기 때문에 양쪽의 잉걸불이 꺼지지 않도록 적절하게 관리해야 하는 것이다. 또한 무기 판매는 전쟁이나 폭동이 끝난 이후에 훨씬 증가하기 때문에 전쟁을 시작하는 것보다 마무리하는 일이 더 중요하다. 그래야 시장을 안정적으로 유지하고 확대할 수 있다. 양쪽 집단에서 어렵사리 목숨과 재산을 지켜낸 사람들에게 전쟁과 폭동의 비참함을 끊임없이 상기시켜 자신이 살고 있는 시공간에서 언제든지 재발할 수 있는 그것에 상시 대비해야 한다는 데 공감하도록 만든다. 그래서 그들이 안보와 관련된 정책을 강조하는 정치집단에게 찬성표를 던지고 그런 정책과 관련된 회사들의 주식을 사 모을 수 있도록 유도하는 것이다—물론 이때도 회사는 최대 수혜자가 아니라는 사실을 강조한다—만약 최첨단 무기들로 무장하고 있어서 적들의 준동을 사전에 제압할 수 있고, 오랜 전통을 지닌 두 개의 정치집단이 적당한 긴장감을 유지한 채 대치하고 있으며, 국가의 시스템을 관리하는 공무원들이 존경을 받는데다가 위험보다 권태가 필요악으로 간주되어 전쟁이나 폭동이 좀처럼 일어날 수 없는 국가라면, 회사는 전쟁이나 폭동에 버금가는 상황을 조장하여 소비자들을 불안에 빠뜨리기도 한다. 각 종교의 경전은 하나같이 모호하게 기술되어 있기 때문에 양립할 수 없는 문구들을 각각의 경전 속에서 찾아내어 각 종교 집단에게 갈등의 명분으로 제공한다. 인종별 다양한 피부색 또한 수만 권 분량의 부당한 역사를 내포하고 있기 때문에 갈등의 불씨로 사용할 적절한 이야기는 이미 차고 넘친다. 칠흑 같은 밤과 부패한 공무원들이 항상 존재하는 한 가난한 난민들이나 불법 이민자들을 싣고 국경을 넘어오는 교통수단은 단 한 순간도 멈출 리 없다—필요하다면 회사는 항공사나 철도 회사를 새로 설립할 수도 있다—그리고 권태로운 일상을 박살 내줄 불법 상품들도 손만 뻗으면 언제든지 얻어낼 수 있다—필요하다면 회사는 맥주회사나 나이트클럽을 인수하거나 상업 방송사를 만들 수도 있다—그러면 불평등한 생의 조건 때문에, 또는 무절제한 욕망 때문에 소비자들은 서로 부딪치고 혐오하지 않을 수 없는데, 사소한 갈등이 잔혹한 범죄와 테러로 구현될 수 있도록 연료를 충분히 제공해야 한다. 그래야 모든 갈등이 개인적인 성향에서 비롯되는 게 아니라 불합리하고 폭력적인 사회구조에서 발아한다고 소비자들은 믿게 될 것이고, 개인은커녕 국가조차도 쉽게 제어할 수 없는 재앙에 맞서 스스로 무장하지 않으면 안전과 권리를 보장받을 수 없다는 사실에 수긍할 것이다. 선거를 의식한 정부와 의회는 정당방위를 목적으로 총기를 소지하고 사용할 수 있는 법률을 만들어 통과시키려고 할 것인데, 회사는 언론 앞에서 철저하게 중립적 태도를 견지하면서도 정부와 의회를 대상으로 은밀하게 로비 활동을 강화한다. 그렇다고 무기의 성능을 향상시키거나 디자인을 바꾸는 데 많은 인력과 비용을 투자할 필요는 전혀 없다. 설령 백주 대낮의 광장 한가운데에서 익명의 타인이 무작위로 발사한 총탄에 맞아 주변 사람들이 쓰러진다고 하더라도 살아남은 사람들은 그저 죽은 자들의 불운을 잠시 안타까워할 뿐 유대감이나 인류애를 발휘하지 않을 것이기 때문에 굳이 무기의 성능과 편의성을 개선하지 않더라도 죽거나 다칠 사람은 항상 죽거나 다치게 되어 있다. 상품이 만족스럽지 않다면 그저 한 발 더 가까이 다가가서 한 발 더 쏘아대면 그만이다.

　그런데 몇 년 전부터 이런 전략들이 시장에서 제대로 작동하지 않고 있다. 그렇다고 전쟁과 폭동이 일어날 가능성이 줄어든 것은 결코 아니며, 무기 대신 대화를 선택하는 정치 지도자들이 점점 늘어나고 있는 것도 아니다. 끊임없이 일어나는 전쟁과 폭동이 인간의 숫자를 강제적으로 줄인 덕분에 지구가 간신히 인공호흡기를 뗄 수 있게 되었다는 자조 섞인 농담도 흘러다닌다. 과거보다 훨씬 개선된 시장 환경에서 회사의 수익이 매년 줄어들고 있는 이유를 최고위 임원들과 비밀 조직의 직원들은 다섯 가지로 의심한다. 첫째, 회사가 생산해내는 무기의 내구성이 너무 뛰어나서 수십 년 동안 별다른 고장 없이 사용할 수 있기 때문에 소비자들이 두번째 상품의 구매를 미루고 있을 수 있다. 둘째, 시장이 확대되는 속도보다 새로운 생산자들이 시장에 뛰어드는 속도가 더 빠르기 때문에 회사가 할인이나 덤핑과 같은 전통적 방법으로 경쟁력을 회복하려고 하면 할수록 몸안의 독약을 점점 더 넓게 퍼뜨리는 부작용을 일으키고 있을 수도 있다. 셋째, 인종과 종교와 국경과 언어에 대한 구분이 너무 모호해진 나머지 연대해야 할 상대와 파괴해야 할 적을 더이상 구분할 수 없게 되었을 수도 있다. 넷째,

전통적인 무기를 사용하지 않고서도 적들을 완벽하게 제압할 수 있는 방법이 다양해졌을 수도 있다. 목숨을 앗아갈 위험은 도처에 산재해 있으며 그걸 합법적으로 활용할 방법은 무궁무진하다. 게다가 자살률의 가파른 증가 추세에 주목해야 한다. 굴욕감을 주어서 스스로 운명을 결정하게 하는 신종 사형 제도는 더이상 한 국가만의 전통이나 유행이 아니다. 다섯째, 위의 네 가지 이유가 합당하지 않다면, 회사가 근래 급격히 비대해지고 복잡해지면서 효율적으로 운영되지 못하고 있기 때문에 수익성이 줄어드는 것일 수도 있다.

불행하게도 오클라호마 주 본사는, 설령 사업과 시장을 전혀 알지 못하는 사람들조차도 아무런 고민 없이 선택할 수 있을 만큼 쉽고 어리석은 다섯번째 이유를 들어 대대적인 구조조정 작업을 시작했다―다섯번째 이유를 가장 먼저 선택하여 긴급 조치를 취한 다음 나머지 이유들에 대해서 좀더 면밀하게 조사하려 계획했을 수도 있다. 설령 그랬더라도 순서가 잘못되었다. 평소에 사회적 책임과 환원을 고민하고 있던 회사라면 다섯번째 이유를 가장 나중에 선택해야 했다―그것은 가족과 친구들을 향해 총을 쏘고 독가스를 살포하는 행위와 조금도 다르지 않았다. 공격 명령이 상부에서 하달된 것인지 하부에서 제안된 것인지는 전혀 알 수 없었을 뿐만 아니라 그 명령에 따라 누가 움직이고 누가 배제되었는지도 철저하게 비밀에 부쳐져 있었다. 최고 성능의 무기를 최적의 과정으로 생산하고 있는 하급 직원들에겐 회사의 경영에 관여할 수 있는 권한이 전혀 없었는데도 모든 직원들이 영업 부진에 대한 책임을 함께 져야 한다는 방침 아래 정리해야 할 사업과 인원들의 목록이 작성되었다. 만약 모든 직원들이 응당 책임져야 하는 결과라면 투명한 정보 공유와 충분한 협의를 통해서 해고나 공장 폐쇄 대신 다른 방법, 가령 임금 삭감이나 순환 휴직, 생산 감축, 생산성 개선, 분사 등과 같은 방법이 얼마든지 가능했다. 해고와 공장 폐쇄는 모든 직원들이 책임을 나누어 짊어지는 방법이 아니라 오히려 소수의 직원들이 자신의 책임을 회피하고 다른 이에게 전가하는 것에 지나지 않는다. 동료들의 시체를 방패로 세우고 그 뒤에 숨는 것보다 그들과 함께 저항하는 편이 훨씬 많은 생존자들을 전쟁 뒤에도 남길 수 있지 않겠는가. 개인은 손쉽게 규정될 수 있다는 약점 때문에 완벽하게 제거할 수 있을지라도 집단은 규모와 정체를 몇 개의 명확한 단어와 개념으로 규정할 수 없기 때문에 완벽하게 제거할 수 없다. 그런데도 회사는 개인을 희생시키는 방편으로서 구조조정의 뜻을 조금도 굽히지 않았다. 본사는 전 세계에 흩어져 있는 공장들의 최근 수년간 실적과 고질적인 문제점, 향후 개선 전망 등을 조사했다. 그러고는 한 공장이 다른 공장을 대체할 수 있는지 면밀하게 검토했다. 국제 정세와 경제 이론에 밝은 전략가들이 고작 한 달 남짓 논의한 끝에 회사의 최고위 임원들은 중국 공장으로 대체 가능한 피렌체 공장을 올 연말까지 완전히 폐쇄하기로 결정했다. 그 결정이 내려진 다음날 유럽 지역 영업본부장은 오클라호마 주 본사로 은밀하고도 긴급하게 소환되었다.

피렌체 지역의 경제인들과 함께 일본 식당에서 저녁을 먹다가 본사의 전략기획본부장으로부터 전화를 받은 유럽 지역 영업본부장은—늦었지만 지금이라도 그의 이름과 간략한 신상을 공개하고 싶지만, 피렌체 공장을 성공적으로 폐쇄한 공로를 인정받아 유럽 지사장으로 승진하면서 사만여 명의 직원들을 통솔하게 되었을 뿐만 아니라 천문학적 금액의 연봉을 보장받은 그의 실명이 이탈리아어 책 속에 공개되었다는 사실을 회사가 알게 된다면 그는 보안서약서를 위반했다는 이유로 해고되는 동시에 천문학적 위약금을 배상해야 할 위험에 처할 것이다. 그리고 그의 불행은 법적 절차에 따라 이 책의 작가와 출판사에게 고스란히 전가될 것이 분명하다. 비록 작가인 내가 가명 속에 철저히 숨어 있고 출판사 역시 대형 로펌의 변호사와 함께 최악의 시나리오까지 검토한 뒤에 이 책의 출간을 결정했지만, 영업 사원 출신의 유럽 지사장이 수십 년간 구축해온 인맥의 범위와 권력이 모두의 예상을 뛰어넘을 수 있는데다가 만약 그가 비밀을 거래할 자에게 수십만 유로의 사례금을 약속하기라도 한다면, 작가와 출판사 사이의 계약과정이나 책의 편집과 인쇄 과정에 개입했던 사람들의 배신을 막는 건 불가능할 수도 있다. 그렇다고 이 책이 수백만 유로의 소송 비용을 벌어들일 수 있을 것 같지도 않다. 하지만 여기까지 써 내려가느라 삼 년여의 인생을 투자한 이상 원고를 없애고 선량한 피렌체 시민으로 남는 것보다는 차라리 책을 완성한 뒤 공익을 위해 개인의 명예를 훼손한 범죄자가 되는 편이 더 명예로울 수 있으므로, 게다가 용기를 내어 진실을 증언해준 해고자들과의 약속은 그 어떤 보상보다도 더 중요하기 때문에 설령 이 책이 고작 열 명의 독자들을 유혹하는 데 그치더라도 그들의 충분한 이해를 돕기 위해 지금부터라도 유럽 지역 영업본부장의 이름을 앙겔로스라고 명명하겠다. 유럽의 모든 역사와 문화는 고대 그리스에서부터 시작되었다는 명제에 따라 유럽의 다양한 국가 출신의 인물이 등장하는 이 소설에서 그리스인 한 명 정도는 필요하지 않을까 생각했다. 만약 그 회사에 실제로 그런 이름을 가진 직원이 현재까지 근무하고 있거나 오래전에 근무했던 적이 있다면 그와 연관 지어 독해하지 않길 부탁한다—일행들이 식사를 하고 있던 식탁으로 곧바로 돌아가지 않고 식당 밖으로 나와 담배 한 대를 꺼내 물면서 갑작스런 소환의 의도를 곰곰이 따져보았다. 회사 전체의 어려운 사정이야 수년 전부터 익히 들어 잘 알고 있다. 그렇다고 극단적인 조치를 취하기엔 아직 이르다. 올해부터 유럽의 경기가 회복될 것이라는 전망과는 달리 경기 침체의 탈출구는 여전히 드러나지 않아서 현재까지의 영업 실적은 연초의 야심찬 계획에 전혀 근접하지 못하고 있지만, 그로기 상태에 몰린 경쟁사들에 비하면 그나마 선방하고 있다고 자부한다. 일 년 전부터 명확한 숫자로 환산되기 시작한 개선 성과들을 부정할 수 있는 자는 아무도 없었다. 그래서 앙겔로스는 본사의 갑작스런 소환을 긍정적으로 해석하려고 노력했다. 어쩌면 새로운 사업을 모색하고 있는 회사가 이를 진두지휘할 적임자로서 자신을 선택한 것일지도 모른다. 전략기획본부장이 앙겔로스의 본사 출장을 어느 누구에게도, 심지어 앙겔로스가 매일 영업 실적을 보고해야 하는 유럽 지사장에게까지도 알리지 말라고 신신당부했다는 사실도 기대를 부풀렸다. 이 년 전 앙겔로스가 자신의 경쟁자들을 모두 제치고 유럽 지역 영업본부장으로 승진했을 때도 그는 본사의 최고위 임원들로부터 똑같은 행동을 요구받았다. 자신이 동의하기도 전에 일방적으로 항공권과 호텔 예약을 끝내고 통보하는 방식 역시 예전과 같았다. 그래서 앙겔로스는 동석자들에게 적당한 변명을 둘러대고 서둘러 집으로 돌아와 짐을 꾸려야 했다. 그러면서도 혹시라도 최고위 임원들과의 인터뷰 도중에 언급해야 할지도 모를 숫자들을 잠들기 전에 확인해보아야겠다고 생각했다. 하지만 논쟁과 순배가 늘어나는 바람에 그는 자정이 가까워서야 귀가할 수 있었고 새벽까지 이어진 불면의 불쾌함은 세상의 모든 숫자들을 의미 있는 것으로 만드는 반면 자신을 찰나적 현상 정도로 치환해버렸다.

하지만 본사의 전략기획본부장실로 들어갔을 때 그 안에 모여 있던 사람들—사장은 거기 없었다—의 음울하고 경직된 표정으로부터 앙겔로스는 자신의 생각이 얼마나 허황된 것이었는지 즉각 깨달았다. 심지어 함정에 빠진 것 같아 당혹스러워지기까지 했다. 원탁에 둘러앉은 자들은, 현재에서 적절한 비유 대상을 찾자면 법정의 배심원들 같았고, 과거에서 찾자면 콜로세움의 귀족들과 닮아 있었다. 앙겔로스는 현재의 피의자이자 과거의 순교자였다. 간단한 인사를 나누거나 물을 마실 여유도 허락하지 않고 사방으로부터 화살 같은 질문들이 쏟아졌다. 살기로 빛나는 화살촉에 눈이 부셔 앙겔로스는 제대로 고개를 들어 그것이 누구에게서 날아왔는지 인지할 수도 없었다. 그래서 그는 무딘 혀를 허공 속에서 칼처럼 느리게 휘둘렀을 따름이다. 멀리 있는 적은 칼끝에 닿지 않았으나 그들의 형형한 눈빛은 감지할 수 있었다. 하지만 현재보다 더 심각한 수준이었던 시절에도 정상적으로 운영되었던 공장을 그때보다 생산성과 품질이 월등하게 향상된 지금 시점에 굳이 폐쇄하겠다는 결정을 도무지 이해할 수가 없었다. 중국에서 시작된 지진 때문에 이탈리아가 파국을 맞이하는 건 누가 생각해도 부당했다.

"도대체 누가 왜 그런 결정을 내리게 되었는지 친절하게 설명주시겠습니까? 그러면 제가 그분에게 이 결정이 어디서부터 잘못되었는지 구체적인 증거들과 함께 설명드리겠습니다. 제가 노트북

을 켜고 파일을 열 때까지 삼 분 동안만 잠시 기다려주십시오. 그
러면 삼백여 명의 직원들과 천여 명의 가족들을 한꺼번에 살리는
기적을 여러분들이 직접 행하실 수 있습니다."

하지만 그런 중요한 결정에 자신이 연관되어 있다고 자인하는
자는 그곳에 단 한 명도 없었다. 물론 앙겔로스의 항변이 타당하
다고 생각하는 자 역시 단 한 명도 없기는 마찬가지였다. 그 결정
이 공식적인 프로세스를 타고 상부에서 하달된 이상 그곳에 있는
어느 누구에게도 그 결정의 타당성을 검토할 수 있는 권한은 없었
고, 그저 그 결정을 실행할 수 있는 전략과 일정을 만들어야 하는
의무가 모두에게 있었다. 현재의 배심원들이, 또는 과거의 귀족들
이 현재의 피의자, 또는 과거의 순교자에게 기대하는 건 수긍과
복종, 그리고 그것을 구체적으로 증명해 보일 계획뿐이었다. 앙겔
로스가 희생하거나 저항하더라도 그들의 제의祭儀엔 더 많은 숫자
의 희생양들이 필요했다. 회의는 급히 마무리되었고 참석자들은
시체를 보듯 앙겔로스를 혐오스러운 시선으로 힐끔거리면서 자리
를 빠져나갔다. 앙겔로스의 양복 안주머니엔 다음날 자신을 유럽
으로 돌려보내줄 항공권이 들어 있었지만 적어도 사장을 만나 담
판을 짓지 않고선 비행기에 오를 수가 없었다. 그래서 그는 호텔
로 돌아와 양주 반병을 급히 비운 다음 출국 날짜를 사흘 뒤로 미
루고 숙박도 이틀 더 연장했다.

다음날 일찍 본사 사무실로 출근한 앙겔로스는 건물 입구나 복도에서 직원들을 만날 때마다 마치 어제 저녁식사를 함께한 사람처럼 살갑게 인사를 건네고 자신의 신분을 드러내면서 상대의 정체를 파악하기 위해 노력했다. 상대가 피렌체 공장 폐쇄 결정에 조금이라도 연관이 되어 있거나 적어도 그 사실을 어렴풋하게나마 인지하고 있다고 판단되면 앙겔로스는 자신이 기억하고 있는 숫자들을 동원하면서 그 결정의 부당함을 알렸다. 그의 이야기를 듣고 있던 직원들 대부분은 손사래를 치면서 자신은 고작 조직의 부산물이나 폐기물을 처리하는 하급 직원에 불과하다고 대답하며 자리를 빠져나갔다. 하지만 앙겔로스가 기대했던 바대로 그들은 불청객에 대한 소문을 본사 사무실 위아래로 충실하게 퍼뜨려주었고, 점심시간이 되기도 전에 전략기획본부장으로부터 전화가 걸려왔다. 외부 일정 때문에 사무실을 비운 그는 비밀 발설에 따른 책임을 상기시키면서 엄중하게 경고했으나 앙겔로스는 유럽연합이 통과시킨 법률 등을 거론하며 물러서지 않았다. 피렌체 공장에 대한 추억과 그곳에 근무하는 직원들에 대한 죄책감 때문은 아니었다. 유럽 지역의 영업 실적을 책임지게 된 지 채 이 년밖에 되지 않은 자신에게 피렌체 공장이 생래적으로 지닌 결함까지 추궁하는 걸 그는 결코 이해할 수 없었다. 공장 부지를 최초로 선정할 때부터 생산성과 확장성을 핵심 성공 요소로 고려했더라면 피렌체는 결코 정답이 아니었다. 당시의 중요 직원들—일부는 현재 회사의 중요한 정책을 결정할 수 있는 자리까지 올라 있다—모두가 그 사실을 인지하고 있었고 이 때문에 격론이 오갔다. 하지만 그때도 논란을 단번에 잠재운 건 최고위 임원들의 결정이었다. 자세한 설명은 없었고 충분한 논의도 거치지 않았다. 피렌체 공장을 반대하는 데 동원되었던 논리는 별다른 수정 없이 피렌체 공장을 찬성하는 논리로 활용되었다. 앙겔로스가 본사로 향하는 비행기에 오르기 전까지도 이 상황은 계속되었다. 그런데 갑자기 최고위 임원들이 삼십여 년의 시간을 거슬러 최초 피렌체 공장 건설을 검토하던 시기로 되돌아갔다. 그러고는 마치 아직 그 공장이 피렌체에 세워지지 않은 것처럼 공장을 회사의 자산 목록과 세계지도에서 말끔하게 지워버린 것이었다. 이십여 년 동안 근무하면서 앙겔로스는 이런 변덕스런 상황을 여러 번 경험했기 때문에 쉽게 흥분하거나 실망하는 대신 침착하게 변덕의 이유를 찾아내고 결정을 취소시키거나 자신에게 유리한 방향으로 수정할 수 있는 방법을 찾곤 했다. 그래서 이번 피렌체 공장의 폐쇄 결정에도 자신이 아직 찾아내지 못한 이유가 반드시 숨어 있을 것이라고 확신했다. 내부 경쟁자들이 최고위 임원들을 부추겨 자신을 거세하기 위한 음모를 꾸몄을 가능성이 높았다. 일단 한 발짝이라도 뒤로 물러난 자에겐 더이상 만회할 기회를 주지 않는 게 이 회사의 특징이었다. 잘못을 순순히 인정하는 것보다 미래의 청사진을 강조하는 방식이 생존에 훨씬 유리했다. 앉아서 뒤통수를 맞는 것보다는 일어서서 명치를 찔리는 게 더 낫다고 앙겔로스는 판단했다. 자신이 책임지고 있는 공장과 직원들을 지켜내기 위해 회사와 정면으로 맞섰다가 해고되었다는 평가가 훗날 자신의 미래를 보호해줄 수 있을 것이라는 기대도 그의 호승심을 자극했다.

전략기획본부장은 앙겔로스의 완고한 태도 앞에 결국 한 발짝 뒤로 물러서고 말았다. 만약 자신이 예상했던 것보다 훨씬 더 복잡하고 정교한 폭탄이 곳곳에 설치되어 있다면, 전략과 일정을 수정하는 것은 물론이거니와 최악의 경우엔 결정마저 번복해야 할지도 모른다는 두려움에 사로잡혔다. 물론 더 늦기 전에 상황을 바로잡는 게 급선무였고, 성급하고 비논리적인 판단으로 회사의 미래를 위험하게 만든 자들에 대한 문책은 그다음의 문제였다. 그래서 전략기획본부장은 피렌체 공장의 폐쇄 방안을 검토했던 직원들을 한자리에 불러모으고 앙겔로스가 자신의 의견을 그들 앞에서 발표할 수 있는 기회를 주었다. 하지만 그는 오로지 소수의 최고위 임원들에게만 은밀하게 연결되어 있는 정체불명의 직원들의 얼굴을 앙겔로스가 직접 볼 수 있는 기회까지 허락하진 않았다. 밖에선 안을 훤히 들여다볼 수 있지만 안에서는 밖을 내다보지 못하는—마치 여러 명의 용의자들 중에서 피의자를 지목하기 위해 피해자나 목격자가 안내되는 경찰서의 비밀스런 방처럼—회의실에서 앙겔로스가 자신의 의견을 피력하면, 회의실 밖의 직원들은 그것의 진위를 파악하고 대응 방법을 협의했다. 앙겔로스는 유럽연합이 개인의 인권을 보호하기 위해 어떤 정교한 안전장치들을 마련해두었는지 장황하게 설명했다. 선조가 결코 유럽에서 건너왔을 것 같지 않은 전략기획본부장은 줄곧 따분한 표정을 짓고 있다가 때론 슬그머니 졸기까지 했다. 반면 회의 참석자들의 얼굴은 점점 더 어둡고 딱딱해져갔다. 앙겔로스는 자신이 주도권을 건네받게 될 것이라고 확신했다. 그래서 유럽인 고유의 보수적 태도를 견지하면서 협상을 시도했는데, 자신에게 일 년여의 시간을 허락해준다면 강도 높은 구조조정을 통해 피렌체 공장의 재정 상태를 흑자로 돌려놓을 자신이 있으나, 당장 최고위 임원들의 엄중한 결정을 따라야 한다면 이후 예상되는 영업 손실과 시장점유율 하락, 그리고 대외적 신용도 추락 등의 결과에 대해 자신에게 책임을 묻지 않아야 한다고 명토 박았다. 갑자기 높아진 앙겔로스의 목소리에 놀라 잠에서 깬 전략기획본부장은 조용히 회의실을 빠져나갔다. 그리고 밖에서 기다리고 있던 정체불명의 직원들로부터 앙겔로스의 이야기는 전혀 새로운 것이 아니며 법적인 위험 역시 무시할 만한 정도라는 이야기를 전해 들었다. 하지만 앙겔로스의 쓸모를 직감한 그는 회의실 안팎의 참석자들을 모두 물리더니 앙겔로스에게 비밀스러운 임무와 함께 저녁식사를 제안했다. 멕시코 식당에는 전략기획본부장을 대신하여 그의 비서실장이 나타났다. 맵싸한 음식들과 테킬라로 저녁식사를 마치고 헤어지기에 앞서 비서실장은 서류 한 장을 내밀었는데 실내가 어둡고 글자가 너무 작아서, 그리고 두터운 취기 때문에라도 내용을 이해할 수 없었으나 앙겔로스는 가벼운 마음으로 그 서류에 서명했다. 그것이 마카로니 프로젝트와 관련된 최초의 보안서약서였다는 사실은 앙겔로스가 피렌체 공장장에게 일련번호 8번이 찍힌 서류를 건네기 전날에 비로소 알려졌다.

앙겔로스는 이른 아침에 침대에 누운 채로 본사의 영업 담당 사장으로부터 전화를 받았다. 앙겔로스가 아무런 연락도 없이 본사에 갑자기 나타나서 직원들을 상대로 괴이한 행동을 했다는 소문을 뒤늦게나마 전해 들은 게 분명했다. 하지만 앙겔로스는 이미 이런 상황을 예상하고 있었기 때문에 그다지 당황하지 않았다. 그리고 소명할 약속을 잡고 사장실로 찾아갔다. 사장은 전략기획본부장으로부터 미리 귀띔을 받았는지 피렌체 공장의 폐쇄 계획에 대해 먼저 알은체했다. 그러고는 앙겔로스가 자신과 비밀을 공유하게 되어 홀가분하다는 표정을 지어 보였다. 자신이 삼 년 전에 끊었던 담배를 최근에 다시 피우게 된 까닭도 부담감과 죄책감 때문이라고 설명했다—굳이 구분하자면, 죄책감은 부담감의 원인이 아니었고 오히려 결과에 불과했다—하지만 사장은 앙겔로스의 서늘한 반응을 확인하고 급히 태도를 바꾸어야 했는데, 앙겔로스와 다른 직원을 착각한 게 아닌가 걱정되어서 음성이 흘러간 자리를 환멸이 완전히 채울 때까지 오랫동안 침묵을 유지하지 않을 수 없었다. 사실 이런 반응은 전략기획본부장이 앙겔로스에게 주문한 것이었다. 앙겔로스는 피렌체 공장의 폐쇄 계획에 대해 전혀 알지 못하는 것처럼 행동하라고 요구받았다. 만약 영업 담당 사장이 먼저 알은체한다면, 피렌체 공장을 유지해야 할 이유와 공장 폐쇄 이후 당면하게 될 법적 위험성을 적극적으로 알리면서 그를 설득해보라고, 만약 그가 의견을 바꾼다면 자신도 피렌체 공장을 폐쇄하는 계획을 원점에서부터 다시 검토하겠노라고 전략기획본부장은 약속했다. 영업 담당 사장을 시험하려는 게 아니라 오히려 긴장시키기 위한 목적이라고 설명했지만, 앙겔로스는 곧이곧대로 믿지 않았다. 왜냐하면 회사의 모든 결정에는 반드시 승자와 패자의 이름이 첨부되기 때문이다. 앙겔로스로선 설령 영업 담당 사장을 설득하는 데 실패하더라도 크게 잃을 건 없었으므로 거래를 승낙했던 것이다. 그리고 자신의 재능에 스스로 감탄할 만큼 능청맞게 연기했다. 자신이 지금의 위치까지 올라설 수 있도록 수년 동안 물심양면으로 도와준 동료들을 배신하느니 차라리 그들과 함께 지옥으로 가겠다고 말하기까지 했다. 그러자 크게 당황한 영업 담당 사장은—그는 앙겔로스가 다혈질적인 반응을 보일 때마다 단숨에 제압하지 못하고 시간이 해결해줄 때까지 노심초사하면서 기다리곤 했다—급히 사무실 문을 안에서 걸어 잠그고 커튼까지 쳤다. 전략기획본부장에게 기습 공격을 당했다는 생각이 너무 늦게 찾아왔지만 후회에 집중할 여유가 없었다. 영업 담당 사장은 앙겔로스에게 알려줘서는 안 되는 정보—각국의 역사와 종교, 법률, 사회, 문화, 그리고 주요 인물들에 대해 연구하는 비밀 조직의 직원들이 최근 보고한 내용과 그것이 수년 뒤 회사의 사업 전반에 끼칠 영향 등—까지 흘리면서 그의 고집을 꺾으려고 애썼다. 피렌체 공장의 직원들 대부분에게는 절망적인 소식이 되겠지만 살아남은 소수의 직원들은 절호의 기회를 제공받게 될 것이라고 여러 차례 강조했다. 앙겔로스는 끝까지 경계심을 풀지 않았다. 이 또한 전략기획본부장의 지침에 따른 연기에 불과했다. 앙겔로스는 영업 담당 사장의 제안을 마지못해 수락하는 척하면서 자신이 제안한 비밀 프로젝트의 이름을 회사가 공식적으로 받아들여준다면 자신의 진심이 공인받은 것으로 간주하고 프로젝트의 성공을 위해 최선을 다하겠다고 고집을 피웠는데, 이 행동만큼은 전략기획본부장과 결코 연관되지 않았다.

"마카로니가 피렌체에서 그렇게 유명한가?"

그러자 앙겔로스가 비시시 웃으며 대답했다.

"피렌체 공장을 성공적으로 닫을 때까지 절대로 그 이름이 유명해져서는 안 되죠."

영업 담당 사장은 힘없이 고개를 끄덕인 다음 커튼을 걷고 사무실 문을 열었다. 사무실에서 나서자마자 앙겔로스는 오로지 늦지 않게 공항에 도착할 방법만을 생각했다.

금요일 아침 유럽에 안착한 앙겔로스는 사무실로 직행하지 않고 공항 근처의 카페로 들어갔다. 그리고 마카로니 프로젝트—그가 오클라호마시티 공항에서 탑승을 기다리고 있을 때 영업 담당 사장으로부터 최고위 임원들이 이탈리아산 마카로니로 점심식사를 했다는 문자 메시지를 받았다. 그러나 정작 자신은 피자를 주문했으며 향후 오랫동안 마카로니는 결코 먹지 않을 것이라고 덧붙였다—를 어떻게 시작해야 할지 고민했다. 전쟁과 폭력이 평화의 정당하고 유일한 수단으로 장려되고 있는 시대에, 뛰어난 품질과 효율적인 생산 방법 덕분에 명성과 시장을 독점하고 있는 회사가 갑자기 판매 부진을 이유로 공장의 문을 닫고 대부분의 직원들을 해고하겠다고 선언한다면 어느 직원이, 어느 주민과 정치인이, 어느 기자나 역사가가 진의를 의심하지 않겠는가. 수십 년간 갖가지 특혜를 제공한 정부는 배신감에 치를 떨면서 모든 주머니와 가방 속에 현금을 한가득 채운 채 회사가 촘촘한 법률망 사이를 유유히 빠져나가는 걸 결코 좌시하지 않을 것이다. 더욱이 유능한 마피아들과 타락한 공무원들 때문에 피렌체에선 공장을 세우는 것보다 공장을 닫는 일이 더욱 어렵다. 지나치게 신중한 그들은 단단한 신뢰를 구축하기 전까지 세심한 검증을 지루하게 반복할 뿐 요구 사항을 드러내지 않지만, 일단 최초로 뇌물의 액수가 결정되고 나면 그것이 사업의 실적과 무관하게 매년 인상되는 걸

윤리로 여기고 있기 때문이다. 뇌물이 줄어들었다는 것이 자신의 쓸모가 줄어들었다는 것을 의미하는 이상 개인 금고와도 같은 피렌체 공장의 폐쇄를 막기 위해 그들은 인맥과 방법을 총동원할 것이다. 국경을 초월하여 존재하는 그들에게 저항하는 것은 분명 어리석은 일이다. 하지만 행동 방식이 목적과 정확하게 일치하는 그들과 협상하는 것은 그리 어려운 일이 아니었다. 만약 피렌체 공장을 폐쇄한 이후에도 회사가 계속해서 그들에게 수익을 은밀하게 제공할 것이라는 확신을 심어줄 수만 있으면 그들로부터 암묵적인 지원을 얻어낼 수 있을 것이라고 앙겔로스는 판단했다. 신선한 고기맛에 중독된 사냥개는 주인을 대신하여 사냥에 나설 것이고, 먹잇감이 정부든 피렌체 공장의 직원들이든 가리지 않고 그것의 숨이 끊어질 때까지, 설령 제 척추가 두 동강이 나도 전혀 아랑곳하지 않고, 목덜미에 박힌 이빨을 뽑아내지 않을 것이다. 공격이 최선의 방어라는 격언에 따라 당장이라도 일체의 뇌물 공여를 멈추고 그들을 압박하여 그동안 저지른 해악을 문제삼지 않을 테니 자신을 도와달라고 요구하고 싶었으나, 그런 행위는 자칫 마카로니 프로젝트를 피렌체 전역에서 유명하게 만들 위험이 있기 때문에 충동을 억제하지 않을 수 없었다.

우선 앙겔로스는 피렌체 공장으로부터 주기적으로 부당한 이득을 챙기고 있는 자들의 정체부터 알고 싶었다. 그렇다고 마피아를 직접 만나고 싶진 않았다. 어차피 마피아들 역시 자신들의 조직과 사업을 운영하는 데 타락한 공무원들의 도움이 필요할 것이기 때문에 피렌체 공장과 밀접하게 연결되어 있는 공무원들을 조사하다보면 그들의 배후에 대한 정보를 자연스레 알아낼 수 있을 것 같았다. 모호한 문장으로 기록된 법률과 그것을 다양하게 해석할 수 있는 공권력의 중첩과 과잉은 공무원들과 마피아들 사이의 결탁을 가능하게 만들 뿐만 아니라 그들의 비위非違를 합법적으로 윤색해주고 있다. 더욱 역설적인 사실은 이런 환경이 모든 사업에 불리하게 작용하지 않는다는 것이다. 어떤 법률은 사업가들이 넘어서는 안 되는 경계를 알려주는 게 아니라 경계를 넘을 때 조심해야 할 사항들을 미리 알려주는 역할을 할 따름이다. 과속 카메라의 존재를 표지판으로 미리 알려주지 않는 고속도로에선 제한속도를 넘어서 달리기가 두려운 반면, 그 표지판을 방금 지나친자들은 다음 표지판이 나올 때까지 안심하고 과속할 수 있는 이치와 같다. 그래서 앙겔로스는 피렌체 공장장에게 전화를 걸어 이탈리아의 불안정한 정치 상황에 대해 운을 뗀 뒤—피렌체 공장장이아내의 안부를 물었을 때, 앙겔로스는 아내의 항암 치료를 돕느라자신이 며칠 동안 출근할 수 없었다는 소문이 회사 내에 돌고 있다는 사실을 알게 되었다. 전화를 끊고 그는 십여 분 동안 쉬지 않고 웃었다—좌파 정부가 주도하고 있는 공정거래법과 법인세 인상안이 피렌체 공장 운영에 미치게 될 영향에 대해서 급히 보고해달라고 지시했다. 피렌체 공장장의 보고서에 따라 앙겔로스가 접촉해야 하는 관공서들이 선정될 것인데, 가령 공정거래법이 구매팀과 영업팀 실적에 영향을 미칠 것이라고 예상된다면 앙겔로스는 구매팀장과 영업팀장을 불러 사업에 유리한 정보를 제공할 수 있는 공무원들을 물색해서 저녁식사 자리를 마련하라고 지시할 것이다. 팀장들로부터 추천받은 공무원들은 오랫동안 회사에 특별한 편의를 제공해준 대가로 은밀한 보상을 받아왔을 가능성이 높다. 따라서 해당 팀장들의 비리를 먼저 조사하여 증거를 확보한 뒤 그들을 참석시키지 않은 채 그들이 추천한 공무원들과 저녁식사를 함께하되, 그들을 협박하지 않고 오히려 비리를 저지른 직원들을 정당한 방법으로 해고할 수 있도록 도와달라고 요청할 것이다. 그러면 공무원들은 자신의 죄악을 숨기기 위해서라도 팀장들의 소명과 잔류를 위해 뭔가 도울 수 있는 방법을 물어올 텐데, 그때 앙겔로스는 모든 직원들 사이에 만연한 부패와 나태가 영업 실적을 갈수록 악화시키고 있기 때문에 조만간 피렌체 공장의 폐쇄를 포함한 대규모의 구조조정 방안이 검토될지도 모른다고 슬그머니 운을 뗄 것이다. 만약 자신의 성공을 도와준다면 피렌체 공장 직원들과 지역사회가 최악의 상황을 피할 수도 있을 것이라고 설명하겠다. 어려울 때 돕는 자는 하늘이 보냈으므로 자신이 지닌 가장 소중한 것으로 반드시 사례해야 한다는 그리스의 속담을 동원하여 상대의 탐욕을 자극하고 판단력을 마비시킬 작정이다. 그러면 그들이 기꺼이 나서서 마피아까지 통제해주려고 하지 않을까.

앙젤로스 앞에 앉아 있는 사내에게선 서슬 퍼런 권위와 죄악의 음험함은 전혀 발견되지 않았다. 식당이나 마트에서 여러 차례 마주쳐도 외모와 복장을 기억할 수 없을 만큼 평범했다. 모름지기 공무원이라면 그처럼 아무런 특색도 지니고 있지 않아야 정치적 중립성을 방해받지 않고 자신의 고유한 업무를 무난하게 처리할 수 있을 것 같았다. 사교성을 지녔기 때문이라기보다는 오히려 사교성을 지니지 않았기 때문에 모든 동료들과 사건들로부터 적당한 거리를 확보할 수 있었고, 그런 거리감이 그에게 안전하고 안락한 미래를 보장해주었으리라. 도시 한가운데에 세운 폐허 속에서 그는 공무원에게 허락되지 않은 일들을 누구의 눈치도 보지 않고 성실하게 해치웠을 것이고, 퇴근시간에 맞춰 매일 그곳을 빠져나오는 즉시 책임감이 강한 가장과 선량한 시민으로 탈바꿈했을 것이다. 그에겐 피렌체 공장의 폐쇄와 직원들의 해고 따윈 전혀 중요하지 않다. 설령 해고자들 중에 자신의 형제나 친척이 포함되어 있다고 하더라도, 또는 피렌체 공장 주변에 식당과 가게를 연 친구들이 연쇄적으로 파산한다고 하더라도 그에게 중요한 건 예전과 다름없이 자신에게 제공되는 뇌물과 편의이다. 그 역시 자신의 삶을 안정적으로 유지하기 위해선 전망과 소비가 필요하기 때문이다. 숭고한 단독자로서의 인간을 신뢰하지 않고 그저 주변 상황을 반영하는 거울로서만 인간을 이해하는 앙겔로스는 상대의 첫인상에 전혀 휘둘리지 않았다. 비록 이탈리아어의 표준 문법에서 한참 벗어난 문장일지라도 그는 가능한 한 자신의 의사를 분명히 전달하기 위해 발음하기 쉽고 다의적으로 해석되지 않는 단어들만을 조합했고 중요한 단어는 기꺼이 서너 번 반복했다. 피렌체 공장이 폐쇄된 이후에도 회사는 피렌체 안팎에서 정상적인 사업활동을 변함없이 지속할 계획이며 불명예를 만회하기 위한 전략을 공격적으로 수행할 것이기 때문에 종국엔 피렌체 공장 직원들의 거룩한 희생이 피렌체 시민 전체를 살리게 될 것이라고 설명하여 공무원의 사명의식을 자극하는 한편, 사내의 딸이 다니고 있는 고등학교에 장학금을 쾌척하고 그의 어머니에겐 전동 휠체어를 보내주겠다는 약속으로 가족애를 부활시켰다—이것은 엄연히 전략기획본부장의 승인 아래 이루어진 제안이었다. 본부장은 공장 폐쇄와 직원 해고에 소요되는 비용을 줄일 수 있다면 어떤 활동도 적법성을 따지지 않고 지원해주겠노라고 말했다—앙겔로스는 주변의 공기를 감지하여 협상의 결과를 예측할 수 있었다. 사내의 눈초리는 회한으로 흐릿해졌고 목 주위가 선의로 붉게 달아올랐다. 오 분여 만에 겨우 자신의 혀를 되찾은 그는 이웃과의 유대감을 강조하는 피렌체 사람의 기질에 따라 앙겔로스의 성공을 도와줄 사람들을 알아봐주겠다고 대답했다. 그러고는 이내 자신의 가문에 대한 이야기를 이어가기 시작했다. 식탁에 둘러앉아 이탈리아 음식을 나누어 먹으면서 상대방의 이야기를 끝까지 들어주기만 한다면 피렌체에서의 사업은 이미 반쯤은 성공한 것이라고, 언젠가 피렌체 공장의 품질팀장인 만치니가 했던 말이 떠오르자 앙겔로스는 허리띠를 느슨하게 풀어 헤치며 자세를 식탁 밑으로 천천히 무너뜨렸다.

하지만 그후 그 공무원의 제안에 따라 정체불명의 몇 사람을 함께 만난 건 치명적인 실수였다. 그들은 너무 어리석고 마피아 조직에서 존경받는 일을 하는 것도 아니었기 때문에 굳이 앙겔로스가 만날 필요는 없었다. 이탈리아 사람들이 자신의 영향력을 과시할 목적으로 자신이 알고 지내는 자들의 지위와 능력을 실제보다 지나치게 과장한다는 사실을 익히 알고 있었지만 어리석은 결정을 방지해주진 못했다. 처음 만나 악수를 할 때부터 이미 앙겔로스는 뭔가 잘못되었다는 사실을 직감했다. 그래서 자리에 앉자마자 어떻게 하면 이 상황에서 빠져나갈 수 있는지 고민하지 않을 수 없었다. 마피아들은 굴욕감에 가장 예민하게 반응하기 때문에 오해를 살 만한 행동을 했다가는 결코 그곳을 두 발로 걸어서 나갈 수 없을 것 같았다―그리고 보니 그 식당에 들어서다가 문턱에 발가락을 부딪힐 때부터 불운은 시작되었다―하지만 그들 역시 자신이 어떤 상품을 만들어 팔고 있는지 잘 알고 있을 터이므로 섣불리 반응하지는 않을 것이라고 앙겔로스는 생각했다. 마치 오래전부터 알고 지내온 친구처럼 앙겔로스 옆자리에 앉은 공무원은 오로지 자신의 권력을 자랑할 목적으로 새로운 참석자의 정체를 그들에게 설명했다. 당장이라도 누군가에게서 전화가 걸려온다면 앙겔로스는 급한 용건을 둘러대고 자연스레 자리를 빠져나갈 수 있었겠지만, 그곳으로 함께 들어선 공무원이 식탁 주위에 둘러앉은 마피아들은 음식과 대화를 몹시 중요하게 생각하기 때문에 그들의 기분을 상하게 만들지 않도록 휴대전화의 전원을 미리 꺼두는 편이 안전하다고 일러주었고, 앙겔로스는 기꺼이 그의 충고를 따랐다. 그러니 자신의 휴대전화로는 구조 신호를 보내거나 받을 수 없다는 사실을 잘 알고 있는데도 앙겔로스는 끊임없이 바지 주머니 속의 그것을 만지작거리면서 짐짓 평온한 표정을 유지하려고 애썼다. 두 명의 마피아들이 동시에 너무 많은 질문들을 던졌기 때문에, 그런데 그 질문에 대답해야 할 대상이 자신인지 공무원인지 구분할 수 없을 정도로 줄곧 두 사람 사이를 쳐다보았기 때문에, 그리고 공무원이 그 질문을 영어로 통역할 여유도 없이 즉각적으로 대답을 하면서 이따금씩 자신을 향해 윙크를 날렸기 때문에 앙겔로스는 입안의 음식들을 삼키는 것도 어려웠다. 고작 두번째 만나고 있는 공무원이 자신의 생각과 처지를 대신해서 설명하고 있다고 생각하니 억울하기도 하고 무섭기도 했다. 음식과 대화가 끊임없이 이어지자 앙겔로스는 점점 지쳐갔다. 하지만 서둘러 피렌체 공장을 폐쇄해야 할 당위성만큼은 점점 더 분명해지고 있었다. 피렌체 공장 직원들의 헌신과 희생을 통해 얻어낸 이익을 더이상 기생충 같은 자들에게 빼앗기고 싶지 않았다. 어쩌면 마피아들은 공무원들이 기르는 애완동물에 불과할지도 모른다. 실제로 많은 마피아들은 자신들이 공무원들을 대신해 시민들에게 봉사하고 있다고 주장한다. 하지만 닭장 안에서 늑대가 관리하고 있는 평화는 정작 닭들에겐 공포일 따름이다. 더부룩한 속을 달래기 위해 앙겔로스는 그라파를 주문했다. 그때까지 아무도 그의 행동에 주목하지 않았다. 그라파가 앙겔로스 앞에 놓이는 순간 기적처럼 논쟁과 식사가 멈추었다. 그리고 누가 마피아이고 누가 공무원인지 구분할 수 없을 정도로 그들의 얼굴이 심하게 일그러졌다. 그 상황이 마치 자신의 휴대전화에서 울린 벨소리 때문에 벌어졌다고 생각한 듯 앙겔로스는 바지 주머니에서 급히 휴대전화를 꺼내 확인했다. 검은 액정에 비친 자신의 얼굴을 확인한 뒤에야 비로소 그는 치명적인 실수를 깨달았다. 이탈리아 사람들에게 그라파는 마치 마지막 숨을 내쉬고 있는 황소의 정수리에 꽂는 투우사의 단검과도 같은 것이어서 그게 테이블에 올라오는 순간 식사와 대화는 끝나야 한다. 그러니 아직 식사와 대화를 끝낼 생각이 없었던 두 명의 마피아들에겐 무례한 도발로 받아들여졌을 수밖에. 그들은 공무원에게 항의했다. 자신이 제어할 수 없을 수준까지 위험이 커지자 공무원은 더이상 앙겔로스를 대신해서 대답하지 않고 그를 쳐다보며 스스로 대답할 것을 강요했다. 그사이 마피아 중 한 명이 양복 안쪽을 더듬었는데, 예상치 못한 모멸감 때문에 권총을 찾고 있는 것처럼 보였다. 그래서 앙겔로스는 자신이 의자 위에 뭘 놓아두고 나오는지도 모른 채 출입문을 향해 힘껏 달렸다. 어둠을 향해 수백 미터는 족히 달린 뒤에 비로소 자신을 뒤따라오는 자가 없다는 걸 확인하고 앙겔로스는 벤치에 앉아 숨을 골랐는데, 가랑이 사이가 축축하게 젖어 있어서 오래 앉아 있을 수는 없었다. 너무 긴장한 나머지 오줌을 지렸는가 싶었는데, 다행히 그건 아니었고 절체절명의 순간에도 주머니 속에 쑤셔넣은 유리잔에서 그라파가 흘러나온 것이었다. 끈적거리는 레몬향이 보폭을 제한시켜서 앙겔로스는 빨리, 그리고 똑바로 걸을 수가 없었다.

그날 저녁에 앙겔로스는 이탈리아 공무원에게서 전화를 받았다. 잔뜩 흥분한 그는 앙겔로스가 도망친 자리에서 일어난 사건들에 대해 이탈리아어와 영어를 섞어서 말했기 때문에 전말을 이해하는 데 많은 시간과 인내심이 필요했다. 양복 안주머니에서 권총을 찾는 마피아들로부터 목숨을 지켜내기 위해서 공무원은 앙겔로스의 의견도 묻지 않은 채 두 가지 제안을 받아들이지 않을 수 없었다. 그리고 그것을 마치 이탈리아 정부의 공식적인 결정인 양 지극히 사무적인 어조로 앙겔로스에게 통보했다. 첫번째 제안은 두 마피아의 아들 한 명씩을 피렌체 공장에 입사시켜 경비나 단순

관리 업무가 아닌 정식 업무를 배정하는 것이었다. 두번째 제안은 비밀 프로젝트의 이름에 자신들의 가문 이름을 함께 집어넣는 것이었다. 이익을 두고 누군가와 협상을 해야 한다면, 더욱이 그들이 마피아라면 결코 상대방의 제안을 즉각적이고도 고스란히 받아들여서는 안 된다는 사실을 앙겔로스는 시행착오를 통해 충분히 배웠다. 협상에서 중요한 건 결과가 아니라 명분이며, 가장 적절한 명분만이 자신과 상대를 모두 승자로 만들어줄 수 있다. 일정이나 제약 조건 때문에 명분 없이 급조해낸 방법으로 설령 한두 번 정도 자신의 목숨과 재산을 지켜낼 수 있을지라도, 나중에 그 결과는 상황을 더욱 어렵게 만들고 자신을 더욱 무력하게 위축시켜서 종국엔 자신의 목숨과 전 재산을 합한 것보다도 더 많은 것을 잃게 된다. 무엇이든지 상대방으로부터 얻어내기 위해선 매번 치열하게 협상하지 않으면 안 된다는 사실을 상대방에게 인식시키는 게 협상의 유일한 성공 방법이라고 앙겔로스는 생각했다. 그래서 두 가지의 제안 중 하나만 받아들이되 그마저도 자신의 의도대로 수정해야 한다. 프로젝트 이름을 변경하자는 제안은 단숨에 거절할 것이다. 프로젝트의 이름을 양보한다는 건 곧 이 프로젝트의 주도권을 포기한다는 의미였기 때문이다. 대신 마피아의 아들 두 명을 피렌체 공장에 채용할 것인데, 입사 후 반년 동안 신입 사원이 보이는 능력과 성과에 따라 해고나 정식 고용을 결정할 수 있도록 규정해놓은 유럽연합의 노동법에 따라 그들을 가장 먼저 해고할 것이다. 그런데 어차피 폐쇄하게 될 회사에 굳이 아들들을 취업시키려는 이유가 궁금했다. 물론 그걸 전혀 짐작할 수 없는 것은 아니어서, 명예를 중요하게 여기는 마피아에겐 자신의 아들이 범죄자 이외엔 아무런 직업을 선택할 수 없을 만큼 무능력자가 아니라는 사실을 증명하기 위한 합법적인 이력이 필요했을 수도 있다. 아버지를 돕기 위해 부득이 음지로 들어섰다는 설명까지 덧붙인다면 자신의 아들이 마피아 조직 내에서 리더십을 확보하는 데 훨씬 유리해질 것이다. 공장 폐쇄를 발표하기에 앞서 신입 직원들이 채용된다면 기존의 직원들은 적어도 그 잔혹한 결정이 자신이나 피렌체 공장장에게서 시작되지 않았다는 사실을 믿게 될 것이니 앙겔로스로선 결코 손해 보는 일이 아니었다. 하지만 그의 안일한 생각을 꿰뚫어 보았는지 공무원이 수화기 너머에서 침을 뱉어왔다.

"노파심에서 미리 말씀드립니다만, 그들이 요구하는 건 자신의 아들들을 해고자로 분류하여 퇴직금을 받게 해달라는 게 아니라 프로젝트의 일원으로서 이름을 걸고 당당하게 일할 수 있는 기회를 달라는 것입니다. 선생님의 권력 정도라면 굳이 목숨이나 전 재산을 내걸지 않고서도 손쉽게 이런 요구를 처리하실 수 있을 것 같아서 제가 먼저 승낙했던 것입니다. 설마 잘못되는 일은 없겠죠?"

앙겔로스는 다시 새벽의 침대 위에 누워서 본사의 전략기획본부장으로부터 전화 한 통을 받았다. 미국과 피렌체 사이에 놓인 일곱 시간의 간극을 무례하게 뛰어넘어야 할 만큼 긴급한 용건이 있는 게 분명했다. 앙겔로스는 급히 전등을 켜고 창문을 열어 차가운 새벽 공기를 방안에 급히 채워넣었다. 전략기획본부장은 에두르지 않고 곧바로 용건을 말했다. 반도체 제조용 희토류와 다이아몬드가 많이 매장되어 있는 아프리카의 한 국가에서 쿠데타를 은밀하게 모의하고 있는 군인들로부터 다량의 무기 주문이 들어왔기 때문에 마카로니 프로젝트에서 당장 손을 떼고 그 거래를 성사시키는 데 필요한 인원들을 꾸려서 아프리카로 날아가라는 것이었다. 거래의 성공을 위해 본사 차원에서 모든 지원을 아끼지 않을 것이며 성공에 따르는 보상이 협상단을 결코 실망시키지 않을 것이라고 덧붙였다. 하지만 앙겔로스는 일언지하에 제안을 거부했다. 혀를 움직여 말한 게 아니라 발가락이나 성기를 움직여서 만들어낸 것 같은 자신의 목소리에 자신도 깜짝 놀랐다. 급히 손으로 수화기를 감싸고 마른기침을 연달아 뱉어내면서 그는 호두 껍데기처럼 자신을 뒤덮고 있는 꿈의 표피를 깨어내려고 애썼다. 일곱 시간의 간극 너머에 있는 본부장의 사무실 내부를 떠올리니 점점 심신이 깨어났다. 앙겔로스는 자신의 오랜 동료들과 아름답게 작별할 수 있도록 기회를 달라고 부탁했다. 물론 죄책감이나 의무감 때문은 아니었고, 그저 누군가에게 공을 빼앗기고 싶지 않았기 때문이다. 마카로니 프로젝트라는 이름은 최고위 임원들의 기억에 두고두고 남아서 앙겔로스의 미래를 보장해줄 수 있을 것 같았다. 저녁 술자리에는 잘 어울리지만 새벽 잠자리에는 어울리지 않는 웃음소리로 전략기획본부장은 테스트 결과에 대한 만족감을 표시했다. 부하 직원이 자신의 권위를 단숨에 부정했다는 사실 따위에는 전혀 괘념치 않고 자신의 생각을 유연하게 교정하는 능력이 그를 전략기획본부장이라는 직위까지 올려놓았으리라고 앙겔로스는 생각했다. 본부장은 마카로니 프로젝트의 진도를 물으면서 때로는 신속함이 신중함보다 더 효과적인 전략이 될 수도 있다고 조언했다. 앙겔로스는 또다시 복잡한 유럽연합의 법률에 대해 상기시키려다가 그만두었다. 유럽연합의 법률이 그토록 복잡하지 않았다면 유럽인들은 다국적 기업에 취업할 기회를 결코 얻을 수 없었을 것이기 때문에 지나치게 부정적인 어조로 그것을 들먹거리는 일을 자제할 필요가 있었다. 앙겔로스는 만약 피렌체 공장과 연관되어 있는 공무원들과 마피아들의 이해관계를 정리할 수 있도록 본사에서 지원해준다면 두달 안에 공장 폐쇄 결정을 공식적으로 발표할 수 있을 것이고, 그이후부턴 피렌체 공장장과 팀장들이 일정에 맞춰 적절한 조치를 취할 것이기 때문에 자신은 발표 직후 곧바로 아프리카로 날아가소장파 군인들을 만날 수 있을 것이라고 말했다. 전략기획본부장은 오만으로도 해석할 수 있는 앙겔로스의 자신감이 조금 걱정되긴 했지만, 지원을 약속하고 행운을 빌어주는 수밖에 없었다. 앙젤로스는 전화를 끊고 난 이후로 잠이 들지 못했다. 그래서 그는 피렌체 공장 폐쇄의 당위성을 설명하는 발표문의 초안을 다음과 같이 만들어 전략기획본부장과 영업 담당 사장에게 이메일로 각각 보내고 감수를 부탁했다.

사 년 전까지만 하더라도 유럽의 경기는 회복될 것이라는 전망이 지배적이었다. 그래서 우리 회사도 미래의 수요를 적극 수용하기 위해 과감한 설비투자와 직원 채용을 추진해왔다. 하지만 우리의 예상과는 달리 사 년 동안 유럽의 경기는 나아지기는커녕 오히려 침체되어갔다. 그래도 회사는 피렌체 공장 폐쇄와 대량 해고라는 파국을 막기 위해 이 년 전부터 투자를 줄이고 생산성을 늘리되 품질을 유지하는 여러 방법들을 강구하면서 유럽의 경기가 되살아나길 기다렸다. 일 년 전부터 긍정적인 성과들이 여러 곳에서 분명하게 나타나고 있긴 하지만 이미 오랫동안 누적되어온 적자를 만회하기엔 역부족이다. 특히 고정비가 너무 증가했다. 냉전이 종식된 이후로 국지적 전쟁들은 오히려 더 빈번하게 발발하고 있고 석유와 코란과 유태인과 마약과 미국이 존재하는 한 결코 전쟁은 끝나지 않을 것이지만, 낮은 인건비의 장점을 최대한으로 활용하고 있는 개발도상국들이 경쟁적으로 자국의 군소 무기업체들을 지원하면서부터 우리 회사의 매출은 크게 줄어들고 시장 또한 급격히 잠식당했다. 공장을 운영할 수 있을 만큼의 경쟁력이 남아 있지 않은 이상 결정을 미룰 수가 없었다. 이는 경영진이나 직원들의 잘못은 결코 아니고 차라리 일체의 비인간적이고 근시안적인 전략을 실행할 수 없도록 판도라의 상자를 너무 빨리 봉인해버린 유럽인들의 결벽증 때문에 겪게 된 상황이므로 너무 자책할 필요는 없다. 만약 지금 피렌체 공장의 문을 닫지 않는다면 더 큰 비극을 맞이하게 될 것이다. 제품설계와 부품 공급을 책임지고 있는 미국 본사가 더이상 피렌체 공장을 지원하지 않겠다고 선언한 이상, 설령 우리가 본사의 뜻을 어긴 채 독자적으로 공장을 계속 운영한다고 하더라도 반년을 채 버티지 못하고 파산할 텐데, 그렇게 되면 직원들은 모두 채무자가 되어 자신들의 재산을 채권자들에게 내놓아야 할 것이다. 그러니 지금이라도 공장을 닫아야만 직원들 모두 갱생을 도모할 수 있다. 회사는 최선을 다해 직원들과의 아름다운 이별을 준비할 것이다. 물론 퇴직금이 모두의 기대를 만족시킬 순 없겠지만 사회보장제도가 잘 갖춰져 있는 이 나라에서 재취업하기 전까지 식솔들을 돌보는 데 부족하지는 않을 것이다. 회사의 결정으로 공장 문을 닫는 것이기 때문에 당연히 정부로부터 실업수당을 받을 자격이 보장되며 직업교육 프로그램에도 무상으로 참여할 수 있을 것이다. 이 시간 이후 회사는 이탈리아 법률이 규정한 절차를 충실하게 따를 것이며, 노조 대표들의 질문과 의견을 경청한 뒤 성심껏 대답할 것이다. 사무실 직원들은 팀장을 통해서 자신의 의사를 전달해 주기를 바란다.

작가의 말

공장이 폐쇄되고 대부분의 직원들은 해고되었다.

해고는 곧 학살이라는 주장은 무시되었다.

현행 법률에 의거한 퇴직금이 지불되었을 때 수령을 거부한 직원은 단 한 명도 없었다.

해고를 간신히 피한 소수는 회사의 발령 명령을 받고 폐허를 떠나 이웃 도시로 옮겨갔다.

거기서 그들은 창고를 세우고 외국에서 수입한 물건을 팔아야 했다.

원래 그곳은 국가에 의해 산업 용지로 개발되었으나 적절한 주인이 나타나지 않아서 수십여 년째 버려져 있던 풀밭이었다.

생존자들은 상처를 치유하기 위해서라도 새로운 일에 몰두해야 했다.

풀을 베어내고 그 위에 모래를 두텁게 덮고는 블록을 깔았다.

주춧돌 위에 철제 기둥을 세우고 패널로 벽과 지붕을 쌓아올렸다.

근사한 창고가 만들어지자 조촐하게 준공 기념식까지 치렀다.

고통은 사라지고 상처에 대한 기억도 희미해졌다.

반년쯤 지나자 창고 주변에서 토끼 똥이 발견되었다.

직원들이 퇴근한 뒤부터 다음날 그들이 출근하기 전까지 그곳은 멧토끼의 영토로 잠시 편입되는 게 분명했다.

나중엔 직원들이 출근했는데도 토끼들은 도망치지 않았다.

직원들은 먹이를 건네고 사진을 찍으며 어린아이처럼 기뻐했다.

가족들에게 그 사진을 보여주기도 했다.

토끼는 가족애의 번영을 상기시켰다.

하지만 블록 아래를 헤집고 만든 토끼 굴 때문에 주차 공간이 줄어들고 창고 안에서까지 토끼 똥이 발견되자 직원들은 점점 토끼를 멀리하기 시작했다.

담배를 피우다 토끼를 발견하면 소리를 지르거나 주변의 돌을 집어던지기도 했다.

그들은 토끼의 천적이 무엇인지 서로 묻고 답하기도 했다.

토끼 고기를 파는 식당에 대해 이야기하다가 직접 그곳을 찾아가보기도 했다.

하지만 토끼 고기는 식도락을 자극하기에 충분한 미덕을 지니지 못했다.

출근하는 길에 직원들은 창고 근처의 도로에서 토끼 사체를 매일 발견하기 시작했다.

형체를 알아볼 수 없을 정도로 짓이겨져 있는 그것들은, 운전자가 그것을 미리 발견하고도 속도를 줄이지 않았다는 사실을 분명하게 말해주었다.

나중엔 창고 안에서도 죽은 그것들이 발견되었다.

직원들은 매일 그것들의 사체를 치우는 일에 대해 불평했다.

가장 마지막에 퇴근하는 자가 사냥개를 창고 안에 풀어놓았으나 토끼의 접근을 막기엔 역부족이었다.

결국 창고를 둘러싼 울타리에 철망을 치고, 가장 마지막에 퇴근하는 자가 전기 스위치를 켜는 방법이 동원되었고 그것은 분명한 효과를 발휘했다.

더이상 그 창고 안에선 토끼가 발견되지 않았다.

가까운 곳에서 식당을 운영하는 남자가 매일 아침 직원들이 출근하기 전에 찾아와 철망 앞에 널브러진 토끼 사체들을 수거해갔다.

그가 나타나지 않는 날이면 직원들은 코를 막은 채 토끼 사체 위를 지나갔다.

가끔씩 토끼의 천적으로 추정되는 야생동물들의 사체까지 발견되었다.

이 사실이 알려지자 환경운동가들이 찾아와 회사의 잔혹한 방식에 항의했다.

불청객들의 출입을 막아선 직원들은 잔혹한 해고가 야생동물을
학살한다는 환경운동가들의 주장에 전혀 동조할 수 없었다.

2018년 2월

김솔

문학동네 장편소설
마카로니 프로젝트
ⓒ 김솔 2018

1판 1쇄 2018년 2월 28일
1판 2쇄 2023년 10월 13일

지은이 김솔
책임편집 이성근 | 편집 정은진 김내리 황예인 이상술
디자인 강혜림 유현아 | 저작권 박지영 형소진 최은진 서연주 오서영
마케팅 정민호 서지화 한민아 이민경 안남영 왕지경 황승현 김혜원 김하연
브랜딩 함유지 함근아 고보미 박민재 김희숙 정승민 배진성
제작 강신은 김동욱 이순호 | 제작처 영신사

펴낸곳 (주)문학동네 | 펴낸이 김소영
출판등록 1993년 10월 22일 제2003-000045호
주소 10881 경기도 파주시 회동길 210
전자우편 editor@munhak.com | 대표전화 031) 955-8888 | 팩스 031) 955-8855
문의전화 031) 955-2696(마케팅) 031) 955-8864(편집)
문학동네카페 http://cafe.naver.com/mhdn
인스타그램 @munhakdongne | 트위터 @munhakdongne
북클럽문학동네 http://bookclubmunhak.com

ISBN 978-89-546-5030-4 03810
* 이 책의 판권은 지은이와 문학동네에 있습니다.
   이 책 내용의 전부 또는 일부를 재사용하려면 반드시 양측의 서면 동의를 받아야 합니다.

잘못된 책은 구입하신 서점에서 교환해드립니다.
기타 교환 문의 031) 955-2661, 3580

www.munhak.com